A

Romain Puértolas

Das Mädchen, das eine Wolke so groß wie der Eiffelturm verschluckte

Roman

Aus dem Französischen von
Maja Ueberle-Pfaff

Atlantik

Die Originalausgabe erschien 2015 unter dem Titel
La petite fille qui avait avalé un nuage grand comme la tour Eiffel
bei Le Dilettante, Paris.

Das Motto auf Seite 7 stammt aus: Boris Vian, *Chloé*
Aus dem Französischem von Antje Pehnt. Karl Rauch Verlag, 1964

Atlantik Bücher erscheinen im
Hoffmann und Campe Verlag, Hamburg.

1. Auflage 2015

www.hoca.de *www.atlantik-verlag.de*
Satz: Dörlemann Satz, Lemförde
Gesetzt aus der Chapparal Pro
Druck und Bindung: CPI books GmbH, Leck
ISBN 978-3-455-60037-7

HOFFMANN
UND CAMPE

Ein Unternehmen der
GANSKE VERLAGSGRUPPE

Für Patricia,
mein einziger Fixpunkt im Universum

Diese Geschichte ist vollkommen wahr,
weil ich sie von Anfang bis Ende erfunden habe.

Boris Vian

Das Herz, das ist so etwas
wie ein prallgefüllter Briefumschlag.

Providence Dupois

Erster Teil

Eine Briefträgerin und ihre ganz spezielle Einstellung
zur Mayonnaise und zum Leben

Das erste Wort, das der alte Friseur von sich gab, als ich seinen Salon betrat, war eine knappe, herrische Anweisung, die von einem NS-Offizier hätte kommen können. Oder eben von einem alten Friseur:

»Setzen!«

Gehorsam leistete ich seinem Befehl Folge. Bevor er mit der Schere nachhalf.

Sofort fing er an, um mich herumzutänzeln, ohne auch nur zu fragen, mit welcher Frisur ich den Salon denn wieder verlassen wollte oder aber mit welcher Frisur ich den Salon auf gar keinen Fall verlassen wollte. Hatte er es überhaupt jemals zuvor mit einer widerspenstigen karibischen Afrokrause zu tun gehabt? Er würde schon noch merken, was da auf ihn zukam.

»Soll ich Ihnen eine unglaubliche Geschichte erzählen?«, fragte ich, um das Eis zu brechen und ein freundlicheres Klima zu schaffen.

»Nur zu, solange Sie dabei den Kopf nicht bewegen. Sonst schneide ich Ihnen ein Ohr ab.«

Ich betrachtete dieses »nur zu« als großen Fortschritt, quasi als Einladung zu Dialog, Frieden auf Erden und echter Brüderlichkeit, und versuchte, durch die symbolische Verbrüderungsgeste ermutigt, so schnell wie möglich die drohende Amputation meines Hörorgans zu vergessen.

»Also Folgendes: Eines Tages stand mein Briefträger, der eigentlich eine Briefträgerin ist, übrigens eine ganz reizende Briefträgerin, im Kontrollturm vor mir – ich arbeite als Fluglotse – und sagte: ›Monsieur Machin (so heiße ich), Sie müssen mir die Starterlaubnis erteilen. Meine Bitte mag Ihnen ungewöhnlich erscheinen, aber daran lässt sich nun mal nichts ändern. Stellen Sie sich nicht zu viele Fragen. Ich stelle mir auch keine Fragen mehr, seit das alles angefangen hat. Erlauben Sie mir bitte einfach, von Ihrem Flughafen aus zu starten.‹

Ihre Bitte klang zunächst einmal gar nicht so abwegig. Ich bekomme hin und wieder Besuch von Leuten, die ihr letztes Geld in den Flugschulen der Umgebung gelassen haben und auf eigene Kappe weiter Flugstunden nehmen möchten. Ich wunderte mich allerdings, dass sie mir noch nie von ihrer Flugleidenschaft erzählt hatte. Gut, wir hatten kaum Gelegenheit gehabt, uns zu unterhalten, und begegneten uns nur sehr selten (ich übernehme abwechselnd Tag- und Nachtschichten) – aber dennoch. Gewöhnlich beschränkte sie sich darauf, mir mit ihrem klapprigen gelben R4 die Post zu bringen. Bei meiner Arbeit hatte sie mich noch nie besucht. Schade, denn die Frau war eine Granate. ›Normalerweise‹, erwiderte ich, ›würde ich Sie bei einem solchen Anliegen an die Flugverkehrskontrolle verweisen, Mademoiselle. Doch heute gibt es ein Problem – der Luftverkehr ist wegen dieser verflixten Aschewolke völlig durcheinander geraten und Privatflüge können wir leider nicht berücksichtigen.‹

Als ich ihr enttäuschtes Gesicht sah (und es war ein sehr hübsches enttäuschtes Gesicht, das einem richtig zu Herzen ging), heuchelte ich Interesse an ihrem Fall. ›Was fliegen Sie denn? Eine Cessna? Eine Piper?‹

Sie schwieg lange. Ganz offensichtlich brachte meine Frage sie in Verlegenheit. ›Genau deshalb ist meine Bitte ja so ungewöhnlich. Ich habe kein Flugzeug. Ich fliege allein.‹

›Ja, das habe ich verstanden. Sie fliegen ohne Fluglehrer.‹

›Nein, nein, ganz allein, das heißt, ohne Maschine, so ungefähr.‹ Sie hob die Arme über den Kopf und drehte sich wie eine Ballerina einmal um sich selbst. Habe ich eigentlich erwähnt, dass sie einen Badeanzug trug?«

»Dieses kleine Detail haben Sie bisher ausgelassen«, antwortete der Friseur, der sich mittlerweile ganz dem Kampf gegen meinen Afro verschrieben hatte. »Ich habe mir schon immer gedacht, dass Fluglotsen ein lässiges Leben haben, aber damit schießen Sie den Vogel ab.«

Der Mann hatte recht. Als Fluglotse in Orly hatte man nicht viel Grund zur Klage. Nicht dass uns diese Tatsache daran gehindert hätte, von Zeit zu Zeit einen kleinen Überraschungsstreik auszurufen. Nur damit uns die Leute an den Feiertagen nicht ganz vergaßen.

»Also, sie trug einen geblümten Bikini«, fuhr ich fort. »Eine sehr schöne Frau ... Und sie sagte zu mir: ›Ich will Ihren Flugverkehr nicht stören, Monsieur, betrachten Sie mich doch einfach als zusätzliches Flugzeug. Ich werde nicht so hoch fliegen, dass die Aschewolke mich beeinträchtigt. Wenn ich Flughafensteuern zahlen muss, ist das auch kein Problem. Hier, nehmen Sie.‹

Und sie streckte mir einen Fünfzig-Euro-Schein entgegen, den sie irgendwo herausgezogen hatte, wer weiß woher. Jedenfalls nicht aus ihrer großen Ledertasche, denn die hatte sie nicht dabei. Ich staunte nur noch. Von ihrer Story verstand ich kein Wort, aber sie wirkte sehr entschlossen. Wollte sie allen Ernstes behaupten, dass sie fliegen konnte? Wie Superman oder Mary Poppins? Einen kurzen Moment lang glaubte ich, meine Briefträgerin sei nicht ganz bei Trost.

»Lassen Sie mich zusammenfassen. Ihr Briefträger, der eine Briefträgerin ist, dringt eines schönen Tages in Ihren Tower ein, im Badeanzug, obwohl der nächste Strand Hunderte von Kilometern entfernt ist, und bittet Sie um die Erlaubnis, von Ihrem Flughafen abzuheben, und zwar flatternd wie ein Huhn.«

»Ja, Sie haben es auf den Punkt gebracht. Gar nicht schlecht.«

»Und mir bringt der Briefträger immer nur Rechnungen ...!«, seufzte der Friseur, während er den Kamm an seiner Schürze abwischte und ihn dann wieder in meinem strubbeligen Haarschopf versenkte.

Die Schere, die er in der anderen Hand hielt, klickte unaufhörlich, das Geräusch erinnerte mich an Hundepfoten auf Parkettboden oder Hamsterkrallen im Hamsterrad.

Seine ganze Körperhaltung verriet, dass er mir kein einziges Wort glaubte. Man konnte es ihm nicht verdenken.

»Und was haben Sie dann gemacht?«, fragte er, zweifellos um zu ergründen, in welche Sphären sich meine ausschweifende Phantasie noch versteigen würde.

»Was hätten Sie an meiner Stelle gemacht?«

»Das weiß ich nicht, ich bin nicht in der Luftfahrt tätig. Und außerdem kreuzen in aller Regel keine attraktiven, leicht bekleideten Frauen in meinem Friseursalon auf.«

Ich ignorierte die launige Bemerkung des alten Griesgrams. »Ich war fassungslos.«

»Ich dachte immer, Fluglotsen lassen sich durch nichts aus der Fassung bringen«, gab der Friseur zurück. »Werdet ihr nicht genau dafür bezahlt?«

»Da haben Sie vielleicht doch etwas übertriebene Ansprüche. Wir sind schließlich keine Roboter! Aber wie auch immer, sie sah mich aus ihren strahlenden Augen an und sagte: ›Ich heiße Providence. Providence Dupois.‹ Dann wartete sie die Wirkung ihrer Worte ab, als hätte sie den letzten Pfeil aus ihrem Köcher verschossen. Ich glaube, sie nannte mir ihren Namen, damit ich sie nicht länger für eine simple Briefträgerin hielt. Ich war so neben der Spur, dass ich ein paar Sekunden lang sogar glaubte, sie ... na ja, ich dachte, sie wäre vielleicht eine Frau, mit der ich mal was hatte und die ich jetzt nicht wiedererkannte. In meiner Jugend hatte ich nämlich durchaus meine kleinen Erfolge ... Aber es bestand kein Zweifel: Auch ohne ihre Kappe und die altmodische marineblaue Weste war diese Schönheit eindeutig meine Briefträgerin.«

Der Friseur hatte den Kamm und die Schere aus meinen krausen Locken gezogen und hielt sie wie erstarrt über meinem Kopf.

»Sagten Sie Providence Dupois? Also DIE Providence Dupois?«, rief er aus und legte langsam seine Werkzeuge auf der Glasplatte vor mir ab, als hätte ihn plötzlich eine abgrundtiefe Müdigkeit überfallen. Zum ersten Mal seit dem Beginn unseres Gesprächs, oder besser gesagt, meines Monologs, ließ er ein irgendwie geartetes Interesse erkennen. »Meinen Sie tatsächlich die Frau, über die alle Zeitungen geschrieben haben? Die Frau, die davongeflogen ist?«

»Genau die.« Ich war verblüfft, dass er sie kannte. Aber natürlich, für mich war sie immer nur meine Briefträgerin gewesen. Die Granate mit dem gelben R4.

Der Friseur ließ sich in den leeren Sessel neben mir sinken. Er sah aus, als würde auf einmal eine ganze Raumstation auf seinen Schultern lasten.

»Dieser Tag ruft bei mir schlimme Erinnerungen wach«, sagte er, und sein Blick verlor sich in den schwarzen und weißen Fliesen des Salons. »Ich habe meinen Bruder bei einem Flugzeugabsturz verloren. Genau an dem Tag, an dem diese verwünschte Providence Dupois mit ihrem Bravourstück von sich reden machte. Paul, mein älterer Bruder. Er wollte nur für ein paar Tage in die Sonne fliegen. Ein Kurzurlaub. Er konnte ja nicht ahnen, dass dieser Urlaub so … lang werden würde. Ferien ohne Ende … Einhundertzweiundsechzig Passagiere. Kein einziger Überlebender. Ich hatte immer angenommen, dass Gott in jedem Flugzeug zwischen den Passagieren sitzt. An jenem Tag muss er zu spät zum Check-in gekommen sein.«

Nach einer Weile hob er langsam den Kopf und ein Funke Zuversicht glomm in seinen Augen auf.

»Aber reden wir über angenehmere Dinge. Sagen Sie mal, ist sie wirklich geflogen? Ich meine, haben Sie sie fliegen sehen, diese Providence Dupois? In der Zeitung habe ich etwas darüber gelesen, aber die schreiben so viel Blödsinn … Ich würde gern die Wahrheit erfahren, nichts als die Wahrheit.«

»Die Medien waren nicht dabei. Sie haben sich erst später darauf gestürzt, alles aufgebauscht und die wildesten Gerüchte gestreut. Irgendwo habe ich sogar gelesen, dass Providence mit ihrem gelben R4 bis nach Marokko geflogen und dabei gegen eine Wolke geprallt sei! Völlig an den Haaren herbeigezogen ist das zwar nicht, aber eben auch nicht richtig. Ich werde Ihnen wahrheitsgetreu erzählen, was an jenem Tag in Orly passiert ist. Und das ist nur die Spitze des Eisbergs, glauben Sie mir! Wie meine Briefträgerin zu mir in den Kontrollturm kam und was anschließend passierte, ist vielleicht noch beeindruckender und hat mein beschränktes, vernunftgetriebenes Weltbild ganz schön ins Wanken gebracht. Wollen Sie die Geschichte hören?«

Der Friseur deutete mit einer ausladenden Gebärde auf seinen leeren Salon.

»Wie Sie sehen, stehen die Leute Schlange«, sagte er, »aber ein Päuschen kann ich mir trotzdem gönnen. Immerhin eine willkommene Abwechslung zu den ewigen Geschichten von Hochzeiten und Taufen, die mir meine Kundinnen auftischen, sobald sie Haare lassen müssen.« Der Alte gab sich betont gleichgültig, dabei brannte er in Wahrheit darauf, alles haarklein zu erfahren.

Und ich brannte darauf, alles zu erzählen …

Bereits an dem Tag, an dem Providence laufen lernte, wusste sie, dass es dabei nicht bleiben würde. Dass sie nach Höherem strebte und dass diese Großtat – denn das war es – eine lange Reihe weiterer folgen würde. Laufen, springen, schwimmen. Der menschliche Körper, diese großartige Maschine, barg erstaunliche Fähigkeiten, die es Providence ermöglichten, im Leben vorwärtszukommen, und zwar im wörtlichen wie im übertragenen Sinne.

Schon mit sieben Monaten, als sie gerade achtundsechzig Zentimeter maß, beseelte sie das übermächtige Verlangen, die Welt mit eigenen Augen (besser gesagt, auf eigenen Füßen) zu entdecken. Ihre Eltern, beide Ärzte an Frankreichs renommiertester Kinderklinik, staunten nicht schlecht. So etwas war ihnen in ihrer langen medizinischen Laufbahn noch nicht untergekommen. Und nun warf ausgerechnet ihr eigenes Kind mit all der frühkindlichen Energie eines Säuglings, der einen Turm aus Klötzchen umstößt, all ihre schönen Theorien über das Erlernen des aufrechten Gangs über den Haufen. Wie war es möglich, dass ihre einzige Tochter schon so früh ihre ersten Schritte machte? Wie konnten die Beinknochen ihren kleinen lächelnden Buddha mitsamt seinen Speckpölsterchen tragen? Hing es etwa mit den sechs Zehen an ihrem rechten Fuß zusammen? So viele Fragen, auf die Nadia und Jean-Claude keine Antworten fanden, damals nicht und später genauso wenig. Sie konnten es sich nicht erklären und nahmen es schließlich einfach hin. Die Mutter hatte Providence sofort gründlich untersucht. Der Vater hatte sogar ihr Gehirn geröntgt. Aber sie hatten nichts herausgefunden. Alles sah normal aus. Es war eben einfach so, mehr gab es dazu nicht zu sagen. Ihre kleine Providence konnte mit sieben Monaten laufen. Punkt. Providence war nun mal ein ungeduldiges kleines Mädchen.

Aber die gemischten Gefühle, mit denen Providence' Eltern ihre Tochter in jener merkwürdigen Phase beobachteten, waren gar nichts im Vergleich zu all den Empfindungen, die sie wie ein Tsunami überrollten, als ihre Tochter es sich eines schönen Sommertags fünfunddreißig Jahre später in den Kopf setzte, fliegen zu lernen.

Position: Flughafen Orly (Frankreich)
*Herz-O-Meter**:* 2105 Kilometer

Ihnen dürfte nicht entgangen sein, dass Providence zum Zeitpunkt ihres unglaublichen Abenteuers fünfunddreißig Jahre und sieben Monate alt war. Sie war eine absolut normale Frau, wenn auch mit sechs Zehen am rechten Fuß und einem Vornamen, der für eine Person, die nicht aus den Vereinigten Staaten stammte, eher ungewöhnlich war. Sie wohnte in einer ganz normalen kleinen Ortschaft südlich von Paris und übte einen Beruf aus, der normaler nicht hätte sein können.

Sie war Briefträgerin.

Und angesichts ihres Berufs passte ihr Vorname – abgeleitet von der Göttin der Vorsehung – doch erstaunlich gut.

Als sie an jenem Morgen am Schalter der Grenzpolizei am Flughafen Orly ihren Einreiseantrag für Marokko ausfüllte, schrieb sie in die Spalte für den Beruf ›Briefträger‹.

* Eine patentierte Erfindung von Professor Alain Jouffre vom Nationalen Zentrum für wissenschaftliche Forschung, die es erlaubt, die Entfernung zwischen zwei liebenden Herzen zu berechnen. Hier handelt es sich um die Entfernung zwischen dem Herz von Providence und dem von Zahera. Zulässige Abweichung: 3,56 Meter.

Das gefiel nun der phlegmatischen Beamtin, die das Formular begutachtete, ganz und gar nicht. Ihre Missbilligung zeichnete sich sofort auf ihrem mit billigem Make-up zugekleisterten Gesicht ab. Die Polizistin, die einen Schnurrbart wie ein Dorfpolizist ihr Eigen nannte, hatte an jenem Morgen vergessen, sich die Oberlippe zu rasieren, was ihre Weiblichkeit gehörig schmälerte.

»Sie haben hier *Briefträger* geschrieben.«

»Ja, das ist mein Beruf.«

»Sie hätten *Briefträgerin* schreiben sollen.«

»Ist schon in Ordnung so.«

»Ich sage Ihnen das, weil es verdächtig ist, wenn man als Frau *Briefträger* schreibt. Wer das Formular liest, erwartet einen Mann, aber dann sieht man Sie und hat eine Frau vor sich. Das verwirrt. Und wir von der Polizei haben es nicht gern, wenn man uns verwirrt, wenn Sie verstehen, was ich meine. Ich will nur Ihr Bestes. Ich würde Sie ja ausreisen lassen, aber ich möchte nicht, dass Sie bei der Einreise nach Marokko aufgehalten werden, weil sie *Briefträger* anstatt *Briefträgerin* hingeschrieben haben. Das wäre doch dumm. Die sind dort speziell, wissen Sie. Mit Gleichberechtigung haben sie es da unten nicht so. Sie stehen eher auf Keramik-Aschenbecher und Leder-Sitzkissen.«

Red du nur, dachte Providence. Und wenn einer Frau lange, schwarze Haare auf der Oberlippe wachsen, verwirrt das nicht, oder wie? Unglaublich! Diese Bartnelke erlaubte es sich, ihr Lektionen in puncto Weiblichkeit zu erteilen! War der Schnurrbart bei der französischen Polizei zur Pflicht geworden, wie in den dreißiger Jahren? Oder wollte die Beamtin sich einfach nur dem Modetrend anschließen, der auf eine berühmte bärtige Siegerin beim Eurovision Song Contest von 2014 zurückging?

»Ja, das wäre dumm«, entgegnete Providence kurz angebunden, schnappte sich gereizt das Formular und einen Kugelschreiber und korrigierte den Stein des Anstoßes.

Ihr war daran gelegen, dass alles reibungslos lief. Nachdem sie den Irrtum aus der Welt geschafft hatte, reichte sie das Blatt an die uniformierte Conchita Wurst zurück.

»So ist es besser. Sie werden durch die Kontrolle schlüpfen wie ein Brief durch den Briefschlitz«, scherzte die Polizistin munter. »Aber ich weiß sowieso nicht, warum wir uns streiten, denn wie Sie dort hinkommen wollen, ist mir ein Rätsel.«

»Warum?«

»Wegen der Aschewolke wird gerade ein Flug nach dem anderen annulliert.«

»Eine Aschewolke?«

»Ja, haben Sie denn nicht davon gehört? In Island ist ein Vulkan ausgebrochen. Wenn Island schon mal in die Schlagzeilen gerät – dann ausgerechnet, um uns mit seinem Vulkan zu nerven!«

Mit diesen Worten knallte die Frau geräuschvoll den Stempel auf den Einreiseantrag, sodass ihr Schnurrbart erzitterte, und gab ihn (den Antrag, nicht den Schnurrbart) Providence zurück.

»Wissen Sie, wann er zum letzten Mal ausgebrochen ist?«, fragte die Polizistin aufgebracht.

»Nein, weiß ich nicht. Vor fünfzig Jahren?«, versuchte Providence ihr Glück.

»Mehr.«

»Vor sechzig?«

»Mehr.«

»Vor hundert?«, stieß die Briefträgerin hervor, die sich vorkam wie bei »Der Preis ist heiß«.

Die Beamtin gluckste verächtlich, als wolle sie andeuten, dass ihr Gegenüber eine realitätsferne Träumerin sei.

»Im Jahr 9500 vor Christus!«, verriet sie schließlich, um Providence nicht länger auf die Folter zu spannen. »Das haben sie in den Nachrichten gebracht! Können Sie sich das vorstellen? Und dann bricht er einfach so aus, ganz plötzlich. Also ehrlich, die wollen uns doch verarschen! Und noch dazu dieser Name, den haben sie sich doch auch nur ausgedacht, um sich über uns lustig zu machen. Theistareykjabunga oder so. Glauben Sie nicht auch, dass diese Isländer die ganze Welt für blöd halten?«

»Er liegt in Island, dieser Tatakabunga?«

»Ja. Finden Sie nicht auch, dass das überhaupt nicht isländisch klingt?«

»Zugegeben, für mich klingt das eher afrikanisch.«

»So ging es mir auch, aber afrikanisch oder nicht, ich hoffe, Sie haben Glück. Und dass der Dingsdabunga Sie nicht am Fliegen hindert.«

»Ich muss unbedingt noch heute Vormittag nach Marrakesch.«

Die Briefträgerin hätte hinzufügen können, dass es sich um eine Angelegenheit auf Leben und Tod handelte, aber sie beherrschte sich. Der Polizistin wäre eine solche Aussage zweifellos verdächtig vorgekommen.

Von Paulo Coelho gibt es einen Roman mit dem Titel *Am Ufer des Rio Piedra saß ich und weinte*. Und in einem Winkel des Terminal Orly Süd saß Providence auf ihrem rosaroten Samsonite-Koffer und weinte.

Noch heftiger schluchzte sie, als sie merkte, dass sie statt ihrer Handtasche eine mit Abfall vollgestopfte Carrefour-Tüte am Arm trug – eine beredte Mahnung, dass man sich nicht ungestraft früh um 4 Uhr 45 aus dem Schlaf reißen lässt. Die Briefträgerin verzog angewidert das Gesicht, hopste wie ein Springteufelchen in die Höhe und entsorgte die Tüte im nächstgelegenen Mülleimer, als wäre sie eine Bombe. Wie hatte sie nur mit dieser ekelhaften Plastiktüte am Arm herfahren können, ohne es zu merken? Ihr außergewöhnlicher Geruchssinn war offenbar durch die Müdigkeit völlig lahmgelegt. Wenn wir müde sind, machen wir merkwürdige Sachen, dachte sie und erschrak. Hatte sie etwa stattdessen ihre Handtasche in den Müll geworfen? Sie war sehr erleichtert, als sie sie am anderen Arm baumelnd entdeckte. Da will man nur mal eben den Müll runterbringen und nimmt ihn dann mit auf Reisen.

Providence setzte sich wieder hin und versank in der Pose des Rodin'schen *Denkers auf rosarotem Samsonite*.

Die schnurrbärtige Polizistin hatte recht gehabt. Die Hälfte aller Flüge war wegen der verdammten Aschewolke annulliert worden, die ein isländischer Vulkan am Vortag ausgespuckt hatte. Die reinste Unverschämtheit in einer Zeit, in der alle Welt gegen die Nikotinsucht kämpfte! Und die Lage war noch lange nicht geklärt. Womöglich wurde in ein paar Stunden der gesamte Flughafen geschlossen. Und damit würden sich Providence' Hoffnungen in Rauch auflösen (kein Wortspiel beabsichtigt).

Wie kann eine Wolke bloß so bedrohlich sein?

Wie konnte ein großer Wattebausch, wie konnte eine pummelige Staubfluse so ausgeklügelten Maschinen gefährlich werden? Allem Anschein nach war sie genauso gefährlich wie die radioaktive Wolke, die vor ein paar Jahren von Tschernobyl aus über den europäischen Himmel gewandert war, bis sie wie durch ein Wunder unmittelbar vor der französischen Grenze zum Stillstand kam. Vielleicht, weil sie kein Visum hatte?

Die Moderatoren der Nachrichtensendungen, die auf den Bildschirmen im Terminal liefen, bestätigten, dass Flugzeuge, die das Pech hatten, in diesen Aschehaufen zu geraten, Gefahr liefen abzustürzen, das heißt, so schnell vom Radar zu verschwinden wie Damenhöschen auf den Partys von Larry Flint. Das Grauen des Bermudadreiecks zeigte seine hässliche Fratze. Gewaltige Kolosse, vernichtet von kleinen Staubpartikeln. Verrückt. David gegen Goliath. Die Aschepartikel setzten sich in den Triebwerken fest und brachten sie zum Stillstand. Im schlimmsten Fall kam es zu einer Explosion. Im Fernsehen reduzierte man diese Vorgänge auf einen Maßstab, den Normalsterbliche begreifen konnten, man verglich sie mit weitaus alltäglicheren Unfällen: dem defekten Filter der nagelneuen Espressomaschine oder der Silbergabel, die die Schwiegermutter in der Mikrowelle vergessen hat. Rumms! Kein Kaffee mehr, keine Mikrowelle mehr, kein Flugzeug mehr!

Eine Minderheit von selbsternannten Experten jedoch, als deren Brutstätte manchen Leuten gewisse einflussreiche Beratungsfirmen oder schlichtweg irgendeine Kanzlei galten, behaupteten, Luftfahrzeuge hätten von einer solchen Wolke nicht das Geringste zu fürchten. Die Bedrohung werde übertrieben, wie üblich. Doch die Luftfahrtgesellschaften waren nicht bereit, ihre Flotte und die Sicherheit der Fluggäste wegen einer Bande von Phantasten aufs Spiel zu setzen. Es ging um ihr finanzielles Überleben. Es hatte keinen Sinn, jahrelang bei den Erdnüssen und den Oliven zu sparen, nur um dann das Risiko in Kauf zu nehmen, dass die hübschen Spielzeuge (zu 149 Millionen Euro das Stück) zu Bruch gingen, als wären sie von Schülern aus den Fenstern geworfene Papierflieger. Nein, hier war Vernunft gefragt.

Und da niemand mit dem Feuer spielen wollte, rührte sich niemand vom Fleck. Die Devise der Generaldirektion für zivile Luftfahrt klang wie die Anweisung eines Bankräubers: »Alle auf den Boden!« Verspätungen häuften sich. Das Bodenpersonal wagte es kaum noch, weitere Annullierungen bekannt zu geben. Diese unerquickliche Aufgabe überließen sie lieber den Anzeigetafeln. Einem Computer würde wohl kaum jemand an die Gurgel gehen. Im Abstand von wenigen Minuten verschwand ein Flug nach dem anderen von der Anzeige, wie durch einen boshaften Zaubertrick von David Copperfield.

Man konnte nichts tun außer warten.

Aber Providence konnte nicht länger warten.

Mit jeder Sekunde, die verging, verrann eine Sekunde von Zaheras Leben. Denn die Krankheit näherte sich mit Riesenschritten einer Krise, und die Klinik in Marokko besaß nicht die technische Ausrüstung, um dem kleinen Mädchen zu helfen. Dass Zahera noch lebte, verdankte sie ganz allein ihrem eisernen Willen und der Hoffnung, dass ihre Mama sie so schnell wie möglich zu sich holen würde.

Providence befingerte das blaue Dokument mit der offiziellen Unterschrift. Der magische Schlüssel. Das Ergebnis eines monatelangen Papierkriegs, den sie geführt hatte, um dieses Kind nach Frankreich zu holen. Und nachdem sie die bürokratische Dampfwalze überstanden hatte, verschworen sich nun die Elemente gegen sie. Warum bereitete es der ganzen Welt ein so gemeines Vergnügen, ihrem alten Post-Renault Knüppel zwischen die Räder zu werfen? Jede Sekunde, die verstrich, war eine Sekunde, in der man sie von ihrer Tochter fernhielt. Das war so ungerecht! Zum Schreien ungerecht. Zum Fensterscheibeneinwerfen ungerecht!

Um sich zu beruhigen, griff Providence in ihre Handtasche und holte einen kleinen MP3-Player hervor. An dem Tag, an dem die Regierung beschlossen hatte, Fotos von kranken Lungen und Lebern auf die Verpackung zu drucken, hatte sie ihre Zigarettenschachteln gegen das kleine Gerät eingetauscht. Musik war sowieso gesünder, und bisher waren sie noch nicht auf die Idee gekommen, die Player mit Bildern von Gehörlosen zu bekleben! Mit zittrigen Händen steckte sie sich die Stöpsel in die Ohren und drückte auf Play. Sie legte den Kopf in den Nacken, als säße sie beim Friseur und käme gleich in den Genuss einer wunderbar entspannenden Kopfhautmassage.

Als der Song von U2 an der Stelle wieder einsetzte, wo sie ihn bei ihrer Ankunft am Flughafen gestoppt hatte *(In a little whiile, in a little whiiile, I'll be theeere)*, sah Providence in dem großen Glasfenster des Terminal Zaheras lächelndes Gesicht vor sich. Ja, was Bono sang, stimmte: Nicht mehr lange, dann wäre sie dort. Bei ihr. Man musste die Dinge relativ sehen, es war sowieso ein Wunder, dass die Kleine bis heute durchgehalten hatte. Sieben Jahre, obwohl man ihr eine Lebenserwartung von drei vorausgesagt hatte! Sie würde auch noch *a little while* länger durchhalten. *Man dreams one day to fly, a man takes a rocketship into the skies*. Ach, hätte sie doch nur eine Rakete ...

»Ich komme dich holen, mein Liebling«, murmelte Providence vor sich hin, ohne auf die spöttischen Blicke der vorübergehenden Touristen zu achten. Egal, was es kostet, egal, wie ich es anstelle, nichts wird mich daran hindern, dich heute noch abzuholen. Halte durch, mein Engel. Wenn der Mond aufgeht, bin ich bei dir. Das verspreche ich dir. Und wenn ich lernen muss, wie ein Vogel zu fliegen.

Niemals hätte sich Providence träumen lassen, wie nah sie der Wahrheit kam, als sie diese Worte aussprach.

Zur gleichen Zeit, Tausende Kilometer von Orly entfernt, betrachtete Zahera, deren Kinn über der Bettdecke hervorschaute wie Kapitän Haddocks Bart in *Kohle an Bord*, das phosphoreszierende Sternbild, das an ihrer weißen, wolkenlosen Zimmerdecke klebte. Sie hatte über ihrem Kopf das Sternbild des Großen Bären aus lauter winzig kleinen Plastik-Leuchtsternen angebracht, und wenn man das Licht löschte, funkelten sie wie tausend blank geputzte Sheriffsterne.

Echte Sterne funkelten nicht. Das wusste Zahera, weil Rachid ihr einmal ein Stückchen von einem Stern geschenkt hatte, über das er zufällig in der Wüste gestolpert war. Anscheinend war es von irgendwo runtergefallen. War das graue Gestein einmal ins Dunkel gestürzt, strahlte es kein Licht mehr aus. Rachid, ihr Krankengymnast, meinte, das habe mit der Strahlung zu tun. Abgespalten und fern von seinen molekularen Artgenossen mochte das Sternenbröckchen nicht mehr blinken. Als Zahera eines Tages wieder einmal den Stein bewunderte, der nicht größer als ihre Hand war, entdeckte sie an einer Stelle seiner scharfkantigen, unregelmäßigen Oberfläche eine geheimnisvolle Inschrift: *Made in China*.

»Was bedeutet das?«, fragte sie Rachid bei nächster Gelegenheit.

»Das? Ach, das ist Englisch«, antwortete der Krankengymnast verlegen. »Das heißt, sie werden in China hergestellt.«

Er hatte die Fälschung in einem kleinen Basar in der Innenstadt gekauft. Das Mädchen, das nie aus der Klinik herausgekommen war und sich deshalb in der Welt nicht auskannte, hatte ihm geglaubt, weil es Erwachsenen üblicherweise vertraute.

»Ach so, die Sterne werden in China hergestellt«, sagte Zahera, und Rachid musste verwundert feststellen, dass sein Geständnis nicht die erwartete Wirkung hatte.

Gerührt von diesem schönen Zeugnis der Unschuld fand er nicht die Kraft, ihr zu widersprechen. Ganz im Gegenteil. Er fabulierte sogar noch ein bisschen weiter.

»Die chinesische Flagge besteht übrigens aus fünf gelben Sternen auf rotem Grund. Daran sieht man, welche Bedeutung die Sternenindustrie dort hat!«

Von da an war Zahera der Überzeugung, dass die Chinesen tonnenweise Sterne produzierten, die sie in den Himmel schossen, um für die Menschen in der marokkanischen Wüste das Weltall zu illuminieren, und sie dankte ihnen jeden Abend vor dem Einschlafen in Gebeten, die sie eigens für sie erfunden hatte. Sie dankte ihnen dafür, dass sie ihr Volk so großzügig bedachten.

Eines Tages würde sie dieses armselige Krankenhaus am Stadtrand von Marrakesch verlassen und eine phantastische Reise unternehmen. Sie würde in den Orient-Express steigen und in das Land reisen, in dem Männer und Frauen mit schmalen Augen wie wohl organisierte, emsige Ameisenarmeen mit Hilfe mächtiger Kanonen leuchtende, apfelsinengroße Steine in den Weltraum schossen, die mit ihren scharfen Kanten Löcher in das marineblaue Tuch des Nachthimmels bohrten.

Zu dieser Morgenstunde leuchteten die Sterne schon nicht mehr, aber bei ihrem Anblick konnte sie sich noch ein bisschen aus dem tristen Schlafsaal fortträumen. Die kleine Marokkanerin hatte fast ihr ganzes Leben zwischen den grauen Wänden verbracht. Seit Providence ihr die Leuchtsterne geschenkt hatte, ebenfalls *Made in China*, hob sie bei Einbruch der Nacht den Blick zur Decke und sah dort den Himmel. Und sie sah vor allem viele, viele Augen, die schelmisch blitzten und funkelten wie die ihrer neuen Mama, der einzigen Mama, die sie je gehabt hatte, denn die andere war bei ihrer Geburt gestorben. Es kam ihr vor, als würden ihr all die kleinen Leuchtpunkte verschwörerisch zublinzeln.

Der große Bär.

Providence hatte ihr erzählt, dass die Franzosen das Sternbild auch *La Grande Casserole*, den Großen Kochtopf, nannten. Sie mochte diesen Namen sehr, weil er ihre beiden Leidenschaften verband, das Kochen und den Weltraum. Sie wollte später einmal Weltraumkonditorin werden, das hatte sie sich fest vorgenommen. In der Schwerelosigkeit wäre es viel leichter, Soufflés zu backen und Eischnee zu schlagen. Aber diese Idee behielt sie vorläufig für sich. Sie war ihr Geheimnis. Ihr schien das alles völlig logisch, aber anderen Leuten kam so etwas anscheinend nicht in den Sinn. Das Problem war nur, dass es dieses »später einmal« möglicherweise nie geben würde. Und noch mehr bedrückte sie, dass die Welt sie, falls der Tod früher kam als vorgesehen, nicht als erste Weltraumkonditorin in Erinnerung behalten würde, sondern als krankes kleines Mädchen, das eines schönen Sommertags unter einer mit Plastiksternen beklebten Zimmerdecke in einem schäbigen marokkanischen Krankenhaus gestorben war.

Also versuchte sie, die Ärzte und die Krankheit Lügen zu strafen, und wehrte sich tapfer. Sicher, ihre Arme waren dünn wie junge Zweige, aber ihr Geist war wie von einer unzerstörbaren Eisenlegierung umgeben. Denn ihr Geist war stärker als ihr Körper, und ihre gute Laune war unverwüstlich. Wenn sie lächelte oder lachte, walzte sie damit wie ein Bulldozer alle Widerstände platt, sie demolierte die Krankheit, sie eliminierte die Traurigkeit. Wenn wir Menschen Arme oder Beine verlieren und aussehen wie kaputte Puppen, wenn das Leben uns wie mit einer scharfen Schere gewaltsam das Gesicht zerschneidet und das Herz aus dem Körper reißt, wenn Männer ihr Geschlecht verlieren und Frauen ihre Haare und Brüste, wenn wir alles verlieren, was uns zu Menschen macht, unsere Augen, Ohren oder Lungen, wenn wir uns in Neugeborene zurückverwandeln und wieder ins Bett machen, wenn man uns Windeln anlegt und Unbekannte uns frühmorgens die Scheiße abwischen, die sich nachts in unseren Klinikbetten angesammelt hat, wenn wir uns nicht mehr selbst waschen können, wenn kochend heißes Wasser uns das letzte Restchen Haut verbrüht, das uns noch geblieben ist, wenn uns das Alter die Knochen bricht, uns Tränen in den Augen brennen und wir trotz allem noch nicht den Verstand verloren haben, dann tut es gut zu lächeln oder zu lachen und zu kämpfen. Lachen ist das Schlimmste, was man einer Krankheit antun kann. Man muss ihr ins Gesicht lachen. Nie die Hoffnung verlieren. Sich nie aufgeben. Denn das Abenteuer ist noch nicht zu Ende. Man sollte nie aufstehen und das Kino verlassen, bevor der Film vorbei ist, denn am Ende erlebt man oft Überraschungen. Erfreuliche Überraschungen. Ein Happy End. Es kommt vor, dass uns das Leben ans Bett fesselt. Aber solange noch ein paar Tropfen Zuversicht durch unsere Adern rinnen, solange ein hauchzarter Faden, nicht viel dicker als das Gespinst einer Seidenraupe, uns ans Dasein bindet, sind wir lebendig. Lebendig und stark. Stark sind wir sogar dann, wenn wir schwach sind, denn wir gehören zur schönen Gattung der Lebenden. Auch Zahera kämpfte aus genau diesem Grund: Sie wollte das Ende des Films sehen. Das glückliche Ende. Dafür kämpfte sie wie eine erwachsene Frau, eine starke, schöne Frau. Eine außergewöhnliche Frau, die nicht aufgab und auf das Glück, lebendig zu sein, nie freiwillig verzichtet hätte.

In einem Buch, das Providence ihr einmal geschenkt hatte (es trug den Titel *Der unermessliche Einfluss, den Ihr Vorname auf Ihr Leben ausübt*) hatte sie gelesen, dass »die Zaheras sich beherzt für ihr eigenes Glück und das Glück der Menschheit einsetzen. Sie sind geduldig und überaus treue Freundinnen.«

Davon war sie hundertprozentig überzeugt.

Sie würde der ganzen Welt beweisen, dass man noch träumen konnte, selbst wenn man eine Wolke verschluckt hatte. Eines Tages würde sie die erste Weltraumkonditorin aller Zeiten sein.

»Du hast eine Wolke verschluckt« – so nannte Providence Zaheras Krankheit, die Mukoviszidose. Es traf die Sache ziemlich gut. Das kleine Mädchen spürte in ihren Lungen eine Art nebulösen, hinterhältigen Schmerz, der sie langsam, aber sicher erstickte, als hätte sie irgendwann einmal aus Versehen eine dicke Gewitterwolke verschluckt, die seitdem in ihr festsaß. Jeden Morgen frühstückte sie Erdbeerwölkchen. Sie schüttete sie in ihre Schüssel wie andere Kinder ihre Frühstücksflocken. Flocken, die ihr im Hals kratzten und die sie klaglos hinunterschlucken musste. Manche Leute waren gegen Erdnüsse oder Austern allergisch, sie war allergisch gegen die Wolken, die sich tief unten in ihrer Brust bildeten. Manchmal hatte sie fast das Gefühl, dass sie ganz Paris verschlucken musste, die ganze große Stadt mit ihren steinernen Brücken, ihren von gewaltigen Mansardendächern gekrönten Häusern, ihren gläsernen Museen und ihrem Eiffelturm. Jeden Morgen verschlang sie Paris, schluckte einen Steinquader nach dem anderen. Den ganzen Eiffelturm, Schraube um Schraube. Mit sämtlichen Stockwerken und Restaurants. Eine dreihundertachtzig Meter hohe Wolke. Die Unmenge an Metall, Glas und Backstein zerkratzte ihr die Bronchien wie Stacheldraht, und sie weinte. Dann regnete es in der französischen Hauptstadt. Jeden Morgen frühstückte sie eine ganze Stadt. Und Regen fiel auf die Erde.

Doch alles in allem fand Zahera, sie habe noch Glück gehabt. Im oberen Stockwerk lag nämlich ein Junge, der an einer viel heimtückischeren Krankheit litt, einem sehr merkwürdigen Leiden, das die Ärzte »Undine-Syndrom« getauft hatten. Der Mythologie zufolge hatte die Nymphe Undine ihren untreuen Ehemann zur Strafe mit einem Fluch belegt, sodass er nicht mehr automatisch atmen konnte. Und dann war er, als er schließlich einschlief, gestorben. Das Undine-Syndrom – was für ein phantasievoller Name für einen solchen Horror. Ärzte waren grausam.

Sie mussten anscheinend alles poetisch umschreiben, selbst den Tod. Jedes Mal beim Einschlafen vergaß Sofians Körper zu atmen, genau wie der von Undines Ehemann. Als müsse er wach und bei Bewusstsein sein, um atmen zu können, als müsse der Junge ununterbrochen imstande sein, seinen Lungen Befehle zu geben: Füllt euch, leert euch. Einatmen, ausatmen. Einatmen, ausatmen. Ich atme, also bin ich. Sofian war an eine Maschine angeschlossen, wie ein Roboter. Ein kleiner, viereinhalbjähriger Roboter mit Lungen aus Glas. Es gab also immer noch kränkere Menschen auf der Welt. Und wenn einem das klar wurde, konnte man die eigene Situation im größeren Zusammenhang betrachten und sich sagen, dass man eigentlich ziemliches Glück hatte und die Dinge noch viel schlimmer hätten sein können. Und wenn man sah, dass Sofian lachte und spielte wie jeder andere x-beliebige Vierjährige, bekam man eine Gänsehaut. Er prustete laut los, sodass die Plastikschläuche in seinen kleinen Nasenlöchern tanzten, er strahlte übers ganze Gesicht, wenn er einen Witz hörte, er staunte über den Sonnenuntergang und jauchzte vor Freude, wenn die Schwesternhelferinnen ihn für ein, zwei Stunden in den Garten hinunter brachten, er blätterte zum hundertsten Mal das einzige Bilderbuch durch, das es in der Klinik gab. Das war eine nützliche Lektion. Jeden Tag konnte man von ihm lernen. Und jeden Abend, wenn die Maschine eingeschaltet wurde und seine Lungen daran erinnerte, dass sie das Atmen nicht vergaßen, während er träumte. Während er davon träumte, nie wieder ans Atmen denken zu müssen.

Zahera dagegen hatte schließlich nur eine Wolke verschluckt.

Und eine Wolke war etwas Schönes.

Vielleicht waren ihr Interesse an der Meteorologie und ihr Wunsch, Weltraumkonditorin zu werden, durch die Krankheit erwacht. Wer weiß, wenn sie die Wolke kennenlernte, konnte sie sie womöglich zähmen und beherrschen und musste weniger leiden. Aber eine Wolke zu zähmen, war nicht leicht. Man musste sie erst einmal einfangen. Und schneller als eine Wolke war man nie, selbst wenn man ganz schnell rannte. Zahera hatte es schon versucht. Außerdem hatte ihr nie jemand beigebracht, wie man Wolken zähmt. In Marokko wird den Menschen das Wolkenfangen nicht beigebracht, und Frauen schon gleich gar nicht. Wirklich schade.

So war Zahera zu dem Schluss gelangt, dass sie da oben im Weltraum, in ihrer Oase zwischen den Sternen *Made in China*, nicht mehr krank sein würde. Denn ihre Wolke, die hier unten riesige Ausmaße hatte, war von der Raumstation aus gesehen kaum breiter als ein Haar. Da oben konnte sie ja sogar die ganze Erdkugel verdecken, indem sie den kleinen Finger vor ein Bullauge legte. Das war das Wunder der Perspektive. Und außerdem gab es im Weltraum sowieso keine Wolken, weil es keine Luft gab und deshalb auch keine Zusammenballung von Luftmolekülen. In der Troposphäre herrschte immer schönes Wetter. Dort schien immer die Sonne.

Doch der Zeitpunkt für die Reise ins Weltall war noch nicht gekommen, und in den letzten Tagen hatte sich die verflixte Wolke ziemlich gemein benommen. Die Hustenanfälle folgten in immer kürzeren Abständen aufeinander und wurden immer heftiger. Durchhalten hieß die Parole. Und das fiel Zahera neuerdings viel leichter, seit sie wusste, dass ihre Mutter kommen und sie holen und nach Frankreich mitnehmen würde. Beim letzten ihrer Besuche – und Providence kam oft – hatte sie ihr Fotos von ihrem Kinderzimmer und von den Spielsachen gezeigt, die in Paris auf sie warteten, in der Stadt von Micky Maus und Disneyland. Bald würden sie zusammen Achterbahn fahren und sich wie Märchenprinzessinnen anziehen, das hatte Providence ihr versprochen, denn die Richter hatten endlich der Adoption zugestimmt, und das bedeutete, dass sie jetzt auch in den Augen des Gesetzes ihre Mama war.

Bei diesen Worten war Zahera aus dem Bett gehüpft und durch den Flur galoppiert. Sie hatte allen die gute Nachricht zugerufen und einen solch wunderbaren Duft von Glück um sich verbreitet, dass sich alle Lippen wie von selbst zu einem Lächeln kräuselten und die kranken Frauen für einen Moment ihre bedrückenden Sorgen vergaßen.

Ja, sie musste durchhalten. Bis ihre Mama kam. Heute würde sie sie abholen, das hatte Providence versprochen. In letzter Zeit hatte das kleine Mädchen nur auf dieses Ereignis hin gelebt, nur auf diesen Tag gewartet. Den Tag, an dem ihr richtiges Leben anfangen würde. Die sieben Jahre Leiden wären ausradiert wie mit einem großen Radiergummi, und alles würde noch einmal von vorne anfangen. Bei dem Gedanken, dass sie das Krankenhaus verlassen würde, hatte das kleine Mädchen vor lauter Aufregung die ganze Nacht kaum ein Auge zugetan. In dem Hello-Kitty-Kalender, den Providence ihr geschenkt hatte, waren alle vergangenen Tage mit einem Kreuz durchgestrichen und das heutige Datum mit rotem Nagellack umkringelt. Mit Prinzessinnen-Glitzerlack.

Zahera wurde von einem heftigen Hustenanfall geschüttelt und richtete sich im Bett auf. Sie krümmte sich zusammen und spuckte eine schleimige, rötliche Flüssigkeit in eine Nierenschale. Es ging wieder los, die Wolke wachte auf, die verdammte Wolke, die sie als Baby verschluckt hatte und seitdem überallhin mit sich schleppte. Die Wolke forderte einen hohen Preis für ihr Glück. Bei jedem Hustenanfall versuchte Zahera sich einzureden, dass das, was da zwischen ihren Lippen hervorquoll, Erdbeermarmelade war, ein leckeres Püree aus Walderdbeeren, und dass ihre Lungen mit Marmelade gefüllt waren. So wurde alles gleich ein bisschen erträglicher, selbst wenn ihr die Marmelade schier die Bronchien zerriss. Es war eben eine Brennnesselmarmelade. Trotz aller Schmerzen zwang sie sich zu dem Gedanken, dass die Wolke eigentlich eine liebe Wolke war und sie Glück hatte, weil ihre Wolke sie am Leben ließ, während andere, schlimmere Wolken, überall auf der Welt Kinder umbrachten. Doch, ihre war eigentlich ganz lieb, auch wenn sie sich tief unten in ihrer Brust manchmal in Erdbeermarmelade verwandelte. Man musste nur bestimmt genug auftreten und ihr da drinnen nicht zu viel Platz lassen, man musste ihr »Stopp!« zurufen, wenn sie alles um sich herum zertrampelte wie ein Elefant im Porzellanladen. »Mama, bitte komm schnell«, flüsterte Zahera. Sie war am Ende ihrer Kräfte und ließ sich wie ein Kartoffelsack in die feuchten Laken zurückfallen. Der Elefant war geflüchtet und hatte ein Trümmerfeld aus zerbrochenem Geschirr zurückgelassen.

Position: Flughafen Orly (Frankreich)
Herz-O-Meter: 2105,93 Kilometer

Nachdem sie bei ihrem Rachefeldzug gegen alles, was auch nur im Entferntesten der blauen Uniform der Royal Air Maroc ähnelte, drei Stewardessen der richtigen Fluglinie, zwei der falschen sowie eine ahnungslose Putzfrau attackiert hatte, wusste Providence nicht mehr, wohin mit ihrem Zorn, denn die verdammte Wolke war zu weit oben, außerhalb ihrer Reichweite. Sie konnte nicht zu ihr hochspringen und sie mit einem Armwedeln verscheuchen. Eine Aschewolke! Diese Raucher konnten einem echt auf den Geist gehen! Da pusteten sie einfach ihre Rauchschwaden in die Atmosphäre und hatten damit dieses schwarze Monster produziert. Der Vulkan musste ein Vorwand sein, eine Erfindung der Zigarettenindustrie. Island lieferte ein bequemes Alibi. Denn wer würde sich über einen Vulkan beklagen? Die Isländer sicher nicht, schließlich wusste keiner so genau, ob sie überhaupt existierten. Wer kannte schon einen Isländer? Wer wusste, wie Isländer aussehen? Die Wissenschaft hatte bewiesen, dass wir im Laufe unseres Lebens mit größerer Wahrscheinlichkeit einem Yeti begegneten als einem Isländer!

Wäre Providence eine Riesin gewesen, hätte sie diesem widerlichen Wanderaschenbecher einen ordentlichen Kinnhaken verpasst! Sie hätte sich auf ihren Stöckelschuhen in die Höhe gereckt und den Himmel mit einem gewaltigen Staubsauger schneller blank geputzt als ihre Wohnung, die sie immer am Sonntagmorgen zu den Klängen von Radio Bossanova sauber machte.

Aber sie war keine Riesin, und ihr Staubsauger war nicht größer als ihr Koffer Marke Samsonite Cabin Collection. Außerdem hatte sie nie gelernt, Wolken einzufangen, weder mit dem Staubsauger noch mit dem Lasso. In Frankreich brachte man den Frauen das Wolkenfangen nicht bei, und Briefträgerinnen schon gar nicht. Wirklich schade.

Zum ersten Mal im Leben konnte Providence nur abwarten, und nichts auf der Welt verabscheute die flinke junge Frau, die immerhin mit sieben Monaten laufen gelernt hatte, mehr als das Warten. Sie hatte auch nicht die geringste Lust, sich zu beruhigen. Es kostete sie eine übermenschliche Anstrengung, sich ins erstbeste Café am Flughafen zu setzen. Sie war versucht, ihren MP3-Player wieder hervorzuholen, den sie in die Jeanstasche gestopft hatte, sich die Stöpsel in die Ohren zu stecken und sich die Ohren mit einem Stück von *Black Eyed Peas* vollzudröhnen, aber dann bestellte sie doch lieber einen heißen Tee.

»Geschüttelt, nicht gerührt!«, hätte sie fast à la James Bond hinzugefügt, aber sie war nicht zum Scherzen aufgelegt. Deshalb beließ sie es bei einem unfreundlichen: »Einen heißen Tee!«, entschuldigte sich jedoch gleich darauf für ihre Unhöflichkeit, weil sie nicht einmal »bitte« gesagt hatte. Sie hatte kein Recht, sich so zu benehmen. Das Personal trug schließlich keine Schuld. Die Wolke war schuld. Das Leben war schuld.

Die Sache war nur die: Zahera starb, und sie trank Tee.

Einen ekligen Tee noch dazu. Flughafentee, für den man ein Vermögen hinblätterte.

Immerhin schaffte es das miserable Gebräu, sie zu beruhigen. Zwar hätte sie lieber eimerweise Kaffee in sich hineingeschüttet, ohne abzusetzen, am liebsten mit einem großen Trichter. Aber sie hatte neben dem Rauchen auch das Kaffeetrinken aufgegeben. Außerdem musste sie sich unbedingt beruhigen. Und das war strenggenommen nicht die vorrangige (und auch nicht nachrangige) Funktion des schwarzen Getränks.

Sie ließ ein paar Minuten verrinnen.

Es war ein Geduldsspiel, bei dem sie den ersten Level erfolgreich hinter sich gebracht hatte und zum nächsthöheren aufgestiegen war. Die übermenschliche Anstrengung von vorhin hatte himmlische Ausmaße angenommen. Demnächst würde man ihr einen Orden verleihen oder sie heiligsprechen. Man würde sie als Heilige Patientia verehren.

Ja, es war nicht übertrieben, von einer übermenschlichen Anstrengung zu sprechen, denn Providence war es gewohnt, alles unter Kontrolle zu haben und sich nie von den Ereignissen forttragen zu lassen. Bei der Arbeit war sie es, die die Routen festlegte. Sie entschied, wo die Briefträger ihren Weg durchs Viertel begannen und wo sie ihr Tagwerk beendeten. Ihr eigener Rhythmus gab den Ausschlag. Dieses Vorrecht brachten fünfzehn Jahre Berufserfahrung mit sich. Auch bei ihrer eigenen Route entschied sie allein, ob sie sich an sonnigen Tagen Zeit ließ oder sich beeilte, wenn sie mal keine Lust hatte. Aber in letzter Zeit schien in ihrem Herzen ununterbrochen die

Sonne, denn der Tag, an dem sie Zahera zu sich holen würde, rückte mit Riesenschritten näher. Seit das kleine Mädchen in ihr Leben getreten war, fühlte sie sich wie neugeboren. Mit fünfunddreißig! Es war alles so unerwartet passiert. Bis vor kurzem hatte sie nur einen einzigen Wunsch gekannt: Sie wollte unter dem wohlwollenden Blick des Sternekochs Frédéric Anton aus der Fernsehsendung *MasterChef* das Mayonnaise-Rezept ihres Vaters vervollkommnen. Denn das Leben hatte Ähnlichkeit mit einer Mayonnaise. Es bestand aus einfachen Zutaten wie Eigelb und Öl, die man auf keinen Fall unsensibel behandeln durfte und die sich durch gleichmäßiges Rühren und Konzentration in eine äußerst wohlschmeckende Creme verwandelte. Die Zubereitung half ihr, die innere Unruhe in Schach zu halten, die sie verzehrte, und ihre latente Nervosität zu zügeln. Providence hatte fest daran geglaubt, dass sich durch eine Optimierung des Mayonnaise-Rezepts ihr Leben optimieren würde.

Seit Zahera in ihr Leben getreten war, hatte sich vieles zum Besseren gewendet. Vorher hatte sie geglaubt, sie werde den Rest ihrer Tage allein zubringen, ohne Nachkommen, denen sie das Mayonnaise-Rezept einmal vererben konnte. Um Männer ging es dabei überhaupt nicht. Männer fand sie an jeder Straßenecke. Nein, es ging um etwas Tieferes – den Mutterinstinkt. Darum, ein kleines Stückchen von sich selbst vor sich zu sehen. Ein Stückchen, das sie auf der Erde lassen würde, wenn sie selbst fortging, und das wiederum ein Stückchen von ihnen beiden zurücklassen würde.

Aber nachdem ihr auch noch der letzte Rest ihrer Gebärmutter entfernt worden war, hatte sie sich damit abfinden müssen, dass sie nie Kinder haben würde. Der große Diktator Krebs hatte sie vor die Wahl gestellt: Entweder sie selbst starb oder aber ihr Wunsch, eines Tages ein Kind zu bekommen. Sie hatte schwere Zeiten durchgemacht, aber am Ende hatte sie den tückischen Gegner besiegt. Heute jedoch würde sie Mutter werden, ganz gleich, was der Krebs davon hielt. Ein Blatt Papier war der Beweis. Es war ihr gelungen, ihren Körper auszutricksen. Sie hatte gerade eine hübsche, siebenjährige, marokkanische Prinzessin zur Welt gebracht. Sie war Mutter geworden, ohne die Phase »Fläschchen, Geschrei und schlaflose Nächte« durchlaufen zu müssen.

Sie atmete tief aus. In ihren Augen funkelten unzählige Glitzersternchen.

Sie musste an das schöne Chanson von Francis Cabrel *Parole de la fille qui m'accompagne* denken: *Je weiter ich von ihr entfernt bin, desto schwerer fällt mir das Atmen.* So ging es ihr auch. Wenn viel Raum zwischen ihr und Zahera lag, fiel ihr das Atmen so schwer, als hätte auch sie eine Wolke verschluckt.

Die Erinnerung an ihre erste Begegnung entlockte ihr ein Lächeln. Bei einem Urlaub in Marrakesch hatte eine akute Blinddarmentzündung sie gewissermaßen in Zaheras Arme geworfen. Sie war in einer zweitklassigen, schlecht ausgerüsteten Stadtrandklinik in der Frauenabteilung gelandet – ein aufschlussreicher Blick hinter die Kulissen. Hier gab es keine Touristen mehr, keine Franzosen in Shorts und Sandalen, keine hübschen Fotomotive, keine Vollpension. Das All-inclusive-Armband nützte ihr gar nichts mehr. Schluss mit dem kostenlosen Wodka, jetzt gab es Leitungswasser, gerade noch trinkbar und knapp bemessen, denn das Mineralwasser reichte nicht für alle. Und dann diese brütende Hitze! Sie hatte sich nach der Klimaanlage in ihrem Vier-Sterne-Hotel gesehnt. Allerdings nur am Anfang, denn danach hatte ein anderes, tieferes und subtileres Gefühl dafür gesorgt, dass sie sich an dem fremden Ort wohlfühlte. Traurig, aber wahr – man kennt ein Land nur dann richtig, wenn man eine Weile in einem seiner Krankenhäuser verbracht hat. Dort lässt sich die Realität unmöglich beschönigen. Die rosarote Tünche, mit der die Wände der Touristenorte gestrichen sind, blättert ab und offenbart grauen Zement und Backsteine.

Das Leben hatte sie abrupt von den Orten fortgerissen, die einem die merkwürdige Illusion vermitteln, reich zu sein. Es fängt damit an, dass man dem Gepäckträger im Hotel ein Trinkgeld gibt – ein überflüssiger Luxus, sich das Gepäck tragen zu lassen, in einer Zeit, in der die Koffer klein und leicht sind … und rollen. Auch Providence hatte sich reich gefühlt, als sie dem Mann im Hotel einen marokkanischen Zwanzig-Dirham-Schein in die Hand drückte. Sie schwamm nicht gerade im Geld, aber es gab immer jemanden, der weniger hatte als sie. Und stimmte es etwa nicht, dass der ärmste europäische Penner reicher war als der kleine Äthiopier, dem niemals ein paar Geldstücke in den Becher und ein paar Stück Brot in den leeren Bauch fallen würden?

Eine banale Blinddarmentzündung hatte Providence in einen verborgenen Winkel der marokkanischen Gesellschaft katapultiert, das heißt, in den kranken, weiblichen Teil der Gesellschaft, denn hier waren die Geschlechter streng voneinander getrennt. Jedes hatte sein eigenes

Stockwerk. Doch den vielleicht tiefsten Eindruck hatte bei der jungen Französin die Tatsache hinterlassen, dass die Frauen sie nach der ersten Verwunderung ganz und gar wie eine der ihren behandelten. In manchen Betten lagen alte Frauen, die alle Teile ihres Körpers bedeckten, nur nicht ihr Herz und ihr Lächeln, das sie freigiebig verschenkten. Frauen, die einen Mann oder ein Kind verloren hatten. Attraktive Fünfzigjährige, die durch einen Autounfall entstellt und verstümmelt waren, denen ein Bein oder ein Stück vom Gesicht fehlte. Und dann dieses niedliche kleine Mädchen, in einem Universum versehrter, wesentlich älterer Frauen, diese kleine Prinzessin, die eine erbarmungslose Krankheit bereits kurz nach ihrer Geburt in einen Krankensaal verbannt hatte, die das Leben vergessen zu haben schien. Sie gehörte fast schon zum Mobiliar. Worauf wartete sie? Sie wusste es selbst nicht.

Hätte Providence einen Wolkenstaubsauger besessen, hätte sie auch in der Brust der Kleinen kräftig gesaugt. Sie hätte ihrem geliebten Kind die Bronchien durchgepustet. Sie hätte den Nebelklumpen eingefangen und ihn für immer in einen Schuhkarton gesperrt. Wolken gehören nämlich in Schuhkartons und nicht in die Brust kleiner Mädchen.

Doch das Schicksal hatte alles zum Guten gewendet. Es hatte sie beide zu Nachbarinnen gemacht, hatte sie in Betten gelegt, deren Laken sich berührten – eine Frau, die so gern Mutter werden wollte, es aber nicht mehr konnte, und ein kleines Mädchen ohne Mama. Sie waren wie füreinander geschaffen.

Providence ballte die Fäuste und starrte in ihren Plastikbecher.

Und heute musste sie das Leben ihres Kindes in fremde Hände legen! Sie war abhängig von einem Flug, von einem Flugzeug, von einer Wolke. Zaheras Leben hing mittlerweile von zwei Wolken ab. Der Wolke, die ihr die Eingeweide verbrannte, und der Wolke, die den Himmel verstopfte. Sie saß gewissermaßen zwischen zwei Wolken.

Noch ärgerlicher war, dass das Problem nur einen winzigen Teil des Globus betraf, und zwar Skandinavien, Frankreich und Nordspanien. Der Rest der Welt existierte friedlich vor sich hin, unbehelligt von den unerfreulichen Auswirkungen der Aschewolke. Providence befand sich einfach auf der falschen Seite des Planeten. Pech gehabt.

Als die nächste Träne in den Tee tropfte und eine kreisförmige Welle auslöste, die ein paar Sekunden lang ihr Spiegelbild verzerrte, beschloss sie, die Dinge selbst in die Hand zu nehmen. Wenn nicht weit von uns ein Krieg tobt, haben wir immer die Wahl, ob wir uns hineinstürzen oder neutrale Beobachter bleiben wollen. Und Providence hatte, soweit ihr bekannt war, keine Schweizer Gene.

Zahera hatte sich auf den ersten Blick in Providence verliebt.

Weil sie von »da unten« stammte, eine Europäerin war und man Europäer in ihrem Krankenhaus nie zu Gesicht bekam. Auch weil sie schön war und ihr Gesicht eine große Kraft ausstrahlte. Sie war schön, selbst als sie noch halb narkotisiert, mit trockenem Mund und verklebten Augen auf einer Trage hereingebracht wurde.

Das kleine Mädchen, das sehr neugierig war, erfuhr von Krankenschwester Leila, dass die Neue wegen einer »Appendizitis« eingeliefert worden war.

»Das ist eine Entzündung des Blinddarms, und der Blinddarm ist ein ganz kleiner Teil von uns, der zu nichts taugt und den man herausschneiden muss, wenn er sich entzündet. Nur eine harmlose kleine Operation.«

Zahera war erleichtert. Aber eines ließ ihr keine Ruhe.

»Dann ist er ein bisschen so wie eine sechste Zehe?«

»Ein bisschen. Die würde uns auch nichts nützen. Zehen taugen sowieso nicht zu viel. Höchstens zum Lackieren.«

»Und warum hat man so was dann, wenn es zu nichts taugt? Den Blinddarm meine ich, nicht die Zehe.«

»Das weiß ich auch nicht«, antwortete Leila und setzte sich auf Zaheras Bettkante. »Manche meinen, dass er uns aus einer Zeit geblieben ist, als wir noch Fische waren.«

»Fische? Ich dachte, wir wären früher Katzen gewesen und das Steißbein ist von unserem Schwanz übrig ...«

Die junge Krankenschwester lächelte.

»Du weißt vielleicht Sachen! Okay, dann sind wir eben Katzen und Fische gewesen.«

»Katzenfische!«

So hätte es stundenlang weitergehen können, wenn Providence nicht gerade aus der Narkose aufgewacht wäre. Sie kniff die Augen zusammen, weil das Licht im Saal sie blendete.

»Wie? Was? Katzenfische?«

Leila brach in Gelächter aus und hielt sich verlegen den Ärmel ihres weißen Kittels vor den breiten Mund. Sie hatte ein ansteckendes Lachen, das sich wie eine Kaskade umstürzender Dominosteine in Windeseile bis in die letzten Winkel des Saales ausbreitete.

Die junge Französin schwebte noch ein Weilchen außerhalb von Zeit und Raum. Dann fragte sie sich, was sie eigentlich in diesem Aquarium zu suchen hatte, in dem irgendwer von Katzenfischen redete. Ein leichter Schmerz in der Leistengegend erinnerte sie rasch daran, was passiert war.

Sie steckte in einem Nachthemd aus blauem Papier und hatte einen großen Verband um den Unterleib. Na so was, da hatte sie nun endlich ihre Blinddarmentzündung gehabt! Dreißig Jahre lang hatte sie darauf gewartet, seit ein Junge aus ihrer Klasse seine Mitschüler mit seinem in Formalin eingelegten Blinddarm erschreckt hatte. Und natürlich konnte es nicht in Paris passieren, sondern ausgerechnet hier, inmitten von Wüste und Bergen! Sie hatte ja wirklich nichts gegen dieses Land, aber bei aller Liebe –

Marokko war nun mal eher bekannt für seine Töpferwaren, Teppiche und Gazellenhörner als für sein großartiges Gesundheitssystem! Und wenn diese blöde Blinddarmentzündung schon unbedingt während einer Reise auftreten musste, dann doch lieber in Deutschland. Ach ja, jetzt eine schöne Woche der Genesung in einer entzückenden kleinen Schwarzwaldklinik, umsorgt von dem gutaussehenden Dr. Udo Brinkmann …

Als sie sich im Saal umsah, merkte Providence, dass alle Blicke voller Neugier auf sie gerichtet waren. Die Marokkanerinnen hätten vermutlich auch nicht verblüffter ausgesehen, wenn in diesem Moment der schwammige Roswell-Alien auf einer Tragbahre in den Saal geschleppt worden wäre, gefolgt von Wissenschaftlern in Raumanzügen, die ihn vor den Augen eines amerikanischen TV-Teams in seine Bestandteile zerlegten.

Providence wollte aufstehen, aber sie konnte ihr Gesäß nicht mehr als ein paar Millimeter in die Luft heben. Ein unangenehmes Ziehen in der rechten Seite warf sie gleich wieder aufs Bett zurück.

»Also gut, da ich nun schon mal hier eingesperrt bin, können wir uns auch gleich bekanntmachen«, verkündete sie ihren Mitpatientinnen. »Ich heiße Providence.« Sie grüßte alle mit der erhobenen Hand. »Und ich bin Briefträgerin.«

Beschämt, weil ihre Neugier so offensichtlich gewesen war, wandten die meisten Patientinnen den Kopf ab und vertieften sich wieder in ihre Hauptbeschäftigung: das Sterben.

Nur die kleine Bettnachbarin gab der Französin zur Begrüßung die Hand. Sie war ein hübsches kleines Mädchen mit langen, schwarzen Zöpfen und braunroten Flecken im

Gesicht, die aussahen, als hätte ihr jemand aus Spaß mit Kakao fröhlich die Wangen und die Nase bepudert. Sie war ausgesprochen dünn und blass, nur ihr Brustkorb war auffällig vorgewölbt.

»Und wie heißt du?«, fragte Providence.

»Zahera.«

»Das ist ein schöner Name.«

»Er ist Arabisch und bedeutet ›blühend, strahlend‹.«

»Das sieht man deinem Gesicht an.«

»Wenn ich blühen und strahlen würde, wäre ich nicht hier und würde seit meiner Geburt in diesem Krankenhaus verrotten!«

Die kleine Prinzessin war ziemlich aufbrausend. Aber sie hatte ja recht, das musste Providence zugeben. Die starke Persönlichkeit der Kleinen gefiel ihr, sie erkannte ihr jüngeres Ich in ihr wieder. Sie amüsierte sich über den Schmollmund ihrer neuen Freundin, und weil sie nun verstanden hatte, dass sie an diesem Ort in Sicherheit war, sank sie, eingelullt von den Nachwirkungen der Narkosemittel, wieder in einen künstlichen Schlaf.

An den folgenden Tagen beobachtete die neue Patientin reichlich verständnislos das Treiben an Zaheras Bett, das Kommen und Gehen der Ärzte und Krankenschwestern, die häufigen Besuche des Krankengymnasten, der das Mädchen zum Abhusten und Ausspucken brachte, die Massagen, die Sauerstoffflasche und die Atemmaske, die die meisten Zeit auf dem zarten Gesichtchen befestigt war und nur die schönen schwarzen Augen freiließ. Die Maske brauchte sie, um in der Wolke zu atmen. Zwei bis sechs Stunden Behandlung pro Tag, viel zu anstrengend für ein so kleines Mädchen.

Als Zahera eines Tages schlief, ergriff Providence die Gelegenheit beim Schopf und fragte Leila, woran sie litt. An Mukoviszidose, erklärte die Krankenschwester, einer schweren, genetisch bedingten Erbkrankheit, die dazu führt, dass sich der Schleim in den Atemwegen verdickt. Im Klartext: Zahera erstickte allmählich. Als würde man ihr ein Kopfkissen aufs Gesicht drücken, immer fester und fester. Ein schreckliches Bild.

Auf dieser Seite des Mittelmeers trat die Krankheit selten auf, unter Europäern war sie weiter verbreitet. Woran das lag, wusste Leila nicht. Aber wenn einmal eine Seuche vor der ökonomischen Überlegenheit der Weißen die Augen verschloss und *nicht* in Afrika wütete, war das für die Marokkaner kein Grund zur Klage. Das erklärte auch ihre Unerfahrenheit im Umgang mit der Krankheit, das Fehlen von Geräten, die Unzulänglichkeiten bei der Wolkenjagd. Sie bekämpften die Wolke mit Keschern und Schmetterlingsnetzen, während im Norden die modernsten Wolkenstaubsauger zur Verfügung standen. Trotzdem lebte das Mädchen schon länger, als die Ärzte je zu hoffen gewagt hatten. Das würde die europäischen Spezialisten endlich mal aus dem Konzept bringen. Gar nicht so übel, würden sie sagen, gar nicht so übel für ein Dritte-Welt-Land.

Für die Briefträgerin war die direkte Begegnung mit der Krankheit eine neue Erfahrung. Bisher hatte sie höchstens beiläufig im Fernsehen von ihrer Existenz gehört. Nur als ein junges französisches Gesangstalent, Gregory Lemarchal, mitsamt seiner herrlichen Stimme von seiner Wolke verschluckt worden und gestorben war, hatte sie etwas mehr von dieser Krankheit mitbekommen. Sie hatte den Verlust des Jungstars beweint, obwohl sie ihn nicht persönlich gekannt hatte, aber er war das Kind von jemandem gewesen, das Kind einer Mutter.

Zahera hatte ihre Mutter nie gekannt, denn da ein Übel nie allein kommt, hatte es bei ihrer Geburt Komplikationen gegeben, und sie war per Kaiserschnitt geholt worden. Eine innere Blutung hatte dem Leben ihrer Mutter ein jähes Ende gesetzt. Zahera war als Waise zur Welt gekommen, denn wer ihr Vater war, wusste niemand. Als der Arzt sie blutverschmiert aus dem Bauch ihrer Mama zog, hörte sich ihr erster Schrei wie eine Klage an, dieser Schrei klang nach Schmerz, Trauer und Verlust. Das Weinen eines Babys, das gerade das Liebste verliert, was es auf der Welt hat, die sich ihm gerade erst eröffnet. Seine Mama. Fleisch von seinem Fleisch. Den Körper, in dem es die neun schönsten Monate seines jungen Lebens verbracht hat. Die Zeit der Schwerelosigkeit.

Nach Leilas Bericht stürzte Providence sich in rastlose Aktivitäten, um die verlorene Zeit wettzumachen und dem kleine Mädchen die Entdeckung der Welt zu ermöglichen. Denn Zahera kannte von unserem schönen blauen Planeten vorläufig nur den Krankensaal im ersten Stock und den Klinikgarten. Providence zeigte ihr mit Hilfe ihres Smartphones die Schönheit der Erde, die Schönheit der Menschen, die Schönheit des Lebens. Sie brachte ihr Bücher, Videos und Zeitungsartikel. Und Fotos, viele Fotos. Fotos von dem Mann, der überall auf der Welt im Ballettröckchen posierte, um seine krebskranke Frau zum Lachen zu bringen. Fotos von ganz gewöhnlichen Menschen, die eines schönen Tages außergewöhnliche Dinge vollbracht hatten. Denn solange es Leben gab, gab es Hoffnung, und solange es Menschen gab, gab es Liebe.

Zahera fühlte sich nun wie eine Verurteilte, die ihre Strafe abbüßte, aber immerhin die lange Zeit im Gefängnis dazu nutzen konnte, Bücher zu verschlingen und ein guter Mensch zu werden und sich damit auf das neue Leben vorzubereiten, das nach ihrer Entlassung auf sie wartete. Sie war seit sieben Jahren ans Bett gefesselt, und erst jetzt wurde ihr klar, dass sie diese Tatsache auch ins Positive kehren konnte. Sie hatte Zeit. Zeit, etwas über die Welt zu erfahren und sie kennenzulernen. Ihr Lesehunger und ihr Wissensdurst waren unersättlich. Wie ein Schwamm saugte sie alles in sich auf. Innerhalb weniger Tage hatte sie praktisch eine ganze Stadtteilbibliothek ausgelesen. Innerhalb weniger Wochen hatte sie die Nationalbibliothek und die Bibliothek der Sorbonne verschlungen. Nachdem sie jahrelang nur Wolken so groß wie der Eiffelturm verschluckt hatte, verschlang sie nun ganze Bibliotheken, Regal um Regal, Schraube um Schraube. Unter Eisenmangel litt ihr Organismus nicht – eine gelungene Alternative zum Spinat!

So erfuhr das Mädchen zum Beispiel, dass die Eichhörnchen im Central Park montags traurig waren. Wussten sie, dass laut Statistik am Montag das Risiko, einen Herzinfarkt zu bekommen, am höchsten war?

Weiterhin erfuhr sie, dass die Eichhörnchen nicht etwa so heißen, weil sie gerne Eicheln essen, sondern weil »eich« so etwas bedeutet wie »sich schnell bewegen«. Dass ein Kamel in zehn Minuten einhundertfünfunddreißig Liter Wasser trinken konnte. Dass die Amtszeit des neunten Präsidenten der Vereinigten Staaten von Amerika, eines gewissen William Henry Harrison, die kürzeste in der Geschichte der USA, nur dreißig Tage, zwölf Stunden und dreißig Minuten betrug. Dass die Szene, in der Indiana

Jones mit einem Pistolenschuss den Bösewicht niederstreckte, der ihn mit seinem Säbelschwingen beeindrucken wollte, ursprünglich so nicht vorgesehen war; Harrison Ford hatte improvisiert, weil ihn Montezumas Rache plagte und er an diesem Tag den Dreh so schnell wie möglich hinter sich bringen wollte. Dass der Concierge-Service »John Paul« innerhalb einer Stunde einen Elefanten auf eine Privatyacht auf hoher See liefern konnte, wenn einem Milliardär gerade der Sinn danach stand. Dass die *Tim-und-Struppi*-Comics immer nur zweiundsechzig Seiten hatten und dass *Tim in Tibet* der einzige Band war, in dem man den Helden weinen sah.

Sie erfuhr außerdem, dass ein kleiner Indonesier, der so alt war wie sie, eine Entgiftungskur begonnen hatte, damit er mit dem Rauchen aufhören konnte. Dass der Begriff *Mafia* auf den Widerstand der Sizilianer gegen die französische Besatzung im Jahre 1282 und das Akronym ihres Schlachtrufs zurückging: *Morte Alla Francia, Italia Anela*, den Tod Frankreichs ersehnt sich Italien. Dass man nicht weniger als sechzig Tonnen Farbe brauchte, um den Eiffelturm neu zu streichen, was alle sieben Jahre stattfand. Dass Steven Spielberg die erste Folge von *Columbo* gedreht hatte. Dass der spanische Maler Jesús Capilla alle seine Farben auf der Basis natürlicher Substanzen mischte (Blut für das Rot, Eier für das Gelb, Petersilie für das Grün). Dass ein zwölfjähriger Australier, der wütend war, weil sein Land ganz unten auf den Landkarten lag, eines Tages die schlaue Idee gehabt hatte, die Weltkarte neu zu zeichnen und dabei Australien in ihr Zentrum zu rücken. Dass es auf dem Dach der Opéra Garnier in Paris Bienenstöcke gab, die Honig lieferten. Dass die nepalesische

Flagge als einzige nicht rechteckig war. Dass Albert Uderzo, der Zeichner von *Asterix*, farbenblind war und mit sechs Fingern an jeder Hand geboren worden war. Dass eine kleine Inderin mit vier Armen und Beinen auf die Welt gekommen war und von ihren Eltern den Namen Lakshmi erhalten hatte, nach der vierarmigen hinduistischen Gottheit des Wohlstandes. Dass das Symbol »&«, auch Et-Zeichen genannt, bis zum 19. Jahrhundert von französischen Schülern am Ende des Alphabets aufgesagt wurde. Dass Honoré de Balzac nur einen Meter siebenundfünfzig maß. Dass wir im Laufe unseres Lebens eine Strecke zu Fuß zurücklegen, die drei Mal um den Globus herum führt. Dass in Neuseeland nicht weniger als neunhundert Autofahrer ihr Fahrzeug als Leichenwagen deklariert hatten, um in den Genuss einer billigeren Vignette zu kommen. Dass Agatha Christie ihre Romane ohne Unterbrechung bis zum vorletzten Kapitel schrieb und erst dann überlegte, welche Figur wohl den am wenigsten plausiblen Mörder abgeben würde, wonach sie von Anfang bis Ende das ganze Buch entsprechend umschrieb. Dass die ersten Bikinis in Streichholzschachteln verkauft wurden. Dass die Spinne sich nicht in ihrem eigenen Netz verfing, weil sie darauf achtete, nur auf den nicht klebenden Fäden zu laufen, die sie extra zu diesem Zweck gespannt hatte. Dass Tom Cruise in Wirklichkeit Thomas Cruise Mapother IV hieß. Dass er der Sohn des Elektroingenieurs Thomas Cruise Mapother III war. Und dass man, wenn man einen Apfel quer durchschnitt, einen hübschen Stern mit fünf Spitzen erhielt.

Das alles fand sie im Internet. Es war das Tor zu einer Welt, die dem Mädchen so viele Jahre gefehlt hatte.

Am Abend vor der Abreise der Briefträgerin, die sich inzwischen von dem chirurgischen Eingriff erholt hatte, vertraute sich Zahera ihr an und gestand ihr, dass sie später einmal Raumfahrerin, genauer gesagt Weltraumkonditorin werden wollte. Dieses Geheimnis hatte sie bisher noch niemandem verraten, vor allem wegen der Sache mit dem Eischnee in der Schwerelosigkeit. Doch Providence vertraute sie blind.

»Ich bin vielleicht etwas begriffsstutzig, aber warum sagst du Raumfahrerin und nicht Astronautin?«, fragte Providence.

»Im Großen und Ganzen ist das dasselbe«, antwortete Zahera voller Stolz, einer Erwachsenen etwas erklären zu können. »Es hängt von der Nationalität ab. Eine Raumfahrerin kommt aus Europa und eine Kosmonautin aus der Sowjetunion.«

»Ah ja?«

»In den USA heißen sie Astronauten. Und die Chinesen haben Taikonauten!«

»In diesem Fall bist du keine Raumfahrerin, auch wenn du das gern wärst, Zahera, weil du keine Europäerin bist. Du bist eine Marokkonautin!«

Sie kicherten beide los.

»Weißt du noch, weshalb ich hier eingeliefert wurde?«, fragte Providence nach einer Weile.

Das kleine Mädchen überlegte angestrengt, bis ihr das Wort einfiel.

»Wegen einer Appendizitis?«

»Ja. Und weißt du, wenn du eines Tages in den Weltraum fliegst und deine Soufflés und Schnee-Eier bäckst, werden sie dir vor deiner Mission den Blinddarm herausoperieren, nur für alle Fälle. Denn wenn er sich da oben entzündet, hast du ein echtes Problem. In Raumstationen gibt es weder einen Operationssaal noch Chirurgen, verstehst du. Also sorgst du besser vor.«

Providence gab Zahera ein Versprechen: Sie würde alles dafür tun, damit sie eines Tages ihren Traum verwirklichen und als erste Marokkonditorin ins Weltall fliegen könnte. Und sie versprach ihr, in ein paar Wochen wiederzukommen und Geschenke mitzubringen.

»Versprochen?«

»Versprochen.«

»Auch wenn das heißt, dass du noch eine Appendizitis kriegst?«

»Dafür würde ich mir alle Blinddärme der Welt herausschneiden lassen, wenn es sein müsste! Und wenn man einen pro Erdbewohner zählt, sind das Milliarden! Ich verspreche dir, dass ich in drei Wochen wieder hier bin.«

»Du bist ein bisschen wie eine ferngesteuerte Mama.«

»Eine ferngesteuerte Mama?«

»Ja, denn wenn ich eine Fernbedienung für Mamas hätte, würde ich dich immer wiederkommen lassen, wenn ich ein bisschen traurig bin. Und ich würde dich sowieso nie wieder weglassen.«

»Ich würde jedes Mal kommen, wenn du traurig bist, mein Engel. Ich werde deine ferngesteuerte Mama sein.«

Und sie hatte ihr Versprechen gehalten. Zwei Jahre lang führten häufige Hin- und Rückflüge die beiden ehemaligen Bettnachbarinnen zusammen, bereicherten Providence' Alltag um ein Ziel, das sie glücklich machte, und ihre Brieftasche um die exklusive *Safar Flyer Gold*-Vielfliegerkarte von Royal Air Maroc.

Providence strahlte über das ganze Gesicht.

Schon allein bei dem Gedanken an Zahera wurde aus dem ekligen Tee, den sie widerstrebend schlürfte, der kostbare Nektar vom Hof eines indischen Maharadschas, und der Flughafen verwandelte sich in einen Palast aus *Tausendundeiner Nacht*. Sah Orly nicht sowieso aus wie ein Theatersaal, in dem die Scheinwerfer auf der Bühne zwischen zwei Szenen ausgegangen waren und die Techniker für das neue Szenenbild große Kulissen herumschoben und Requisiten bereitlegten? Nur liefen hier zusätzlich jede Menge Statisten herum. Tausende von Touristen, die wie Providence auf der Bühne festsaßen.

In einer solchen Situation reichte es nicht, eine ferngesteuerte Mama zu sein. Sie hätte ein fernlenkbares Flugzeug gebraucht, mit dem sie ihre Tochter holen konnte.

Eine Empfindung, die sich wie ein Stromstoß anfühlte, durchzuckte ihre rechte Leiste, als sollte sie daran erinnert werden, dass dort alles angefangen hatte; dort hatte ihr Körper begonnen, etwas zu spüren. Und dann wanderte der leise Schmerz in ihren Bauch hinüber und weiter nach oben, wo er sich als ein Gefühl von Wärme in ihrem Herzen ausbreitete. Ihr Baby. Ihr liebes kleines Mädchen. Schneller als man braucht, um ein Fischstäbchen aufzutauen, kehrte die Hoffnung wieder in ihr Herz zurück.

Und mit ihr die Kraft, Berge zu versetzen. Als erstes versetzte sie die ziemlich kleinen, die ihr als Gesäß dienten, und sprang auf. Ihr Köfferchen hinter sich herziehend begab sie sich auf die Suche nach einem Autoverleih. Sie würde einen Wagen mieten, mit Karacho bis hinunter nach Marokko brettern und ihre Tochter abholen.

Als sie dort ankam (beim Autoverleih, nicht in Marokko), stellte sie fest, dass sie nicht als einzige auf diesen genialen Einfall gekommen war. Vor den Schaltern drängten sich so viele Leute, dass man auf den Gedanken hätte kommen können, jemand werfe Geldscheine unters Volk. Die endlose Schlange erinnerte an sowjetische Metzgereien der siebziger Jahre. Hoffentlich gab es hier mehr Mietautos als damals russische Hacksteaks! Aber das war sehr fraglich. Providence beschloss, sich die Sache aus der Nähe anzusehen. Mit Hilfe ihrer Ellenbogen und des Samsonite bahnte sie sich einen Weg durch die Menschenmenge.

Sie benutzte den Koffer als Rammbock und schubste ihn ohne Skrupel gegen ein Schienbein nach dem anderen, wobei sie ihre reizendste Unschuldsmiene aufsetzte und sich jedes Mal höflich entschuldigte. Nach wenigen Metern vollführte sie eine Kehrtwendung, zur Überraschung derer, die ihren Vormarsch interessiert verfolgt hatten, und anderer Reisender, die die Gelegenheit beim Schopf ergriffen und sich unauffällig hinter sie geschoben hatten. Wütend oder erschrocken wurde sie von den Leuten angestarrt, die sie auf dem Hinweg angerempelt hatte und deren Füße und Schienbeine auf dem Rückweg nun zum zweiten Mal malträtiert wurden.

Ein ärgerliches Gebrumm hatte Providence signalisiert, dass ihre Befürchtungen zutrafen: Keine russischen Hacksteaks mehr. Keine Mietwagen mehr. Und das wunderte einen auch nicht, wenn man die Massen sah, die sich um den letzten Autoschlüssel balgten, als ginge es um Leben und Tod oder als könnte man damit den Tresor der Banque de France aufschließen. Alles, was Räder hatte, war weg. Autos, Motorräder, Motorroller und sogar Rollstühle. Providence hatte nicht die Absicht, hier auch nur eine Minute länger ihre Zeit zu verschwenden.

Es musste doch eine andere Möglichkeit geben, aus Frankreich herauszukommen. Marokko war schließlich nicht Peru! Was blieb noch? Sie zählte die Optionen an den Fingern ab: Flugzeug, Auto ... Zug!

Genau, den Zug zu nehmen, war keine schlechte Idee. Providence warf einen Blick auf die Uhr. 10 Uhr 45. Ihr Flug, der immer noch angekündigt war, hätte ursprünglich um 6 Uhr 45 abheben sollen. Vor sechs Stunden war sie aufgestanden. Alles umsonst.

Sie überschlug im Kopf, wie lange die Bahnfahrt dauern würde. Sieben Stunden bis zur spanischen Grenze, dann noch mal ungefähr zwölf bis Gibraltar. Wenn sie die Wartezeit beim Umsteigen und eventuelle Verspätungen einkalkulierte, würde sie irgendwann im Laufe des nächsten Tages in Marrakesch eintreffen. Der Mond wäre auf- und wieder untergegangen. Sie hätte ihr Versprechen nicht gehalten. Aber zuweilen muss man Kompromisse eingehen, wenn man sein Ziel erreichen will, hätte der selige Steve Jobs vor seinem frenetisch jubelnden Publikum ins Mikro gebrüllt. Sie würde trotz allem zu Zahera fahren und das Mädchen abholen. Das war doch schon mal ein guter Kompromiss.

Providence zwängte sich durch die dichte Menschenmenge auf den Ausgang zu. Der Weg aus dem klaustrophobischen Terminal hinaus schien sich kilometerweit hinzuziehen. Das lag sicherlich an den Menschenmassen, durch die sie sich schlängeln musste, aber vermutlich auch an der Tatsache, dass sie seit mehreren Minuten auf dem Laufband in die falsche Richtung lief …

Als sie endlich vor dem Lift zum Bahnsteig der Orlyval-Pendelzüge stand, fragte sie sich plötzlich, ob sie nicht doch lieber warten sollte, bis sie ganz sicher sein konnte, dass ihr Flug wirklich gestrichen war. Eine neue Abflugzeit war nach wie vor nicht genannt worden, und der Flug hatte mittlerweile eine Verspätung von vier Stunden, aber wenn der Flieger letzten Endes dann doch startete, würde sie sich in den Hintern beißen. Denn selbst wenn der Flug bis zum frühen Nachmittag verschoben würde, wäre sie in Marrakesch, noch bevor der Zug die spanische Grenze erreicht hätte.

Ihr rauchte der Kopf. Sie spürte, wie sich ein paar Schweißtropfen auf der Suche nach einer besseren Welt auf ihre Stirn vorwagten. Was sollte sie tun? Obwohl sie meistens in Eile war, graute ihr vor übereilten Entscheidungen. Im Allgemeinen endeten sie katastrophal. Und heute stand Zaheras Leben auf dem Spiel. Sie konnte sich keinen Fehler leisten.

Die Unschlüssigkeit lähmte sie.

Aber da ahnte sie noch nicht, dass ein chinesischer Pirat auf der Bildfläche erscheinen würde.

Mit seiner neonfarbenen Kombination sah er aus wie ein entflohener Guantanamo-Häftling, aber das kam Providence wenig wahrscheinlich vor, es sei denn, die Chinesen hätten den islamistischen Terrorismus als neues Betätigungsfeld entdeckt. Hatten sie das etwa? Providence sah sich so selten die Fernsehnachrichten an.

»Teufel auch, Sie habben Probbläääme? Jaulende Höllenhunde, wirr lösen sie alle mit einer Buddel Rum!«

Der Mann, der da vor ihr stand, sah aus wie ein Asiat, der einen Piraten zum Frühstück verspeist hatte, und zwar einen Piraten mit einem knüppeldicken chinesischen Akzent. Er meckerte »Problääääme« wie eine Ziege (sollte es irgendwo eine Ziege mit Problemen geben, die sie in die Welt hinausmeckert). Wie auch immer, er hatte seinen Standort gut gewählt. In Orly mangelte es an diesem Tag wirklich nicht an Problemen.

»Teufel auch, Sie habben Probbläääme? Jaulende Höllenhunde, wirr lösen sie alle mit einer Buddel Rum!«, knarzte er noch einmal.

Seine Ansprache galt einem imaginären Publikum; er benahm sich wie einer dieser amerikanischen Prediger, die an der Straßenecke auf einer Seifenkiste stehen und das Ende der Welt verkünden. Nur stand er nicht auf einer Kiste, war kein Amerikaner und verkündete auch nicht das Ende der Welt (obwohl es noch nie zuvor so nahe erschienen war). Er war ein chinesischer Pirat, dem nur der Papagei auf der Schulter, die Augenklappe und das Holzbein fehlten. Am Fuß der Rolltreppe verteilte er Flugblätter an die zahllosen Zombies, die an ihm vorbei hasteten und ihn trotz seiner grellen Aufmachung und seines schrillen Gezeters nicht bemerkten. Providence zögerte. Vielleicht war er ja nur eine Ausgeburt ihrer Phantasie. Die Halluzination eines übermüdeten Gehirns.

Doch sie ging zu ihm hinüber. Vor ihr nahm eine aufgeregte alte Dame den Zettel entgegen, den der Chinese ihr hinhielt, putzte sich damit die Nase, ohne einen Blick darauf zu werfen, und ließ ihn fallen. Der Terminal war zu einer gigantischen Müllkippe geworden, und niemandem schien das etwas auszumachen. In der neuen Gesellschaft waren Sauberkeit und Ordnung nicht mehr gefragt. Wenn das so weiterging, würden RoboCop und Judge Dredd hier mal ordentlich aufräumen müssen.

Providence stellte sich vor den jungen Mann und wartete. Sie verstand selbst nicht, was sie dazu trieb. Eine geheimnisvolle Macht, vielleicht die Neugier, zwang sie dazu, den Arm auszustrecken und ein Flugblatt zu nehmen.

Der chinesische Freibeuter im orangeroten Pyjama warf ihr einen sonderbaren Blick zu. Er war es offensichtlich nicht gewohnt, dass man sich ihm freiwillig näherte. Er schien es nicht einmal gewohnt zu sein, dass man ihn wahrnahm. Ihm war, als hätte er die Aufmerksamkeit des einzigen menschlichen Wesens weit und breit auf sich gelenkt. Um die junge Frau und den Chinesen herum vollführten die Sandalen tragenden Bienen in ihren Hawaiihemden immer weiter ihren albernen Schwänzeltanz.

Providence ließ sich nicht stören und vertiefte sich in die Lektüre des Flugblatts, das der Chinese ihr gegeben hatte. Da sie das Blatt tatsächlich interessant zu finden schien, begutachtete nun der Chinese seinerseits neugierig den Text, um sich zu vergewissern, dass er sich nicht unversehens in ein Gedicht von Arthur Rimbaud verwandelt hatte.

Großmeister Buh

Spezialist für Gefühlsleiden. Er kennt alle Probleme Ihres Lebens. Ihnen lächelt heute das Glück, und Ihr Leben wird sich verwandeln. Ehe, Erfolg, Ängstlichkeit, Führerscheinprüfung, Examen, Exorzismus, Impotenz, Durchfall, Verstopfung, Kaufsucht oder Harry-Potter-Sucht, Rückkehr einer untreuen Person.
Seriöse, wirkungsvolle und rasche Abhilfe.
Günstige Zahlungsbedingungen. Empfängt täglich von 9.00–21.00 *Uhr in Barbès gegenüber dem Eistee-Stand Marke »Sahara«.*
Nicht auf den Boden werfen.

Nein, Rimbaud war das beileibe nicht. Providence hob den Blick und starrte ihn an (den Asiaten, nicht Rimbaud). Die Globalisierung war wirklich weit fortgeschritten. Sie machte nicht einmal vor der Scharlatanerie Halt, bislang das Monopol afrikanischer Zauberheiler. Von Durchfall über Harry-Potter-Sucht bis zur Führerscheinprüfung – Teufel auch, dieser Großmeister Buh deckte ja wirklich alles ab und löste alle Probblääääme.

»Ich hoffe, er hat mehr Erfolg, als sein Name verspricht«, sagte Providence, um das Eis zu brechen.

Der Chinese schien die Anspielung nicht zu verstehen. Er stand da wie eine dieser lebenden Statuen, die überall dort ihr Geld verdienen, wo es Touristen gibt.

»Ich sage das, weil Buh – na ja, das klingt wie ausbuhen …«, setzte Providence unbeholfen zu Erklärungen an.

Bei der Erwähnung seines Meisters erwachte die Statue so abrupt zum Leben, als hätte Providence ihr eine Münze in den Becher geworfen.

»Bei allen Teufeln!«, rief der Pirat. »Sprechen Sie seinen Namen nicht aus!«

»Was, Buh?«

»Pssst! Hagel und Granaten!«

»Aber er steht doch auf diesem Blatt hier!«

»Tausend Millionen tausendvierhunderfünfundneunzig heilige Kanonenrohre! Gummibeiniger, einäugiger Satansbraten!«

Der Asiat hatte sich in eine Flüche spuckende Jukebox verwandelt. Er blickte sich verstohlen um, wie ein Junkie beim Drogendeal.

Als er nichts Verdächtiges bemerkte, fuhr er fort: »Bitte lesen Sie leise. Den Namen von Meister 90, Herr der Sieben Weltmeere und Hüter des Freibeuterschatzes, darf man niemals aussprechen.«

»Meister 90? Er ist Ihr neunzigster Meister?«

»Nein, das ist seine Größe. Ein Meter neunzig. In unserem Orden heißen alle Mönche nach ihrer Größe, zusätzlich zu ihrem Ehrentitel.«

»Logisch«, feixte Providence. »Und warum reden Sie wie ein Pirat?«

»Wie ein Pirat?«, wiederholte der Mann erstaunt. »Wie meinen Sie denn das?«

Dieser Chinese hat nicht alle Tassen, beziehungsweise Reisschüsseln, im Schrank, dachte Providence. Sie war kurz davor kehrtzumachen und diesen Schwachsinnigen einfach stehen zu lassen. Aber der Mann legte ihr die Hand auf die Schulter.

»Ich möchte Ihnen helfen, Schiffsjunge.«

»Wie bitte?«

»Ich sehe Ihren Augen an, dass Sie ein Probbläääm haben!«

Providence deutete mit dem Zeigefinger auf die kopflos herumirrenden Leute, die von ihrer absurden Unterhaltung nichts mitbekamen.

»Gut kombiniert, Sherlock! Und wie es aussieht, bin ich nicht die Einzige!«

Der chinesische Pirat grinste breit. Dann wurde er wieder ernst. Er beugte sich vor, und Providence erwartete, dass er nun den Reißverschluss seiner orangeroten Kombination aufziehen und ihr eine Kollektion geklauter Uhren zeigen würde.

Doch er fragte nur sehr leise: »Was kann ich für Sie tun?«

»Sie können nicht zufällig ein Flugzeug aus dem Ärmel schütteln?«

Der Chinese hob die Hand und spähte interessiert in seinen orangeroten Ärmel.

»Das ist eine Redensart«, erklärte Providence, gerührt von so viel Naivität. »Es reicht mir schon, wenn Sie es fertigbringen, dass mein Flugzeug startet.«

»Was die Flugzeuge angeht, Schiffsjunge, müssen Sie sich an Air France wenden!«, erwiderte der Mann und senkte den Arm.

»Sicher, obwohl in meinem Fall eher die Royal Air Maroc

zuständig ist. Ich frage Sie das auch nur, weil auf Ihrem Flugblatt steht, dass Sie das Leben der Menschen ändern …«

»Bei meinem Barte!«, rief der Asiat, der keinen hatte. »Sie sind mir eine! Halten Sie mich etwa für den Meister 90? Ich bin zwar genauso groß wie er, aber ich bin nur ein Matrose, der Flugblätter verteilt. Wenn Sie den Alten kennenlernen wollen, müssen Sie die Segel hissen und Kurs auf den Meister nehmen. Er ist es, der das Leben der Menschen ändert.«

Providence kam sich vor, als wäre sie in eine Szene der *Schatzinsel* geraten, oder besser gesagt in ein schlechtes Remake, von Kubrick im Suff ausgebrütet.

Der Mann deutete auf den unteren Rand des Flugblatts. Der Nagel seines kleinen Fingers war unverhältnismäßig lang, wie bei einem Flamenco-Gitarristen. Wenn man einen Chinesen, einen islamistischen Terroristen, einen Piraten und einen Andalusier in eine Waschmaschine steckt, kommt am Ende dieser Typ dabei heraus, dachte Providence, die mit ihrem Latein, beziehungsweise ihrem Chinesisch, am Ende war.

»Nehmen Sie stracks Kurs auf Barbès. Genau gegenüber der Sahara.«

»Ach richtig, Sie meinen die Bar *Sahara*. Ich dachte schon, Sie wollen mich auf einen anderen Kontinent schicken! Und zwar genau den, auf den ich sowieso muss. Das wäre eine amüsante Geschichte geworden …«

»…«

»Ich fürchte, das geht nicht«, sagte Providence, als der Chinese nicht reagierte. »Ich kann nicht vom Flughafen weg. Ich warte darauf, dass mein Flug aufgerufen wird.«

Warum redete sie überhaupt noch mit dem Kerl?

»Verfluchtes Pech, Schiffsjunge!«

»Ich nehme nicht an, dass er sich zu seinen Kunden bemühen würde?«

»Wer?«

»Na, der Meister Buh.«

»Psssst! Nein, meine hübsche Dame, Meister 90 empfängt nur in seinen Räumen. Das ist eine Frage der Sicherheit ...«

»Der Sicherheit?«

»Meister 90 ist ein sehr mächtiger Mann. Er herrscht über die Gottesstricker, die Armselige Bruderschaft von der Neuesten Masche.«

»Gottesstricker? Sie meinen doch sicher Gottesanbeter, äh, Gottesanbeterinnen!«

»In Ihrer Welt beten sie«, erklärte der Mönch, legte die Hände zusammen und rieb sie gegeneinander, »aber bei uns stricken sie. Um genau zu sein: Die Mönche dieses Ordens stricken Kleidungsstücke aus Käse.«

Providence merkte, dass sich mit jeder Sekunde, die diese aberwitzige Unterhaltung andauerte, Hunderte von Neuronen aus ihrem Hirn verabschiedeten. Bloß keine weiteren Erläuterungen!

»Noch mal in aller Kürze«, sagte sie, »er ist ein sehr mächtiger Meister, aber er wohnt in Barbès, wenn ich das richtig verstanden habe ...«

»Ja, wissen Sie, das ist eine Frage des Marketings. Der Meister wohnt eigentlich im 16., in einem luxuriösen Einfamilienhaus.«

»Im 16. Jahrhundert?«

»Arrondissement«, korrigierte der Chinese. »Sonst hätte ich XVI. gesagt, in römischen Ziffern.«

»In einem Dialog sieht man keine römischen Ziffern.«

»Da haben Sie recht. Wo waren wir stehengeblieben? Also, wie gesagt, bei dieser Art von Dienstleistung macht es aus irgendwelchen unerfindlichen Gründen einen besseren Eindruck, wenn man eine Geschäftsadresse in Barbès hat und nicht im 16. Arrondissement.«

»Ich verstehe …«, sagte Providence, die kein Wort verstand. »Wie auch immer, egal ob Barbès oder das 16., das hilft mir nichts. Ich kann hier nicht weg. Ständig werden neue Informationen ausgegeben.«

Wie sollte sie nur das Gespräch beenden und sich von dem armen Kerl verabschieden? Was hatte sie nur gestochen, dass sie auf diesen Irren zugegangen war? Manchmal wurde man ja am Metro-Bahnsteig oder im Wartezimmer von merkwürdigen Typen angequatscht, die einem ungebeten ihr Leben und ihre Probleme aufdrängten. Man hörte ihnen mit halbem Ohr zu und schickte insgeheim Stoßgebete zum Himmel, dass die U-Bahn möglichst rasch einfahren oder die Zahnarzthelferin einen aufrufen möge. Providence war das schon mehrfach passiert. Aber diesmal konnte sie sich nur selbst die Schuld geben. Sie war zu ihm hingegangen.

»Der Meister ist mächtiger als Air France, müssen Sie wissen«, sagte der Pirat im orangeroten Pyjama, der spürte, dass seine potentielle Klientin auf dem Absprung war. »Sie haben mich vorhin gefragt, ob ich auf Ihr Flugzeug einwirken kann. Der Meister kann viel mehr als das Korsarenehrenwort.«

Providence' Neugier war wieder geweckt.

Der Mann blickte sich argwöhnisch um, ob sie belauscht wurden, und flüsterte:

»Wollen Sie fliegen lernen?« Er sagte das in einem so beiläufigen Ton, als würde er ihr einen Kaugummi anbieten.

»Wie bitte?«

Providence kam es vor, als rauschten aus einem alten Radio Schallwellen auf sie zu, aus dem Jenseits oder von einem anderen Planeten, auf dem man Extraterrestrisch sprach. Sie verstand überhaupt nichts mehr.

»Wenn Sie heute noch los wollen, bleibt Ihnen keine andere Wahl. Sie müssen aus eigener Kraft fliegen.«

Etwas an ihm hatte sich verändert.

»Sie wollen, dass ich an einem einzigen Nachmittag lerne, wie man ein Flugzeug steuert?«

»Wer redet denn von einem Flugzeug? Ich rede vom Fliegen, Schockschwerenot!«

Er vergewisserte sich noch einmal, dass niemand zu ihnen hinsah, stellte sich in einem Winkel von neunzig Grad vor seine Gesprächspartnerin und wedelte unauffällig mit den Händen, als wären sie kleine Flügel. Providence wäre diese Geste lächerlich vorgekommen, hätten sich die Schuhsohlen des Piraten nicht um gut fünf Zentimeter in die Luft gehoben. Der Mann hörte auf, mit den Armen zu wedeln, und seine Füße senkten sich langsam wieder herab.

»Wie haben Sie das gemacht?«, fragte sie fassungslos.

Sie sah sich um, ob jemand Zeuge der Szene geworden war, aber niemand außer ihr schien etwas bemerkt zu haben. Die Menschen gingen ihren Geschäften nach und kümmerten sich nicht um das unglaubliche Ereignis, das sich vor ihren Augen abspielte. Eingeweihte hätten natürlich die Balducci-Levitation erkannt, einen gewöhnlichen Zaubertrick, der verblüffend echt wirkt, aber genauso falsch ist wie eine Drei-Euro-Münze aus Schokolade.

»Haben Sie Vertrauen, beim Rum saufenden Smutje, und konsultieren Sie den Meister.« Als er Providence' verdutzte Miene sah, fuhr er eindringlich fort: »Wohin genau wollen Sie, Milady?« Die Stimme des Chinesen holte Providence in die Wirklichkeit zurück. Wenn man das noch Wirklichkeit nennen konnte! Es war alles so unfassbar.

»Äh … Marrakesch. Aber wie haben Sie das gemacht?«

Der Mann verdrehte die Augen zum Himmel und fing an zu zittern.

»Bei Jack, der Kanaille! Ich sehe, dass Ihr Flug gerade gestrichen wurde«, stieß er heiser hervor, als hätte ihn eine Vision überkommen. »Bei allen Knochen des Skeletts von Rackham dem Roten, Ihr Flug ist doch AT643 von Royal Air Maroc, oder nicht, Schiffsjunge?«

»Woher wissen Sie das?«, fragte Providence, die nicht ahnte, dass bereits seit einer Minute auf der riesigen Anzeigetafel hinter ihrem Rücken die Worte *Annulliert/Cancelled* rot blinkten.

»Ich habe auch meine kleinen Talente. Ich kann Gedanken lesen. Wenn ich Sie wäre, würde ich das Großsegel hissen und auf Barbès zuhalten und nicht warten, bis sich Barbarossa mit seinen Untoten an meine Fersen heftet!«

In diesem Augenblick verkündete eine scheppernde Stimme aus den Lautsprechern, dass Flug AT643 von Royal Air Maroc nach Marrakesch, der um 6 Uhr 45 hätte starten sollen, endgültig gestrichen worden war.

Unglaublich!, dachte Providence voller Bewunderung für die hellseherischen Kräfte des Mannes im Pyjama, der sich gerade davonschlängelte und in der Menge untertauchte wie eine orangerote Version von *Wo ist Walter?*.

Providence hatte Zahera ein Notebook mit Internetzugang geschenkt, damit die kleine Marokkanerin auch nach ihrer Abreise weiterlernen konnte.

Bevor sie abfuhr, sagte sie jedes Mal:

»Wenn ich wiederkomme, musste du mir außergewöhnliche Sachen erzählen. Sachen, von denen nicht einmal ich je etwas gehört habe.«

Das weckte Zaheras Lebensgeister, und sie stürzte sich sofort in ausufernde Recherchen, aus denen sie erst Stunden später wieder auftauchte. Sie musste schließlich sieben Jahre Langeweile wettmachen, sieben Jahre, in denen sie in der Vorortsklinik dahinvegetiert hatte, ohne etwas über die Welt zu erfahren.

Getrieben von dem unbändigen, überwältigenden und fast bedenklichen Verlangen, alles über alles zu wissen, schlief sie in manchen Nächten überhaupt nicht, sondern saß unter der Bettdecke im Schneidersitz vor dem Computer, damit der Schein des hellen Bildschirms die anderen nicht störte. Sie war zu einem Schwamm geworden, der begierig das komplette Wissen der Menschheit in sich aufsaugen wollte. Alles um sie herum stand miteinander in Verbindung, selbst die größten Gegensätze und unwahrscheinlichsten Fakten, die scheinbar gar nichts miteinander zu tun hatten. In Wirklichkeit konnte man zwischen allem eine Verbindung herstellen, sodass ein riesiges Wissensnetz entstand, eine Karte des menschlichen Bewusstseins, eine Konstellation wie jene, die in Form von Leuchtsternen die Zimmerdecke schmückte. Sie konnte behaupten, was immer sie wollte, und auch das Gegenteil davon. Zum Beispiel, dass sie eine marokkanische Nachfahrin von Shakespeare sei. Oder sie konnte behaupten, dass der englische Dramatiker just an dem Tag, an dem sie ihren −399. Geburtstag feierte, fast den Moonwalk erfunden hätte. Zahera hatte sogar eine Methode entdeckt, wie sie ihr negatives Alter in Form von Kerzen auf einen Geburtstagskuchen darstellen konnte, indem sie ihn auf den Kopf stellte. So entstand ganz unvermutet ein Raumschiff kurz vor dem Start ins All, oder aber eine Qualle, die in einem heißen Sommer an der nordafrikanischen Küste entlangschwamm.

Auf diese Weise hatte sie auch erfahren, dass die Sterne nicht aus China kamen und dass kein kleiner Chinese jemals mit eigenen Händen einen Himmelskörper geformt und in den Weltraum geschossen hatte, damit er nachts den Himmel und die Wüste erleuchtete. Ein Stern, so hieß es auf Wikipedia, war nichts weiter als »ein massereicher, selbstleuchtender Himmelskörper aus Gas und Plasma, der durch die eigene Schwerkraft zusammengehalten wird und an der Oberfläche 2200 K bis 45 000 K heiß ist«. Demnach war Rachid ein Lügner, der sie mit einer banalen Antwort abgespeist hatte. Zahera war ein bisschen enttäuscht, aber wie hätte sie einem Mann böse sein können, der sie von Herzen liebte und ihr unermüdlich die Bronchien freiklopfte, einem Mann, dem sie ihr Leben mehr verdankte als ihrem leiblichen Vater, einem Mann, der ihr mit einem kleinen Felsbrocken eine große Freude hatte machen wollen? Um ihn nicht zu kränken, hatte sie ihm nicht einmal gestanden, dass sie Bescheid wusste. Und außerdem kam der Brocken ja wirklich aus China, einem fernen, exotischen Land, dessen Name genügte, um Entzücken in ihr auszulösen. Allerdings hatte sie schlagartig damit aufgehört, für ein Volk zu beten, das sich um die nächtliche Beleuchtung der marokkanischen Wüste so gar nicht verdient gemacht hatte.

In nur wenigen Wochen war Zahera für das Krankenhaus zur Botschafterin der Außenwelt geworden. Man stellte ihr Tausende von Fragen über die Welt, zu der die meisten Patientinnen seit ihrer Einlieferung den Kontakt verloren hatten. Während sie darauf warteten, gesund zu werden, berichtete das Mädchen ihnen von den neuesten Filmen, Schönheitsmitteln und Handymodellen und unterhielt sie mit Promi-Klatsch. Zahera war auf einmal eine Attraktion. Sie war das neue Spielzeug. Also erzählte sie bereitwillig, und da sie alles über alles wusste, würzte sie ihre Berichte mit ungewöhnlichen und pikanten Anekdoten.

Als Providence zu Besuch kam, stellte das Mädchen sie auf die Probe:

»Denk dir zwei Wörter aus, die nichts miteinander zu tun haben, und gib sie bei Google ein. Du wirst staunen, auf wie vielen Seiten und in wie vielen Artikeln diese beiden Wörter vorkommen.«

Sie wollte ihre Beobachtung natürlich sofort demonstrieren.

»Tataaa!«, krähte sie, stolz wie ein Zauberlehrling, der seinen ersten Taschenspielertrick vorführt. Auf dem Bildschirm erschien über ein Dutzend Websites, in denen die

Worte *Hitler* und *Erdnuss* vorkamen. Bestand die Verbindung womöglich darin, dass das Herz des ersteren ungefähr so groß gewesen war wie das zweite Wort?

»Es gibt immer einen Zusammenhang. Immer.«

Und dann kehrte die Briefträgerin in ihr Land zurück, um wieder ein bisschen zu arbeiten. Die Franzosen konnten nämlich nicht allzu lange auf die guten Nachrichten verzichten, die sie ihnen überbrachte. Das kleine Mädchen teilte seine Freundin nur sehr ungern mit ungefähr hundert anderen Menschen. Um sich von Providence' Abwesenheit abzulenken, stürzte sie sich wieder in ihre Recherchen und verschlang alles, was ihr dabei begegnete. Vor dem Einschlafen informierte sie sich über ein »Jameo« genanntes Höhlensystem auf den kanarischen Inseln mit einem See, besiedelt von winzigen Albinokrebsen, deren Fortbestand durch die Manie der Touristen, Münzen in den See zu werfen, bedroht war. Sie erfuhr, dass die Schlüsselanhänger mit Mini-Eiffeltürmen, die chinesische Touristen in Pariser Souvenirläden massenhaft kauften, in China hergestellt wurden. Dass die Leute südlich der Sahara die Hörner der Rhinozerosse mit einer Bohrmaschine anbohrten und ein rotes Gift hineinträufelten, um die Wilderer von der Jagd abzuhalten. Dass Trottoir auf Russisch *trotoar* hieß, Katastrophe *katastrof* und Telefon *telefon*. (Wozu war die russische Sprache überhaupt gut, wenn man die Wörter sowieso alle schon kannte?) Dass ein Mann 16302 Mal erdolcht worden war, ohne zu sterben (auf der Bühne natürlich!). Dass die Menschen, die die persischen und arabischen Teppiche knüpften, absichtlich einen Fehler einarbeiteten, um die perfekte Symmetrie zu zerstören, denn nur Gott erschuf Vollkommenes.

Nur Gott erschuf Vollkommenes. Providence hatte er auch erschaffen. Denn Providence war vollkommen, und Zahera wollte später einmal so werden wie sie. Das heißt, wenn es überhaupt ein »später« für sie geben würde. Ihre Krankheit fiel ihr ein. Letzten Endes führte alles, im Internet wie im wahren Leben, wieder zu ihrer Wolke zurück.

Providence traute ihren Augen kaum.

Auf einem Bildschirm, der hoch oben an der Wand des Terminals angebracht war, schwankte ein Reporter unter dem wütenden Ansturm der Menge wie auf einem entfesselten Meer hin und her und hielt sich an einer Scheinwerferstange fest, um nicht ganz überrannt zu werden. Laut Untertitel wurde die Szene live aus der Bahnhofshalle des Pariser Gare de Lyon übertragen, wo die Reisenden alle Züge gestürmt hatten. Hinter dem bedauernswerten Reporter spielten sich ähnlich apokalyptische Szenen ab wie in Orly. Ein einziger hysterischer Ameisenhaufen. Ganz Frankreich schien von tumultuarischen Weltuntergangsszenarien heimgesucht zu werden.

Gleich nach dem plötzlichen Entschwinden des chinesischen Piraten und der endgültigen Annullierung ihres Fluges war Providence zu den Orlyval-Zügen gelaufen, um zum nächsten Bahnhof zu fahren und dort in den erstbesten Zug in Richtung Süden zu steigen.

Noch so eine brillante Idee, die ihr um die Ohren flog wie eine geplatzte Kaugummiblase. Providence stellte den Samsonite-Koffer ab, ihre kleine Insel in diesem wildgewordenen Ozean. Wäre in diesem Moment ein Flugzeug über sie hinweggeflogen, wäre sie auf ihren Koffer geklettert und hätte mit fuchtelnden Armen SOS signalisiert.

Die Schlinge zog sich zusammen. Es war, als würde man ein nasses Kleidungsstück auswringen, nur war sie es selbst, die immer mehr unter Druck geriet. Kein Flugzeug und kein Zug, das bedeutete praktisch, dass sie zur Tatenlosigkeit verdammt war. In Paris verkehrten nur noch die Metro, Busse und die RER, aber bis man ihr das Gegenteil bewies, ging Providence davon aus, dass nichts davon nach Marrakesch fuhr.

Sie stand auf dem Bahnsteig, mit einem Fuß im Flughafen und dem anderen draußen, und ließ den Orlyval, der gerade vor ihr gehalten hatte, weiterfahren. Was sollte sie am Bahnhof, wenn sie dort auch nur das Jüngste Gericht und eine mordlustige Meute antraf?

Trampen? Als hübsche junge Frau hätte sie problemlos einen männlichen Chauffeur gefunden, der sie bis ans Ende der Welt kutschiert hätte. Aber das war zu riskant. Man konnte allzu leicht auf einen Psycho treffen, oder auf einen Ex-Direktor des IWF, der gerade in der Nähe Urlaub machte.

Providence dachte an ihr gelbes Postauto, aber das stand seit einer Woche in der Werkstatt, nach einer in jeder Hinsicht feuchtfröhlichen Dienstfahrt eines Kollegen, die an einem Hydranten geendet hatte. Und das Postfahrrad vergaß man am besten gleich. Von wegen *rapidité*!

Kurzum, viel blieb nicht mehr übrig. Allenfalls noch die Füße. Aber die waren das bei weitem langsamste Transportmittel. Auch im 21. Jahrhundert war der Mensch in puncto Fortbewegung noch ziemlich gehandikapt. Ein neuer Leonardo da Vinci war überfällig. Er würde alle Hände voll zu tun haben!

Da die Teleportation noch nicht erfunden war, griff Providence nach ihrem Handy und wählte die Nummer der

Klinik. Zahera würde enttäuscht sein, keine Frage. Sie würde ihr vielleicht nie wieder vertrauen. Aber Fortuna lächelte eben nicht immer. Halt mal, das war eine neue Redensart, die sie dem Mädchen beibringen konnte! Aber was sollte sie sagen? Dass sie etwas später kommen würde? Aber wann genau? Sie wusste es doch selbst nicht.

Die Briefträgerin hasste es, schlechte Nachrichten zu überbringen. Schließlich war sie Briefträgerin geworden, weil sie den Leuten gute Nachrichten zustellen wollte. Sie wollte der Storch sein, der in seiner Umhängetasche das Glück anlieferte. Mit zwanzig hatte sie bei der Post angefangen, den Kopf voller Träume, und die Erfahrung hatte sie bald gelehrt, dass auch ein noch so positiv gestimmter Briefträger seinen Teil an schlechten Nachrichten und Trauer in die Häuser bringen musste. Doch das hatte sie nicht entmutigt.

Im Handy tutete es. Einmal. Zweimal.

Providence senkte den Blick. Neben ihrer Sandalette, auf Tuchfühlung mit der sechsten Zehe am rechten Fuß, lag ein Blatt Papier. Die Person, die es weggeworfen hatte, hatte sich hineingeschneuzt und es dann zusammengeknüllt, aber man konnte noch ein einzelnes, fettgedrucktes Worte erkennen:

Großmeister

Dann hob Providence den Blick, und er fiel auf ein Werbeplakat.

Im Handy tutete es zum dritten Mal, und noch bevor jemand abheben konnte, drückte Providence auf die rote Taste. Sie durfte den Kopf nicht hängen lassen! Gut, sie hatte schon alles versucht. Aber noch nicht das Unmögliche.

Ein Flugblatt und ein simples Werbeplakat spornten Providence dazu an, sich mit Leib und Seele in das verrückteste Abenteuer ihres Lebens zu stürzen.

Auf dem Plakat warb eine Hilfsorganisation, die sich auf die Vermittlung von AIDS-Waisen aus Afrika spezialisiert hatte, für ihr Projekt. Man sah ein Dorf in einem entlegenen Winkel des Kontinents, in dem Kinder wohnten, denen der Grafiker unter großzügigem Einsatz von Photoshop weiße Federflügelchen gezeichnet hatte. *Liebe verleiht Flügel* lautete der Slogan.

Die Worte rotierten ein paar Mal im Kopf der Briefträgerin, wie Socken im langsamen Vorschleudergang. *Liebe verleiht Flügel*. Das war ein Klischee, sicher, aber Providence war davon überzeugt, dass man den Slogan wörtlich auffassen musste. Das Plakat konnte nur aus einem einzigen Grund hier hängen: Sie sollte es sehen und begreifen, dass sie persönlich damit gemeint war. Es schien ihr zuzurufen: »Providence, wenn du ganz fest an Zahera denkst, kann die Liebe dir Flügel wachsen lassen.«

Erlag sie gerade demselben Wahn wie Ikarus' Vater, als er auf die Idee gekommen war, sich für die Flucht aus dem Labyrinth des Minotaurus Federn an die Arme zu kleben? Als Klebstoff hatte sie zwar eine Dose Epilierwachs im Koffer, aber was war mit den Federn? Sollte sie den Tauben hinterherjagen, die die Teerpisten von Orly bevölkerten? Und was brachte es überhaupt, einem Typen nachzueifern, der nie existiert hatte, einer Art MacGyver der griechischen Mythologie?

Nein. Sie war noch viel verrückter, als sie gedacht hatte, denn irgendetwas brachte sie zu der Überzeugung, dass sie keine Hilfsmittel brauchen würde, um sich in den Himmel zu erheben. Keine Flügel aus Karton oder Pappmaché. Nein, sie würde ohne so etwas auskommen, sie brauchte nur eine Menge Willenskraft, dann würde es reichen, ein bisschen mit den Armen zu wedeln, wie es ihr der junge Chinese im orangeroten Pyjama vorhin demonstriert hatte.

Nachts im Traum flog sie häufig. Sie vollführte nur einige Schwimmbewegungen, und schon hob sie vom Boden ab und flog davon. Wie ein Vogel segelte sie durch die Lüfte, über Städte und Flüsse, frei und schwerelos. Aber ein Traum war, wie das Wort schon besagte, eben nur ein Traum. War er zu Ende, dann wachte sie auf und war für den Rest des Tages von der Erdanziehungskraft an den festen Boden gefesselt. Sie versuchte, sich zu erinnern, ob sie jemals in Farbe geträumt hatte, denn als sie in Zaheras Alter gewesen war, hatte sie einmal gehört, dass ein farbiger Traum, den man in einer Freitagnacht träumte, prophetisch war und wahr werden würde. In echt wahr, wie man heute sagte. Ja, doch, sie hatte bunt geträumt. Aber sie hatte noch so viel mehr in Farbe geträumt. Dass sie im Lotto gewinnen würde, zum Beispiel. Und sie wartete immer noch auf den Scheck der Lotto-Gesellschaft … Das alles gehörte einer anderen Zeit an, der Zeit paradiesischer Unschuld. Oder wenigstens der Zeit von Mr. Freeze.

Jetzt war Providence erwachsen, aber sie hatte sich trotz der harte Schläge, die das Leben ihr verpasst hatte, einen kindlichen Zug bewahrt, eine Eigenschaft, die die Erwachsenen »Gutgläubigkeit« nennen. Fliegen ... Es war verrückt, an so etwas zu glauben, aber andererseits – warum eigentlich nicht? Was hinderte sie daran, mit offenen Augen zu träumen? Träumen war nicht verboten und kostete nichts. Außerdem hatte sie mit eigenen Augen gesehen, wie dieser Chinese sich mitten in einem überfüllten Flughafenterminal ein paar Zentimeter in die Luft erhob.

Ja, es war verrückt, aber sie hatte in ihrem Leben schon so manches erreicht, was viel komplizierter und unmöglicher schien. So war es ihr gelungen, als alleinstehende Frau eine kleine Marokkanerin mit Mukoviszidose zu adoptieren, obwohl sie nur ein mageres Briefträgergehalt nach Hause brachte, beziehungsweise – noch schlimmer – ein Briefträgerinnengehalt.

Warum sollte also nicht noch ein Wunder geschehen?

Die französischen Richter bewilligten solche Anträge nur selten, aber Providence war glücklicherweise an einen Anwalt geraten, der sich ihrer Sache mit Elan annahm. Wenn man seine Träume verwirklichen wollte, musste man die Gesellschaft guter Menschen suchen, das hatte sie gelernt. Nichts war unmöglich, wenn man es nur wirklich wollte. Dann sorgte das Schicksal dafür, dass einem genau die richtige Person über den Weg lief.

Und war sie nicht früher als alle anderen gelaufen, gerannt und geschwommen? Warum sollte sie nicht auch vor allen anderen fliegen und ihre Eltern, die Kinderärzte, einmal mehr verblüffen? Vielleicht hatte sie deshalb am rechten Fuß eine sechste Zehe: damit sie ihr das Fliegen ermöglichte. Vielleicht war sie ein kleines Steuerruder. Denn in den letzten fünfunddreißig Jahren hatte sie für den merkwürdigen Auswuchs an ihrem Fuß immer noch keinen sinnvollen Verwendungszweck gefunden. Und alles im Leben existierte aus einem bestimmten Grund. Providence glaubte nicht an den Zufall. Die überzählige Zehe war nicht notwendig, aber sie machte ihre Besitzerin zu einem einzigartigen Geschöpf.

Wenn Liebe also Flügel verlieh – wieso sollte die unbändige Liebe zu Zahera ihr dann nicht welche verleihen? Wenn die Menschen in der Vergangenheit Fische und Katzen gewesen waren, wie Leila und Zahera glaubten, war die Annahme, dass sie auch einmal Vögel gewesen sein könnten, vielleicht gar nicht so verdreht. Wenn wir einmal Wassertiere und Landtiere gewesen sind, warum sollten wir uns nicht auch hoch oben in luftigen Sphären getummelt haben?

Providence schüttelte den Kopf, als wollte sie damit alle absurden Ideen verscheuchen, die ihr das Hirn vernebelten. Die Müdigkeit spielte ihr einen üblen Streich, das war es. Eine Frau von fünfunddreißig Jahren konnte unmöglich einen solchen Unsinn glauben, selbst wenn sie weder blond* noch besonnen oder vernünftig war.

Aber falls es nun doch möglich war und sie sich die Chance entgehen ließ, würde sie sich das nie verzeihen. Dieser verrückte Tag war ein Zeichen. Die Begegnung mit dem chinesischen Luftpiraten ebenfalls. Providence

* Es liegt mir fern, mich der niederträchtigen, weltweit grassierenden Meinung anzuschließen, wonach Blondinen weniger intelligent seien als Dunkelhaarige.

schöpfte wieder Hoffnung. Und sie hatte sowieso nichts mehr zu verlieren. Der GAU war eingetreten. Ihr Flug war gestrichen. Hier hielt sie nichts mehr.

Die Briefträgerin lächelte. Fast war es, als hätte sie nur darauf gewartet, dass ihr Flug gecancelt würde, damit sie endlich den Beweis erbringen konnte, dass sie um ihrer Tochter willen zu allem bereit war. Selbst zu dem Undenkbaren.

Voller Zuversicht stieg sie in den nächsten Pendelzug, dessen Türen sich gerade vor ihr geöffnet hatten, und hoffte, dass Meister Buh nicht auch nur Seemannssprache beherrschte wie der Flugblattchinese.

»Mit ferngesteuerten Flugzeugen wäre wirklich alles viel einfacher gewesen«, fasste der Friseur treffend zusammen.

»Oder mit ferngesteuerten Wolken«, fügte ich hinzu. »Dann hätte Providence mit einem einfachen Knopfdruck das schreckliche, schwarze Ungetüm vom Himmel verschwinden lassen können, und die Flugzeuge wären gestartet. Und wenn Zahera eine Fernsteuerung für ihre Wolke gehabt hätte, wäre es ihr ein Leichtes gewesen, sie aus ihrer Brust herausfliegen zu lassen, damit sie wieder frei atmen konnte. Ja, so wäre das Leben viel einfacher und die Menschen wären viel glücklicher.«

»Kaum zu glauben, aber sogar in der Welt der Coiffure wären ferngesteuerte Wolken ausgesprochen nützlich. Schauen Sie, meine Kundinnen beispielsweise kommen nicht, wenn es regnet. Dann machen sie schlapp. Genau wie ihre Fönfrisur, die nach dem Heimweg wie ein nasser Scheuerlappen an ihrem Kopf klebt. Im Grunde ist doch die ganze Welt betroffen. Zeigen Sie mir einen Bauern, der nicht begeistert wäre, wenn er die Elemente über seinen Feldern kontrollieren könnte. Bedenkt man es recht – überall auf der Welt träumen in diesem Moment Menschen von ferngesteuerten Wolken. Ist das nicht verrückt ...?«

Der Krankengymnast war wie üblich ein bisschen spät dran.

Er begrüßte Zahera und setzte sich neben sie aufs Bett. Zum ersten Mal seit zwei Jahren nahm er in ihren Augen einen Schimmer von Traurigkeit wahr, derselben Traurigkeit, die sie ausgestrahlt hatte, bevor das Schicksal ihr Providence geschickt hatte. Die vorprovidenzielle Zeit, wie er gerne scherzhaft sagte. Die Französin hatte Zahera unglaublich gut getan, das musste er ehrlich zugeben. Ihm selbst im Übrigen auch. Wenn sie während ihrer häufigen Reisen nach Marrakesch das kleine Mädchen besuchte, schaute er häufiger als sonst bei seinen Patientinnen vorbei. Sie war eine großartige Frau. Und so sympathisch! Am meisten imponierte ihm die Art und Weise, wie sie dem Mädchen das Tor zur Welt öffnete und es mit Geschenken überhäufte, aber auch ihre stürmische Liebe und ihre Zärtlichkeit beeindruckten ihn. Noch nie hatte er erlebt, dass ein Mensch so weit reiste, um ein krankes Kind zu besuchen, das noch nicht einmal das eigene war, nur um ihm ein paar Stunden Glück zu bescheren. Wie an dem Tag, als Providence mit einer Schachtel Leuchtsterne aufgetaucht war.

Astronomie ist etwas für Jungs, Mädchen sind bodenständiger, hatte Rachid gedacht. Aber gut, in Frankreich bemühte man sich, die Unterschiede zwischen den Geschlechtern zu verwischen, weil das gerechter war. Und außerdem hätte Providence Zahera niemals etwas abgeschlagen, nur weil sie ein Mädchen war.

Als Zahera ihr Geschenk sah, sprang sie bis zur noch sternlosen Zimmerdecke hoch.

»Ich habe solche Lust, dorthin zu fliegen!«, rief das Mädchen und zeigte auf die phosphoreszierenden Plastikteilchen, die Providence, auf einem Hocker balancierend, nach ihren Anweisungen anklebte.

»Auf diese Art bist du schon ein bisschen da oben, mein Schatz.«

»Ich steige in Paris in eine Rakete. Den Stern da weiter nach rechts!«

»Es gibt in Paris keine Raketen«, antwortete Providence und rückte den Stern ein paar Zentimeter zur Seite. »Jedenfalls bisher nicht. Aber wir könnten es vielleicht arrangieren, wenn du dort leben würdest …«

Sie hatte diese Bemerkung wie beiläufig fallen lassen und beobachtete aus dem Augenwinkel Zaheras Reaktion, während sie mit zitternden Fingern mit den Plastiksternen hantierte und versuchte, sich ihre Nervosität nicht anmerken zu lassen. Das Gesicht des Mädchens erstrahlte wie ein Leuchtstern mitten in der Nacht.

»Ja, ja!«, rief sie. »In echt?«

»In echt«, antwortete Providence, unendlich erleichtert, dass die Kleine die Idee so freudig aufnahm.

Zahera setzte sich auf und schlang die Arme ungestüm um Providence' Beine, wie ein Rugbyspieler, der seinen Gegner zu Fall bringen will.

»Vorsicht, ich falle runter!«

Rachid lächelte. Wie gut sich die beiden verstanden! Sie hatten sich gesucht und gefunden. Sie haben sich gegenseitig adoptiert, dachte er, ohne zu ahnen, dass die Französin ihn beim Wort nehmen und Zahera hochoffiziell unter ihren Schutz nehmen würde.

»Wann dürfen wir heute Abend den Sonnenuntergang erwarten, Mademoiselle Astronomin?«, fragte Providence, als sie von ihrem Hocker geklettert war und wieder festen Wüstenboden unter den Füßen hatte.

Zahera sah in einem Heftchen nach, das sie wie einen Schatz unter ihrem Kopfkissen hütete.

»Um 19 Uhr 37.«

»Gut. Dann wirst du in ein paar Minuten etwas sehen, was du noch nie gesehen hast.«

Und als kurz darauf die Dunkelheit in den Schlafsaal Einzug hielt, begannen die Sterne wie durch Zauberkraft zu leuchten. Es war, als wäre die graue Betondecke in der heißen Sonne wie Schokolade geschmolzen und hätte vor den staunenden Augen des Mädchens den Sternenhimmel freigegeben.

Und heute würde Providence ihnen ihr kleines Mädchen wegnehmen, dachte Rachid. Alle wären darüber sehr traurig. Zahera lebte seit ihrer Geburt hier. Sie gehörte zur Familie. Aber natürlich würden sich auch alle von Herzen freuen, wenn das Mädchen zum letzten Mal durch den Saal lief und mit ihren kleinen Füßen den Kiesweg betrat, der zur Hauptstraße führte. Alle würden am Fenster stehen, wenn sie sich noch einmal umdrehte, bevor sie in die Ambulanz einstieg, die sie zum Flughafen bringen würde.

Rachid und Leila wussten, dass es in Frankreich bessere

Ärzte für Zahera gab. Providence hatte alles Notwendige in die Wege geleitet. Mukoviszidose war nicht heilbar, außer durch eine Lungentransplantation, aber der medizinische Fortschritt hatte dafür gesorgt, dass sich die Lebensqualität der Patienten verbesserte. Und man musste zugeben, dass die Kranken da unten, auf der anderen Seite des Mittelmeers, in der Tat ein bisschen länger lebten.

Rachid griff nach Zaheras Hand.

»Sie hat nicht angerufen, oder?«, fragte er.

»Nein. Sie hat mich vergessen. Es ist schon 11 Uhr, ist dir das klar? Das Flugzeug hätte heute früh um 7 Uhr 15 in Marrakesch landen müssen. Das Taxi braucht doch keine vier Stunden vom Flughafen bis hierher! Da wäre ja ein Eselskarren schneller!«

Einer ferngesteuerten Mama war nicht zu trauen. Immer mal wieder kam es vor, dass sie nicht funktionierte – wenn die Batterien leer waren zum Beispiel oder sich etwas in der Mechanik verhakte, wie bei den vielen Spielsachen, die an Weihnachten die Kinderaugen zum Leuchten brachten und dann noch vor Neujahr im Mülleimer landeten. Ihre Mama kam nicht mehr.

Das Mädchen drückte ein kleines Plüschdromedar an sich, um eine drohende Wolkenkrise abzuwehren. Rachid fand, dass sie schon seit Tagen erbarmungswürdig aussah. Ihre Haut war leichenblass und so durchscheinend, dass sie bläulich schimmerte. Die Adern unter ihrer zarten Haut erinnerten an den Marmor korinthischer Säulen. Sie hatte noch mehr an Gewicht verloren, und ihr Brustkorb war auf die doppelte Größe angewachsen. Ihr kleines Herz war erschöpft. Sie hatte nur noch einen Wunsch – zu sterben oder nach Frankreich zu reisen. Zur Feier des Tages hatte sie ihr Lieblings-T-Shirt mit dem Aufdruck *I love Paris* angezogen. Ihre Finger krallten sich um das Dromedar.

»Das glaube ich nicht, Zahera. Sie hat bestimmt ein Problem. Wie könnte sie dich vergessen! Weißt du, in Frankreich streiken oft die Piloten oder die Fluglotsen. Sie finden, dass sie nicht genug verdienen oder dass ihre Arbeitsbedingungen schlecht sind. Was sollen wir da sagen?«

»Alle Airbusse A320 von Royal Air Maroc müssten ferngesteuert sein, wie die Mamas.«

»Klar doch, wir wissen ja, dass die kleinen Mädchen alle von einem ferngesteuerten Airbus A320 zu Weihnachten träumen«, erwiderte Rachid mit einem Lächeln.

»Nur dass für mich Weihnachten heute ist, mitten im Aug…«

Sie brachte den Satz nicht mehr zu Ende. Es war alles zu viel gewesen, ein allzu schweres Gewicht lastete auf den schmalen Schultern des kleinen Mädchens. Sie hatte ihre ganze Hoffnung auf diesen Tag gesetzt. Und nun quoll die Wolke, die ihr die Luft raubte, aufgebläht von Stress, Trauer und Wut plötzlich in ihrer Brust über, wie kochende Milch im Topf, und verbrannte ihr die Lunge. Sie wurde von einem verheerenden Hustenanfall geschüttelt und sprenkelte die weißen Laken mit Erdbeermarmelade.

»Zahera!«, rief Rachid.

Er rutschte dicht neben sie und fing an, sie energisch zu massieren, damit sie die großen Wolkenstücke, die ihr wie dicke Wattebäusche die Atemwege verstopften, ausspucken konnte. Tief in ihrem Inneren braute sich ein Sturm zusammen, der alles, was ihm in den Weg kam, verwüstete und helles Entsetzen im Krankensaal auslöste. Wie immer, wenn das passierte, wurden alle ganz still. Furcht und

Sorge standen den Frauen ins Gesicht geschrieben. So oft schon hatten sie befürchtet, Zahera zu verlieren. Das Mädchen war ihr Hoffnungsbarometer, ihr kleines Licht, ihre Kraft, ihre Flamme, und nun verlöschte sie wie eine Kerze, die der Wüstenwind ausbläst. Ein Menschenleben fällt nicht ins Gewicht. Auch nicht auf unserer von der Schwerkraft beherrschten Erde. Wir leben eine gewisse Zeit, bis die Krankheit uns einholt und mitnimmt nach oben zu einer mit Sternen besäten Decke.

Mit Sternen aus phosphoreszierendem Plastik.

Made in China.

In dem führerlosen Pendelzug, der Providence zur RER-Station brachte, wurde ihr nach und nach bewusst, was ihr da gerade passierte. Je klarer ihr alles wurde, desto mehr stieß sie sich an dieser verrückten Situation, prallte dagegen wie eine Motte an die Fensterscheibe. Sie fühlte sich in eine Episode von *Twilight Zone* versetzt. Auf einmal schien nichts mehr unmöglich. Sie hatte sich von den Regeln der Physik und der Rationalität befreit, als wäre sie einem Superheldencomic entsprungen. Wenn es irgendein Mensch fertigbrachte zu fliegen, dann sie – davon war sie inzwischen felsenfest überzeugt.

Unter anderen Umständen hätte sie all das für völlig absurd gehalten und wäre auf der Stelle umgekehrt, um sich wieder ihren Leidensgenossen anzuschließen, die sich wie normale, realistisch denkende Menschen in dem zur Untätigkeit verdammten gigantischen Ameisenhaufen von Orly in Geduld übten. Doch heute war alles möglich. Sie war unterwegs in ein Pariser Einwandererviertel, um bei einem chinesischen Meister einen Crashkurs im Fliegen zu absolvieren.

Wäre in diesem Moment ein Mann mit einem Elefantenrüssel anstelle einer Nase eingestiegen und hätte ihr gegenüber Platz genommen, hätte sich Providence auch nicht weiter gewundert. Drei Stationen später passierte tatsächlich etwas in der Art. Ein hochgewachsener Mann mit Turban, sehnig und knotig wie ein Baum und mit einem gewaltigen Schnurrbart im Gesicht, legte sorgsam ein mit Nägeln beschlagenes Holzbrett auf den Sitz neben Providence und setzte sich nonchalant darauf, als hätte er eine Zeitung ausgebreitet, um seine Hosen nicht zu beschmutzen. Er schlug ein Buch auf, dessen Titel sich in blauen Buchstaben über den leuchtend gelben Umschlag zog, und brach in lautes Gelächter aus. Zwei blendend weiße Zahnreihen wurden sichtbar, und seine Piercings gerieten in Schwingungen.

Auch recht, dann sitze ich eben neben einem Fakir und fahre zur Praxis eines chinesischen Großmeisters, weil ich lernen will, wie ein Vogel zu fliegen, dachte Providence. Aberwitziger kann es nicht mehr werden.

Doch da täuschte sie sich.

Und nun sass Providence vor dem mächtigsten Mann der Welt.

Dem Mann, der die Geheimnisse der Vögel kannte. Dem Mann, der sie lehren würde, über den Wolken zu fliegen.

Dem chinesischen Großmeister Buh, auch Meister 90 genannt. Der Meister saß, deshalb konnte Providence den Wahrheitsgehalt seines Titels nicht überprüfen. Der Senegalese war in eine grüne Dschellaba gewandet und trug auf dem Kopf eine löchrige, verdreckte Mütze mit dem Emblem des Fußballclubs Paris Saint-Germain. Sein Thron war ein billiger Campingstuhl mit einer halb zerrissenen Rückenlehne aus Jute. Sein Zepter ein Vierfarb-Kugelschreiber der Marke Bic.

»Was ist?«, fragte der Mann neugierig, aber auch leicht ungehalten, weil ihn seine Besucherin seit dem Betreten des Büros nur stumm angestarrt hatte.

»Es ist nur … ich habe Sie mir ganz anders vorgestellt.«

Der Mann lachte kreischend los. Es klang nach quietschenden Sprungfedern oder heftigen Sensenhieben.

»Ich beeindrucke Sie noch mehr als erwartet?«

»So könnte man es ausdrücken …«

»Ich wette, Sie haben mit einem Chinesen gerechnet!«

»Ja, das auch …«, gab Providence gereizt zu.

»Ich beauftrage Subunternehmer.«

»Sie beauftragen Subunternehmer. Aha.«

»Ja, ich vergebe Arbeitsaufträge. Woher haben Sie das Flugblatt?«

»Orly.«

»Ah, dann haben Sie Tschang kennengelernt! Tschang ist nicht sein richtiger Name, der ist unaussprechbar, deshalb nenne ich ihn Tschang, wie den Kerl aus *Tim und Struppi*. Ein reizender junger Mann. Und ein guter Arbeiter. Auch wenn er ein bisschen sonderbar redet. Er hat unsere Sprache mit der französischen Fassung von *Fluch der Karibik* gelernt. Ich hatte leider nur diese DVD zur Hand, und das merkt man eben. Aber man darf es ihm nicht übelnehmen, er ist erst seit drei Wochen in Frankreich. Stellen Sie sich vor, Sie müssten innerhalb von drei Wochen Chinesisch lernen!«

Providence konnte sich nicht vorstellen, in so kurzer Zeit die Sprache des Konfuzius zu lernen. Schon gar nicht mit Hilfe amerikanischer Blockbuster. Mit *Krieg der Sterne* als Lehrfilm für Mandarin würde sie in drei Wochen allenfalls das sprachliche Niveau von Chewbacca erreichen. Allerhöchstens. Tschang musste ein Genie sein. Allerdings ein Genie mit zweifelhaftem Modegeschmack. Und er war ein großer Lügner vor dem Herrn. Sie hatte das unangenehme Gefühl, auf der ganzen Linie geleimt worden zu sein. Tschang hatte sie nach Strich und Faden eingeseift. Wenn dieser Buh sich nicht das Gesicht und die Arme mit schwarzer Schuhcreme eingeschmiert hatte, war er ein Marabut, ein ganz gewöhnlicher afrikanischer Zauberheiler.

»Und Ihr Name, Buh ...?«, fragte Providence, die es nach einer Erklärung verlangte.

»Pssst! Sprechen Sie meinen Namen nicht aus, Unselige!

Die Wände haben Ohren. Ich werde von Neidern verfolgt, müssen Sie wissen, die Macht zieht die Aasgeier an. Mein chinesischer Name gehört zum Marketing. Nehmen Sie es mir nicht übel. Afrikanischen Zauberern traut heutzutage keiner mehr über den Weg, verstehen Sie? Der ganze Berufsstand wurde durch Scharlatane der schlimmsten Sorte in Verruf gebracht, und wir zahlen immer noch den Preis dafür. Mal ganz ehrlich: Wären Sie hergekommen, wenn Sie auf dem Flugblatt den Namen Professor M'Bali gelesen hätte?«

»Auf keinen Fall!«, erwiderte Providence entschieden.

Ihr Gefühl, hereingelegt worden zu sein, steigerte sich von Sekunde zu Sekunde und erreichte allmählich himalayaeske Höhen.

»Sehen Sie! Es ist mir gelungen, Ihr Interesse zu wecken. Heutzutage bringen viele Menschen den Chinesen blindes Vertrauen entgegen. Sie lächeln immerzu und scheinen kein Wässerchen trüben zu können. Aber dahinter steckt eine Verschwörung der Freimaurer! Sie werden sehen, in ein paar Jahren, wenn der Trend vorbei ist, wird niemand mehr etwas mit den Chinesen zu tun haben wollen. Das Rad dreht sich weiter. Und dann werden die Menschen zu afrikanischen Zauberheilern zurückkehren! Denken Sie an meine Worte! Ich schwimme nur in der Zwischenzeit auf der Modewelle mit.«

Er deutete auf das Diplom, das hinter ihm an der Wand hing. Darauf bestätigte der Präsident der Republik Frankreich, dass Monsieur M'Bali das Examen zur Erhebung in den Rang eines Großmeisters vom Armseligen Orden der Gottesstricker von der Neuesten Masche mit Erfolg bestanden hatte.

»Ein Beweis für Qualität und Zuverlässigkeit.«

Providence seufzte resigniert. An Widerspruch war nicht zu denken.

»Wissen Sie, mir ist es ziemlich schnuppe, ob Sie Chinese, Senegalese oder Monegasse sind«, sagte sie, »solange Sie nur eine Lösung für mein Problem finden. Ich habe durch die Fahrt hierher schon genug Zeit verloren. Entschuldigen Sie, aber ich habe es eilig.«

Der Mann hob beschwichtigend die Hand, als wolle er eine wilde Stute beruhigen.

»Oh là là! Meine liebe Dame ... Zuerst einmal müssen Sie sich ein wenig beruhigen, und dann sagen Sie mir, wie ich Ihnen behilflich sein kann.«

»Ich ...«

»Psst. Zunächst einmal beruhigen Sie sich bitte postwendend. Ich werde die Zeit nutzen, um meinen Mittagsimbiss einzunehmen.«

Der Zauberer holte aus der Kühltasche zu seinen Füßen ein in Zellophan eingewickeltes Sandwich und einen Himbeerjoghurt von Lidl. Der mächtigste Mann der Welt aß abgepackte Sandwiches und Joghurts vom Discounter.

Providence atmete tief durch. Eine kleine Verschnaufpause tat ihr vielleicht ganz gut. Den Stecker ziehen, nur für ein paar Minuten. Sie beschloss, es dem Fußballfan hinter seinem Schreibtisch gleichzutun. Seine Stimme und sein Gesichtsausdruck hatten etwas sehr Beruhigendes. Wie wohltuend, sich einfach mal zu fügen. An nichts mehr denken. Einfach tun, was ein anderer einem sagte. Sie vertiefte sich schweigend in den Anblick ihrer Fingernägel, an deren Rändern ein wenig rote Farbe abblätterte.

Ein paar Minuten später tupfte sich der Marabut die

Mundwinkel mit einem Stück Küchenrolle ab. »Gut. Ich höre Ihnen zu.«

»Äh, nun ja, ich möchte Sie um etwas Unmögliches bitten.«

»Sie sind eine Frau, das ist normal.«

Providence beschloss, auf diese sexistische Bemerkung nicht einzugehen und sich während der gesamten Unterhaltung in asiatischem Gleichmut zu üben.

»Ich möchte fliegen lernen.«

»Dafür gibt es Schulen.«

»Ich rede nicht von einem Flugzeug. Ich will einfach so fliegen.«

Sie bewegte schwungvoll die Arme auf und ab, als wollte sie ihre Achselhöhlen belüften.

»Sie wollen fliegen lernen, indem Sie schwungvoll die Arme bewegen, als wollten Sie Ihre Achselhöhlen belüften.«

»So ist es«, bestätigte Providence.

»Kein Problem.«

»Wirklich? Meine Bitte wundert Sie nicht im Mindesten?«

»Ein Vogel, der im Käfig geboren wurde, hält das Fliegen für eine Krankheit.«

»Ich verstehe den Zusammenhang nicht.«

»Es gibt keinen. Ich streue gern hin und wieder ein Zitat ins Gespräch ein, nur so zum Vergnügen. Dieses stammt von Alejandro Jodorowsky.«

»Aha. Und was meine kleine Anfrage betrifft …«

»Wir können postwendend nächste Woche anfangen.«

»Postwendend oder nächste Woche?«

»Nächste Woche.«

»Bitte sagen Sie nicht ›postwendend‹, wenn Sie eigentlich ›nächste Woche‹ meinen. Das ist ärgerlich und irreführend! Werfen Sie doch mal einen Blick in dieses Ding da und schauen Sie nach, ob wir nicht doch postwendend beginnen können.«

Der Mann konsultierte den ledergebundenen Terminkalender, auf den seine Klientin deutete. Bis 2043 waren sämtliche Spalten gähnend leer.

»Derzeit bin ich ziemlich ausgelastet«, sagte er zu Providence' großer Verblüffung

»Aber Ihr Terminkalender ist leer!«

»Leere und Fülle sind relative und subjektive Konzepte.«

»So lange kann ich nicht warten«, sagte Providence und setzte ihre Trauermiene Nummer 4 auf, die sie sich für äußerste Notfälle aufsparte.

»Wir könnten am Freitag anfangen. Und dann kommen Sie immer freitags zu mir. Ist das besser?«

»Ich hatte, ehrlich gesagt, gehofft, Sie könnten mir das Fliegen in einer Stunde und in einem Rutsch beibringen. Hier und jetzt. Postwendend, wie Sie es formulieren würden.«

»Das wird schwierig.«

»Wissen Sie, warum in Marokko immer schönes Wetter ist?«

»Nein.«

»Weil ein kleines Mädchen alle Wolken aufgegessen hat. Bis sie krank davon wurde.«

In zwei Minuten und dreißig Sätzen klärte Providence den Marabut über die Hintergründe ihrer Bitte auf. Die verrinnende Zeit, Zahera, die Wolke, die sie verschluckt hatte, die Erdbeermarmelade, die heimtückische Krankheit und das Versprechen, das sie dem Mädchen gegeben hatte.

»In einer Stunde fliegen lernen …«, murmelte der Mann nachdenklich, als sie ihren Bericht beendet hatte.

»Bitte.«

»Ich werde sehen, was sich machen lässt, aber ersparen Sie mir bitte diese leidige Trauermiene Nummer 4. So etwas wirkt bei mir nicht. Ich bin Zauberer. Also gut, ich helfe Ihnen. Ich werde diese Angelegenheit an einen Subunternehmer vergeben.«

»Das ist ja eine regelrechte Manie bei Ihnen!«

»So funktioniert die Welt heute nun mal …«

»Dann werde ich also fliegen lernen?«

»Das habe ich doch gerade gesagt.«

Die junge Frau war sprachlos. Irgendwo musste ein Haken sein. Es klappte alles viel zu reibungslos.

»Nur so aus Neugier – wenn Sie Leuten das Fliegen beibringen können, warum sieht man dann nicht mehr Menschen am Himmel?«

»Weil nicht jeder die Fähigkeit dazu besitzt. Sehr wenige Menschen können von sich behaupten, dass sie das Fliegen beherrschen. Praktisch niemand. Im Grunde kein einziger.«

»Kein einziger?«

Der Marabut überlegte eine Weile. »Doch, einen kenne ich.«

»Wollen Sie damit sagen, dass Sie bisher nur einer Person das Fliegen beigebracht haben?«

»Um genau zu sein: Ich habe einer ganzen Reihe von Patienten«, das Wort amüsierte Providence, »das Fliegen beigebracht, aber nur bei einem hatte ich Erfolg.«

In seiner Stimme schwangen Wehmut und Bedauern mit.

»Tschang ist demnach der einzige Mensch auf der Welt, der fliegen kann?«

Der Marabut winkte ab. »Tschang? Tschang kann nicht fliegen.«

»Ich stand auf dem Flugplatz nicht weiter von ihm entfernt als jetzt von Ihnen. Er schwebte über der Erde.«

»Ach, das! Ja, Tschang levitiert, das stimmt. Aber er fliegt nicht. Es ist ein großer Unterschied, ob man sich ein paar Millimeter in die Luft erhebt oder zwischen den Wolken umherfliegt.«

»Oh, verzeihen Sie meine Unwissenheit! Noch vor ein paar Sekunden glaubte ich, dass die Schwerkraft den Menschen an die Erde fesselt, und nun höre ich, dass es Menschen gibt, die levitieren, und andere, die fliegen!«

»Bevor man etwas erfährt, weiß man es nicht.«

»Was für eine tolle Binsenweisheit! Und was ist aus Ihrem Schüler geworden? Falls meine Frage nicht zu indiskret ist.«

»Oscar? Er war Fensterputzer am höchsten Wolkenkratzer der Welt, in Dubai, bis er ... abgestürzt ist.«

Ein Schauer überlief Providence.

»Das tut mir sehr leid. Trotzdem wundert es mich, dass er, nachdem er wie ein Vogel fliegen gelernt hatte, offenbar keinen anderen Ehrgeiz im Leben entwickelt hat, als Fenster zu putzen.«

»Sie urteilen ein wenig zu hart über ihn. Jeder muss sich mit den eigenen Fähigkeiten arrangieren. Und zudem sollte man seine Fähigkeiten so gut wie möglich geheim halten. Sehen Sie mich an – ich bin der mächtigste Mann der Welt und tue mein Möglichstes, damit niemand davon erfährt …«

»Ja, das gelingt Ihnen bewundernswert gut!«

»Danke. Ich könnte heute ohne weiteres vor den Seychellen auf meiner Jacht Cuba Libre schlürfen und alle viere von mir strecken, aber ich habe beschlossen, mein Leben anderen Menschen zu widmen und ihnen bei der Bewältigung ihrer Probleme zu helfen.« (Providence hörte im Geiste Tschang in seinem orangeroten Outfit »Probbläääääme« schreien.) »Ich helfe ihnen dabei, das Beste aus sich herausholen. Deshalb sitze ich hier in Barbès in einem ärmlichen Loch ohne Klimaanlage und bemühe mich, für die Sorgen, die Sie bedrücken, eine Lösung zu finden. Denn bevor ich Sie nicht glücklich gemacht habe, kann ich nicht ruhig schlafen …«

»Wären doch nur alle Männer wie Sie!«

»Man darf sich mit seiner Macht nicht brüsten, man muss sie für einen edlen Zweck einsetzen. Sie ist ein Mittel, kein Ziel. In meinen Augen ist Fensterputzen in Dubai etwas Edles. Oscar war ein guter Junge.«

Der Marabut verstummte und schien seinen Gedanken nachzuhängen. Er nahm die Saint-Germain-Fanmütze ab und wischte sich die Stirn. Providence fragte sich, warum so viele Afrikaner im Sommer Wollmützen trugen. Und noch dazu in einer Wohnung ohne Klimaanlage. Dem reinsten Backofen. Sie hätte sich am liebsten das T-Shirt und die Jeans vom Leib gerissen und sich in eine Badewanne voller Eiswürfel gelegt.

»Fliegen wie ein Vogel …«, setzte der Marabut wieder an, als er aus seiner Versunkenheit aufgetaucht war, »davon träumt der Mensch seit Anbeginn der Zeit. Wir sind in gewisser Weise ein hochentwickeltes Tier. Wir gehen, wir rennen, wir schwimmen, wir kriechen, wir verfügen über fast alle Fähigkeiten der Tiere. Nur die Fähigkeit, aus eigener Kraft zu fliegen, fehlt uns. Unsere Knochen sind zu schwer, und wir haben keine Flügel. Wir sind viel zu häufig an irdische Belange gebunden, und das hindert uns daran, uns von den Ketten zu lösen, die uns an die Erde fesseln, und uns in die Lüfte zu schwingen. Der Mensch ist zu ganz wunderbaren Leistungen fähig. Er spricht, er lacht, er baut Reiche auf, er passt sich seiner Umgebung an, er glaubt an Gott, er dreht Schwulenpornos, er spielt Scrabble und isst mit Stäbchen. Welches Tier, und sei es noch so intelligent, kann sich ähnlicher Leistungen rühmen? Und ... der Mensch fliegt zwischen den Wolken umher. Dabei mogelt er, gewiss, aber er fliegt. Mit Flugzeugen, Heißluftballons, Zeppelinen. Aber er fliegt nicht aus eigener Kraft. Und das ist vielleicht das Einzige, was ihm fehlt, das Einzige, wozu er nicht in der Lage ist. Deshalb ist er unzufrieden. Er ist frustriert. Er stampft trotzig mit den Füßen auf wie ein Kind, dem man sein Spielzeug wegnimmt. Ihre Geschichte erinnert mich ein bisschen an die Witze, die sich Kinder auf dem Schulhof erzählen. ›Treffen sich ein Engländer, ein Spanier, ein Deutscher und ein Franzose ...‹ Obwohl, in Ihrer Geschichte sind es eher eine Französin, ein Senegalese und eine Marokkanerin ...«

»Ich will Ihnen ja nicht zu nahe treten, aber könnten wir vielleicht mit der Ausbildung anfangen?«, unterbrach ihn Providence.

Der Zauberer lächelte.

»Sie haben schon damit angefangen.«

»Wie bitte?«

»Sie haben schon längst mit der Ausbildung angefangen. Nein, vergessen Sie's, das ist nur ein Zitat, aus *Karate Kid*, glaube ich. Was ich sagen wollte: Sie haben schon mit der Ausbildung angefangen. In den letzten Minuten haben Sie mehr Fortschritte gemacht, als Sie glauben. Ich habe gesehen, wer Sie wirklich sind. Man kann nämlich nicht lernen, wie man ein Jagdflugzeug steuert, bevor man gelernt hat, eine Schubkarre zu schieben.«

Manchmal hörten sich die Metaphern des Zauberers wie verschlüsselte Botschaften an. War er etwa im Krieg ein Spion gewesen? Und wenn ja, in welchem Krieg?

»Könnten Sie sich eventuell etwas klarer ausdrücken? Ich kann Ihnen nicht folgen.«

»Ich will lediglich feststellen, dass Sie schon über alles verfügen, was Sie zum Fliegen brauchen. Ihnen fehlt nur noch eines: Sie müssen lernen, Ihre Energie zu kanalisieren und Ihre Kraft auf ein einziges Ziel zu richten – das Fliegen. Sie dürfen sich nicht verzetteln und das kostbare Fluidum, das durch Ihre Adern rinnt, nicht nutzlos verschwenden. Man merkt Ihnen an, dass Sie eine gefühlvolle Frau sind, die ihr Leben auf der Überholspur lebt. Aber manchmal muss man sich Zeit lassen, wenn man Zeit gewinnen will ... Abgesehen davon haben Sie alles. Wie Bruce Lee, mein anderer Flugblattverteiler – ja, zugegeben, mir sind die Namen ausgegangen, immer sagt: »Du fliegst in Siebte Himmel, wenn du hast viel Olgasm mit Liebe im Helz.«

Providence zog die Stirn kraus. »Olgas mit Liebe im Pelz?« Sie wagte nicht zu fragen, mit welchen DVDs dieser Neuankömmling die Sprache von Molière gelernt hatte.

»Im Helz«, sagte der Marabut und schlug sich gegen die

Brust. »Orgasmen mit Liebe im Herz. Er spricht das ›r‹ wie ein ›l‹ aus. Er ist erst seit drei Tagen in Frankreich.«

»Ach so!«

»Und ich sehe, dass Ihr Herz überquillt.«

»Wovon?«

»Von Liebe.«

»Ah.«

»Von mir haben Sie jetzt alles gelernt, was ich Ihnen beibringen kann. Alle anderen Kenntnisse werden Sie im Kloster erwerben.«

Providence zuckte zusammen.

»Im Kloster?«

Ungerührt öffnete Meister Buh seine Schreibtischschublade und holte einen weißen Schreibblock mit Briefkopf heraus.

»Sie wollten doch in einer Stunde fliegen lernen, nicht wahr?«

»Äh … ja.«

»Gut, dann verschreibe ich Ihnen einen Ultraintensiv-Meditationslehrgang in einem zertifizierten tibetischen Tempel. Geben Sie den Mönchen das hier von mir.«

Er kritzelte mit der blauen Mine seines Vierfarbkulis ein paar Worte auf das oberste Blatt und unterschrieb. Providence blieb die Spucke weg. Der Mann schrieb doch tatsächlich ein Rezept aus. Dieser sino-afrikanische Marabut aus Barbès hielt sich allen Ernstes für einen Arzt!

Sie begriff, dass er sie in einen tibetischen Tempel weiterschicken wollte, und war empört. »Sie sind doch krank!«, rief sie entrüstet, »Sie wollen mich nach China zum Meditieren schicken, obwohl alle Flugzeuge am Boden festsitzen. Oder wollen Sie, dass ich selber losfliege? Dann nehme ich am besten gleich Kurs auf Marrakesch!«

Providence sprang auf und durchwühlte ihre Tasche nach einem Zehn-Euro-Schein, den sie dem Zauberer ins Gesicht werfen wollte. Mehr hatte er nicht verdient. Er hatte ihr kostbare Zeit gestohlen und alles Mögliche vorgegaukelt. Er konnte von Glück sagen, dass sie nicht gleich die Polizei rief!

»Sie leben auf Kosten Ihrer Mitmenschen und machen ihnen falsche Hoffnungen. Sie sind nur ein …«

»Ein …?«

»Ein afrikanischer Scharlatan … der sich obendrein noch für einen chinesischen Scharlatan hält.«

»Was Gleichmut und Gelassenheit angeht, haben Sie noch Einiges zu lernen! Ich bezweifle, dass der Ultraintensiv-Lehrgang bei Ihnen seine Wirkung erzielen wird, Madame Springfloh. Aber wenn es Sie interessiert – ich spüre bei Ihnen eine außerordentlich gut entwickelte Gabe der außersinnlichen Wahrnehmung. Sie werden die zweite Person sein, der ich zum Fliegen verholfen habe, das heißt, gegenwärtig sind Sie die einzige, da Oscar nicht mehr unter uns weilt. Ich kann die Gabe bei Ihnen wahrnehmen. Sie haben es bisher nur noch nie versucht.«

»Schon wieder ein Zitat aus einem zweitklassigen Kung-Fu-Streifen?«

»Nein, das stammt von mir.«

»Wenn ich Sie richtig verstehe, wollen Sie mich nach China in einen tibetischen Tempel verfrachten?«

»Wer hat denn etwas von einem tibetischen Tempel in China gesagt? Übrigens liegt Tibet nicht in China. Und hat da noch nie gelegen. Ach, ich weiß auch nicht, von diesem Chinakram verstehe ich nichts.«

»China oder Japan oder Weiß-Gott-Wo-In-Asien, was macht das für einen Unterschied? Ich habe Ihnen doch gesagt, dass heute keine Flugzeuge starten!«

»Kein Problem. Sie benutzen einfach die RER.«

»Aber klar doch«, rief Providence theatralisch aus und schlug sich mit der flachen Hand gegen die Stirn. »Was bin ich bloß für eine dumme Kuh! Ist doch alles ganz einfach, denn ich fahre ja mit dem Zug! Sagen Sie mal, ist das Ihr Ernst? Ich soll mit der S-Bahn nach China fahren?«

»Ich habe Ihnen doch gerade gesagt, dass der Tempel nicht in China liegt.«

»Nein, Sie haben gesagt, dass *Tibet* nicht in China liegt.«

»Keineswegs. Meine Worte lauteten: ›*Wer hat denn etwas von einem tibetischen Tempel in China gesagt*?‹«

»Okay. Haaaalt! Ich fahre auf keinen Fall nach China, damit das klar ist.«

»Und Versailles liegt in China?«

»Ach, leck mich doch. Wo ist denn da der Zusammenhang?«, schimpfte Providence, die allmählich die Beherrschung verlor und sich so fehl am Platze fühlte wie Louis de Funès in einer Star-Wars-Episode.

»Der Zusammenhang besteht darin, dass Sie nach Versailles fahren werden.«

»Wann?«

»Sobald unsere Unterhaltung beendet ist.«

»Und was soll ich in Versailles?«

»Sie suchen einen Tempel auf.«

»Sie meinen sicher das Schloss von Versailles.«

»Hören Sie mir doch erst einmal zu ... Nein, ich meine

keineswegs das Schloss, ich spreche vom tibetischen Tempel der Armseligen Bruderschaft von der Neuesten Masche. Den Gottesstrickern. Er befindet sich in Versailles.«

»Ach so. Die Gottesstricker ... Warum haben Sie das nicht gleich gesagt?«, schnaubte Providence sarkastisch.

»Ich habe es ja versucht. Wenn Sie genau zuhören, was man Ihnen sagt – was ich bezweifle –, werden Sie noch heute Nachmittag vor 15 Uhr fliegen wie ein Vogel. Und heute Abend werden Sie, wie Sie es versprochen haben, Ihre Tochter in die Arme schließen können.«

Wie betäubt nahm Providence die Visitenkarte entgegen, die der Marabut ihr reichte. Er hatte eine Adresse und eine RER-Station darauf geschrieben.

»Das macht dann 23 Euro. Kreditkarten akzeptiere ich nicht.«

»Dreiundzwanzig Euro? Das ist genau der Tarif für einen Arzttermin«, sagte Providence und schaute verblüfft auf die Visitenkarte. »Ein tibetischer Tempel mitten in Versailles?«

Es war einfach nicht zu fassen.

»Die Kosten werden übrigens von der gesetzlichen Krankenversicherung erstattet«, fügte der Pseudochinese hinzu.

Als Providence in der Metro saß, die sie an den exotischsten, vielleicht auch verrücktesten Ort ihres Lebens bringen sollte, fielen ihr die Worte des Meisters Buh ein: »Treffen sich eine Französin, ein Senegalese und eine Marokkanerin ...«

Er hatte recht – ihre Geschichte begann wie ein Witz, aber in Wirklichkeit war sie alles andere als das. Denn Zahera lag im Sterben.

Zweiter Teil

Wenn sie nicht beten,
hören die tibetischen Mönche Julio Iglesias

Position: Tibetischer Tempel, Versailles (Frankreich)
Herz-O-Meter: 2087 Kilometer

Im Jahr 1997 war ein gutes Dutzend Mönche der Armseligen Bruderschaft von der Neuesten Masche aus Tibet vertrieben worden, nachdem man sie bei der Planung einer Ferrari-Fabrik überrascht hatte. Inspiriert von dem Bestseller *Der Mönch, der seinen Ferrari verkaufte* hatten sie beschlossen, zum Helden des Buches in Opposition zu gehen und im Tempel im großen Stil Automobile zu produzieren. *Die Mönche, die ihren Ferrari behalten wollen*, hatten die örtlichen Zeitungen getitelt. So waren sie von ihrem geistlichen Oberhaupt aus dem Kloster verjagt worden und in der Nähe von Paris gestrandet, in der festen Absicht, sich dort ins Geschäftsleben zu stürzen. Inspiriert von der klösterlichen Tradition *à la française* hatten sie bald ihr Vorhaben, rote Luxussportwagen herzustellen, aufgegeben und stattdessen mit der Produktion von Kleidungsstücken aus Käse begonnen, nach den beliebten Schlafmohnsandalen eine ganz neue Geschäftsidee. Der kleine buddhistische Tempel in Versailles hatte sich innerhalb weniger Jahre zu einem der florierendsten Unternehmen der Region entwickelt. Doch in den letzten Jahren hatte die Wirtschaftskrise auch diesen Sektor schwer getroffen, und damit trotz ihrer Monopolstellung auch die Mönche. Im Jahr zuvor hatten sie nur einen Auftrag gehabt: das französische Olympia-Team im Kirschkernweitspucken (eine neue Disziplin, die sich das Nationale Olympische Komitee nach der weltweiten Sauerkirschschwemme von 2013 ausgedacht hatte) war mit Stricktrikots aus Roquefort ausgestattet worden. Den Überschuss (an Kirschen, nicht an Roquefort) hatte man Fidel Castro geschickt, dem Mann, der den Trainingsanzug zum Inbegriff von Eleganz und gutem Geschmack erhoben hatte.

Als die RER sie an ihrem Ziel absetzte, erkannte Providence, dass Orly und der tibetische Tempel ungefähr so viel gemeinsam hatten wie ein Ameisenhaufen und ein Friedhof. Schlagartig tauchte sie in friedliche Stille ein. In diesem Teil der Welt schien die Zeit stillzustehen.

Auch wenn der Tempel der Gottesstricker in der Stadt des Sonnenkönigs lag, ähnelte er von außen eher einer Frittenbude als einer Palastanlage. Nach dem Bauwerk und den großen schmiedeeisernen Lettern zu urteilen, die stolz über dem Eingang prangten, hatte sich die tibetanische Kultstätte in einer verkommenen, leer stehenden Renault-Fabrik einquartiert. Auf einem etwas moderneren Plastikschild hatte jemand die berühmte schwarze Renault-Raute mit einem hübschen runden Käselaib übermalt, sonnengelb wie ein reifer Edamer. Vom Ruhm des Sonnenkönigs und von den prächtigen Gärten des André Le Nôtre war man hier allerdings weit entfernt.

Providence blieb vor einer niedrigen Holztür stehen und schlug mit einem vergoldeten Türklopfer in Form einer Strickliesel dagegen, um sich bemerkbar zu machen.

Ihr fiel der Werbespot ein, in dem ein junger Playboy an

eine Klosterpforte klopft, weil er Mönch werden will, und es sich dann anders überlegt, nachdem er einen Schokoriegel probiert hat. *Mars gibt dir, was du brauchst!* Aber sie würde dieses merkwürdige Abenteuer bis zum Ende durchstehen. Wo sie nun schon mal hier war, wäre es idiotisch gewesen umzukehren, ohne erfahren zu haben, was sich hinter den geheimnisvollen Backsteinmauern verbarg.

Ihr öffnete ein kleiner Mann um die sechzig mit rasiertem Schädel, der in eine weite, orangerote Robe gekleidet war und sich als Pater Superior vorstellte. Er schien eine Art Papa Schlumpf der Ordensgemeinschaft zu sein, nur ohne Bart und rote Mütze. Da ihm der Senegalese Providence angekündigt hatte, überraschte es ihn nicht, dass an diesem schönen Sommernachmittag eine hübsche junge Frau auf der Schwelle stand. Mit einer knappen Geste, die seinen weiten Ärmel einen Moment lang wie eine orangerote Fahne flattern ließ (Modell »Baden verboten«), bat er sie herein.

Sie durchquerten einen Innenhof, auf dem in einer Ecke winzig kleine Mönche Boule spielten, die Boulekugeln schienen grüne Tomaten zu sein. Dann betraten sie ein großes, mit Efeu beranktes Gebäude. In der Eingangshalle erwarteten sie zwei identische, nur etwas jüngere Kopien des alten Mannes, die dieser Providence breit lächelnd vorstellte. Man hätte sie für Zwillinge halten können. Oder für Drillinge, wenn man Papa Schlumpf dazuzählte. Auch sie waren klein, hatten rasierte Schädel und waren in weite, orangerote Roben gehüllt. Auch sie hatten einen Hang zur Extravaganz – und Ärmel wie Badeverbotsfähnchen.

In ihrer Gegenwart offenbarte das Wort Superior, mit dem sich der Ordensobere vorgestellt hatte, seinen wahren Sinn, denn obwohl er selbst auch nicht gerade hochgewachsen war, überragte Pater Superior seine beiden Mitbrüder um ganze zwei Köpfe. Providence kam sich vor, als stünde sie von Kindern umringt auf einem Schulhof.

Der Vorname der beiden Mönche – oder ihr Nachname, das ließ sich nicht sagen – war so schwer zu verstehen, dass Providence beschloss, sie Ping und Pong zu nennen, als Hommage an ihre kugelrunden Schädel. Sie nickte ihnen zur Begrüßung zu, erst dem einen, dann dem anderen.

»Sie können die beiden gern auch Meister 30 und Meister 35 nennen.«

Providence, die es mit Zahlen nicht so hatte, blieb bei ihrer ersten Wahl. Ping und Pong.

»Ihre Ankunft wurde mir vom Oberstem Meister mitgeteilt, per Tele …«

»Telepathie?«, unterbrach Providence eifrig.

»Telefon«, korrigierte der Mönch leicht irritiert. »Per Telefon. Ich bin informiert über Ihre Tochter, die eine Wolke so groß wie der Eiffelturm verschluckt hat. Wir haben nicht viel Zeit.«

Providence nickte erleichtert. Endlich jemand, der sie verstand.

»Wir werden sie uns also nehmen«, fuhr er fort.

»Was?«

»Die Zeit.«

»Ah«, erwiderte Providence. So ganz leuchtete ihr das Paradox nicht ein.

»Ich möchte Ihnen eine Geschichte erzählen. Admiral Oswaldo Derrollt war ein großer Entdecker. Ein Cousteau seiner Zeit. Als Erbe einer wohlhabenden Familie musste er nicht arbeiten und ging häufig auf Reisen. Er nahm seinen Globus zur Hand, ließ ihn kreiseln und wählte das nächste Reiseziel, indem er mit dem Zeigefinger auf irgendeinen Punkt deutete. Ägypten, Jordanien, die Seychellen, Polynesien, Kanada, Island – er hatte schon alles erforscht. Die Hitze, die Kälte, das Festland, den Ozean, das Hochland, das Tiefland.

Eines Tages also dreht Oswaldo wieder einmal seinen Globus, und sein Zeigefinger landet auf einer winzigen Insel mitten im Pazifischen Ozean, zwischen den Galapagos-Inseln und der Osterinsel. Wohin sein Finger zeigt, dorthin müssen seine Füße gehen, so lautet seine Regel.

Der Mut des Abenteurers ist sein Kompass, und er stellt eine Expedition zusammen. Er sucht und sucht, zunächst mit dem Schiff, dann mit einem kleinen Flugzeug. Keine Insel weit und breit. Er lässt nicht locker und chartert U-Boote mit Radar. Nichts zu machen. Die Insel bleibt unauffindbar. Aber Oswaldo ist keiner, der so leicht aufgibt. Er ist ein Sturkopf. Seine Mannschaft will die Suche abbrechen, aber bei ihm beißt sie auf Granit. Eines schönen Morgens entschlüpft er ihren wachsamen Blicken und macht sich in einem Beiboot davon. Er rudert kreuz und quer übers Meer und entkommt zwei Mal nur knapp dem Tod. Beim ersten Mal ertrinkt er fast, beim zweiten Mal wird er beinahe von einem Hai gefressen. Abwechslung ist das halbe Leben. In diesen Breitengraden brennt die Sonne unbarmherzig, und Nahrungsmittel und Süßwasservorräte gehen rasch zur Neige. Nach einigen Wochen entdeckt ihn per Zufall ein Handelsschiff auf seinem Boot, längst ist er am Rande des Wahnsinns. Und da seine Beine nicht mehr die Kraft haben, ihn zu tragen, endet er im Rollstuhl: Er hat sich auf seiner Expedition einen bösen Virus eingefangen. Nun erst kommt sein Name zu seinem vollen Recht: *Der rollt* … Kurz und gut, einen Monat später schließt er die Tür zu seiner kleinen Pariser Wohnung auf und rollt ratlos und verstört auf seinen Globus zu. Er ist drauf und dran, die blaugelbe Kugel mit Verwünschungen zu überschütten, sie zu beleidigen und zu verfluchen oder gleich aus dem Fenster zu werfen, damit sie in tausend Stücke zerspringt. Seine Nase stößt fast an die Stelle mit der kleinen Insel, die nicht existiert und trotzdem vorhanden ist, als kleiner schwarzer Punkt auf dem blauen Plastikrund. Er fährt mit dem Zeigefinger darüber. Die Insel bleibt an seiner Fingerkuppe kleben.«

Der Mönch hob den Zeigefinger, und seine Stimme nahm einen feierlichen Ton an.

»Admiral Oswaldo Derrollt, ein großer Entdecker vor dem Herrn, muss erkennen, dass die Insel, derentwegen er den Kopf und den Gebrauch seiner Beine verloren hat, nichts anderes ist als ein ganz gewöhnlicher kleiner Fliegenschiss. So wird Oswaldo zu dem Mann, der Fliegenkacke für eine Insel gehalten hat …«

Providence fragte sich, worauf der Mönch hinauswollte.

»Ich weiß nicht recht, worauf Sie hinauswollen.«

»Ich will damit sagen, dass man im Leben nie etwas überstürzen soll. Manchmal muss man sich Zeit nehmen, um Zeit zu gewinnen … Willkommen im Tempel, in dem die Zeit stehenbleibt.«

Der Mönch deutete mit einer ausladenden Geste auf

ihre ungewöhnliche Umgebung. Der Flur, den sie gerade entlanggingen, ähnelte dem Eingang zu einem China-Restaurant. Tatsächlich schien die Zeit stehengeblieben zu sein, und zwar in den fünfziger Jahren. Vor den Fenstern hingen Dutzende roter Papierlampions und anderer roter Plastikkram. Auf einem Tischchen stand ein Aquarium, und die Wand war mit einem von innen beleuchteten Bild geschmückt, das einen Wasserfall darstellte. Es hing so schief, dass das herabrinnende Wasser allen Gesetzen der Schwerkraft Hohn sprach und horizontal floss.

Der Mönch, die Briefträgerin, Ping und Pong gingen weiter und begegneten kurz darauf einer Katze aus goldglänzendem Metall, die die Pfote auf und ab bewegte, als wollte sie ihre Krallen in die Neuankömmlinge schlagen. Endlich erreichten sie einen großen, mit Tatami-Matten ausgelegten Saal, eine Art Dojo oder Zumba-Studio. Prompt fiel Providence ein, dass sie ihr Abo im Fitnessstudio erneuern musste.

Für die Verwandlung der alte Renault-Fabrik in einen buddhistischen Tempel war offensichtlich ein gehöriger Umbau nötig gewesen, vor allem bei den alten Montagehallen, in denen eine Horde Eisenmonster vor sich hin rostete. Aber mit dem richtigen Karma war nichts unmöglich. Die Maschinen waren zu riesigen Punching Balls wiedergeboren geworden, an denen die Mönche ihre Kampfsportkünste übten, und das Warenlager fungierte nun als gigantisches Trainingslager à la *Takeshi's Castle*, eine Art japanisches Alcatraz, in dem die Konkurrenten einen Hindernisparcours mit allen möglichen Schikanen wie eingeseiften Holzplanken bewältigen mussten.

»Warten Sie hier, Ihr Ausbilder kommt gleich.«

Gefolgt von Ping und Pong entschwand der erste Mönch leise durch eine Geheimtür.

Kaum war sie allein, wurde Providence von Zweifeln befallen. Konnte das alles echt sein? In welche unmögliche Lage hatte sie sich manövriert? Sie warf einen Blick auf ihr Handgelenk. 14 Uhr. Sie hatte schon den Vormittag verloren und war auf dem besten Weg, wegen dieser Wahnsinnsaktion auch noch den Rest des Tages zu verplempern. War sie nicht auf dem besten Wege, einen Fliegenschiss für eine Insel zu halten?

Aber man konnte nie wissen.

Am Ende existierte die Insel ja doch. Es wäre so schön, wenn sie sie erreichen könnte. Wenn sich ihr Traum erfüllen würde. Was für eine wunderbare Geschichte das abgäbe! Die Geschichte einer Mutter, die wie ein Vogel fliegen lernt, um ihre kranke Tochter von jenseits des Mittelmeers zu sich zu holen. Oder aber die Geschichte einer Mutter, die sich von einer sino-senegalesischen Gangsterbande aus Versailles übers Ohr hauen ließ …

Doch Providence fasste wieder Mut. Es musste schließlich einen Grund geben, warum ihr heute so viele merkwürdige Dinge passierten. Der Tag konnte nicht mit einem Misserfolg enden. Sie sah sich um. Poster mit anmutigen chinesischen Schriftzeichen in schwarzer Tinte, Wandschirme mit Holzschnitzereien, furchterregende Eisenstangen, die an der Wand lehnten. Und der Duft von Zitronenreis, der den ganzen Raum durchzog und sie daran erinnerte, dass sie seit dem frühen Morgen nichts gegessen hatte. Wenn es auf dieser Erde jemanden gab, der ihr das Fliegen beibringen konnte, dann würde sie diese Person hier finden. Die tibetischen Mönche (die sie mit den

Shaolin-Mönchen verwechselte) waren ihres Wissens die einzigen, die wirklich levitieren konnten. Sie hatte einmal auf ARTE zu nachtschlafender Zeit eine Reportage über dieses merkwürdige Phänomen gesehen. Mit Hilfe von Meditation lernten die Mönche, ihren Körper zu beherrschen, und befreiten sich sogar von den Naturgesetzen. Ihr Körper war dem Geist unterworfen. In der Fernsehdokumentation waren außergewöhnliche Kunststücke gezeigt worden. Die Mönche schliefen, während sie auf dem Kopf oder dem kleinen Finger balancierten. Sie bekamen Fußtritte in die Hoden und zuckten nicht mit der Wimper. Sie liefen barfuß über glühende Kohlen und hieben mit den Ellenbogen Besenstiele entzwei. Und all das ohne jede Anstrengung, ohne dass sich in ihrem Gesicht ein Muskel regte. Wenn die Mönche das alles schafften, dann konnten sie garantiert auch mal eben mit den Armen wedeln und davonfliegen. Tschang hatte es ihr ja schon demonstriert.

Seit sie sich im Dojo aufhielt, drang von fern ein leises, melodisches Jaulen an ihre Ohren. Hatte sich ihr Gehör bereits an die Stille gewöhnt, oder hatte jemand die Lautstärke höher gedreht? Schwer zu sagen, auf jeden Fall war die Musik hier deutlicher vernehmbar. Nein, das konnte nicht sein. Sie musste sich irren. Der Hunger spielte ihr einen Streich.

In einem entfernten Teil des Klosters dudelten leise Streicherklänge, die dem Lied *Pauvres diables* von Julio Iglesias zum Verwechseln ähnlich waren.

Unmöglich, dachte Providence. War es denkbar, dass tibetische Mönche Julio Iglesias hörten? Dass sie ihn überhaupt kannten? Verlangte ihre Philosophie nicht von ihnen, dass sie sich von dem modernen Leben und der Gesellschaft distanzierten? Wie die Amischen, unter die Harrison Ford in *Der einzige Zeuge* geraten war? Providence musste sich täuschen. Andererseits – seit wann führte Hunger zu Halluzinationen des Gehörs?

Ein seltsames Patschen wie von schweißnassen Füßen auf Tatami-Matten riss sie aus ihren Überlegungen. Sie fuhr herum und sah einen kleinen Mönch mit einem auffallend athletischen Körperbau auf sich zukommen. Er ähnelte in nichts den Mönchen, die sie bisher kennengelernt hatte. Er trug einen schwarzen Kimono, hatte kurze, rötliche Haare und einen roten Bart. Ihr mönchischer Lehrmeister sah aus wie ein asiatischer Chuck Norris.

Hinter dem Bart waren kantige Gesichtszüge zu erahnen. Der Mann wirkte wie aus einem Granitblock gehauen. Seine Augen und sein Mund verrieten keinerlei Gemütsbewegung.

»Ich bin Meister 40. Aber Sie können mich auch Schöck Nörri nennen.«

Schöck Nörri? Das war doch wohl ein Witz, oder? Aber der Mann sah nicht so aus, als würde er Witze machen. Providence sagte lieber nichts, denn sie fürchtete, dass Schöck ihr beim geringsten Anlass einen Tritt verpassen würde, der sie in ihrem Spitzenhöschen drei Mal um die eigene Achse rotieren ließe.

Der Mönch hielt sich nicht mit langen Vorreden auf. »Es erscheint Ihnen vielleicht nicht der Rede wert, aber zum Fliegen muss man so leicht wie möglich sein. Sie müssen sich von allem überflüssigen Gewicht befreien.«

Einen Moment lang fürchtete Providence, der chinesische Texas Ranger werde sich unvermittelt auf sie stürzen und ihr mit gezielten Handkantenschlägen das Hüftgold absäbeln. Aber der Mann rührte sich nicht von der Stelle. Anscheinend hatte er nichts gegen ihre fünfzig Kilo und ihre kleine aerodynamische Brust einzuwenden. Wie 99 Prozent der Männer auf dieser Erde. So weit, so gut.

»Da wir schon darüber reden – könnte ich vielleicht eine Kleinigkeit zu essen bekommen? Ich sterbe vor Hunger. Ich habe seit halb fünf heute früh nichts mehr zu mir genommen und glaube nicht, dass ich mich mit leerem Bauch konzentrieren kann.«

»Das fängt ja gut an! Ich erkläre Ihnen gerade, dass Sie jedes überflüssige Gewicht loswerden müssen, und Sie reden vom Essen!«

»Machen Sie sich keine Sorgen, ich nehme nicht so leicht zu.«

Der Mann verschwand grummelnd durch dieselbe Geheimtür, die vor ein paar Minuten seine Kollegen verschluckt hatte. Kurz darauf erschien er mit einem Teller voll dampfendem Reis und Fleischklösschen. Entweder war der Mönch ein mächtiger Zauberer, oder die Tür führte geradewegs in die Küche.

»Nun gut. Während Sie sich stärken, werde ich Ihnen die Grundregeln erläutern. Sie müssen sie aufs Wort befolgen.«

»Eine leichte Übung für eine Briefträgerin«, antwortete Providence, als sie merkte, dass er eine Reaktion erwartete.

»Regel Nummer eins: Am besten startet man in Australien.«

»Aufftralien?«, wiederholte Providence fragend, den Mund voller Zitronenreis.

Die Erdanziehungskraft, erklärte der Mönch, sei von Ort zu Ort unterschiedlich, je nachdem, wo man sich auf der Erdkugel befinde. Man wog mal mehr und mal weniger, abhängig vom Aufenthaltsort. In Australien war man leichter. Das jedenfalls hatte sich bei einem ungewöhnlichen Experiment herausgestellt. Drei amerikanische Doktoren der Physik hatten mit ihrem Gartenzwerg eine Reise um die Welt angetreten (möglicherweise von dem Film *Die fabelhafte Welt der Amélie* inspiriert) und dabei ermittelt, dass der Zwerg auf der mitgeführten tragbaren Wage je nach Standort ein anderes Gewicht aufwies. 308,66 Gramm in London, 308,54 in Paris, 308,23 in San Francisco, 307,80 in Sidney und 309,82 am Südpol. In Australien wog er demnach fast ein Gramm weniger als in Paris. Das wäre dann schon mal gewonnen, beziehungsweise verloren.

»Wenn ich Sie richtig verstanden habe, wollen Sie von Paris abfliegen?«, fragte der Mönch.

»Ja. Ich kann unmöglich nach Ffidney.«

»Okay. Vergessen wir also Regel Nummer eins. Regel Nummer zwei: Haare schneiden. Das macht mehrere Gramm aus. Meister 50, Entschuldigung, Bruder Yin Yang wird es ein Vergnügen sein, Sie zu scheren.«

»Fferen?«, rief Providence entsetzt und spuckte ein paar Bulettenkrümel auf den Kimono des Ordensmannes. »Ef wäre mir entfieden lieber, wenn wir auf andere Art ein paar Gramm einfparen könnten. Ich habe nichts gegen eine neue Frifur, wie Audrey Hepburn zum Beifpiel, aber ef kommt nicht in Frage, daff mich jemand ffert wie ein Ffaf oder wie Britney Fpears! Wie foll daf dann gehen – man fängt bei den Unterffenkeln an und macht bei den Ffamhaaren und den Apfelhöhlen weiter ...?«

Entnervt von den schlechten Manieren und dem Gejammer seines Lehrlings klatschte der Mönch gebieterisch in die Hände, als wollte er eine Mücke im Flug zerquetschen.

»Still! Hören Sie auf, sich zu beklagen! Und schon gar nicht mit vollem Mund! Mein Kimono ist schon voller Fleischkrümel! Das bringt mich zu Regel Nummer drei: Kleidung ablegen.«

»Sie meinen nackt?«

»Ein Bikini ist in Ordnung.«

»Ein Glück, dass wir Sommer haben! Einverstanden, das gefällt mir. Stellen Sie den Bikini? Kann ich mir einen aussuchen? Kann ich ihn anprobieren? Kümmert sich darum auch Bruder Yin Yang?«

»Den Badeanzug werden Sie selbst kaufen. Es sei denn, ein Slip aus Gorgonzola sagt Ihnen zu …«

Zum ersten Mal verzog sich der Granitblock, der dem Mönch als Gesicht diente, zu einem Lächeln. Er hatte doch tatsächlich Humor, der grobe Klotz. Die Geschäfte liefen derzeit nicht gut, und so ließ er sich keine Gelegenheit entgehen, nebenbei ein paar Käseklamotten zu verticken.

»Nein, danke. Ich habe einen viel zu hoch entwickelten Geruchssinn, als dass ich solche Kleidung tragen könnte.«

»Gut. Regel Nummer vier: Meditieren, meditieren, meditieren. Liebe und Willenskraft. Viel Liebe und Willenskraft. Ich weiß, die östliche Philosophie lehrt uns, dass der Weg das Ziel ist. Am schönsten sei nicht das Erreichen des Berggipfels, sondern der Weg dahin. Bla bla bla. Vergessen Sie diesen ganzen Schwachsinn! Beim Fliegen müssen Sie sich auf das Ziel konzentrieren! Sie dürfen an nichts anderes denken als ans Fliegen. Fliegen, fliegen und immer weiter fliegen. Wie der Mann, dem das Geld fehlte, um seiner Frau eine Vase zu kaufen, und der es sich deshalb in den Kopf setzte, die Tour de France zu gewinnen, damit er den Siegerpokal bekam. Während er in die Pedale trat, dachte er an nichts anderes als an die Vase, die er seiner Frau schenken würde. Und er hat die Tour de France gewonnen.« Diese Geschichte hatte Providence noch nie gehört. Sie wusste nicht, ob sie sich wirklich so abgespielt oder ob der Mönch sie erfunden hatte, um seiner Mahnung Nachdruck zu verleihen, aber wie auch immer, sie passte gut. Auch wenn sie selbst diese Pokale scheußlich fand.

»In puncto Liebe und Willenskraft haben Sie vermutlich schon alles, was es braucht. Somit werden wir uns auf die Meditation konzentrieren. Sie sind eine konfuse Frau. Sie werden lernen, Ihre Energie auf ein einziges Ziel zu richten. Ein positives Ziel. Aber keines, zu dem sie eine gefühlsmäßige Bindung haben. Vergessen Sie nicht: Sie konzentrieren sich ganz auf das Ziel. Den Pokal der Tour de France.«

Auf so etwas Altmodisches kann man sich nicht gut konzentrieren, dachte Providence. Sie beschloss, eine andere Motivationsquelle zu suchen. Und da sie nicht an ihre Tochter denken durfte, mit der sie sich sehr stark emotional verbunden fühlte, nahm sie sich vor, ihre volle Konzentration auf das straffe, melonenförmige Hinterteil ihres Zumba-Lehrers zu richten.

Mehrere Pfleger waren an Zaheras Bett geeilt und hatten das Mädchen in aller Eile auf die Intensivstation getragen. Die Kleine hatte das Bewusstsein verloren. Sie war ganz und gar von ihrer Wolke eingehüllt.

Durch eine Reihe von Plastikschläuchen mit dem Leben verbunden, lag sie reglos im Bett, wie eine Prinzessin, die ein Fluch in einen tiefen Schlaf gestürzt hat, und wartete darauf, von einem Arzt gerettet zu werden.

In der Aufregung hatte sie ihren gläsernen Pantoffel verloren, und wenn jemand einen Blick auf ihre Füße geworfen hätte, so hätte er gesehen, dass sich die sechste Zehe an ihrem linken Fuß wie ein kleiner Regenwurm kringelte.

Nach einer Stunde Meditation, bei der sie Arme und Beine wie bei einer Runde Twister verknoten musste, durfte Providence endlich verschnaufen.

»Sie können sich jetzt für zwei Minuten ausstrecken, während ich die nächste Einheit vorbereite.«

Die Pause war hoch willkommen. Providence hätte es nie für möglich gehalten, dass Meditieren so anstrengend sein konnte. Vielleicht sollte sie ihren Zumba-Kurs im Licht der gerade gelernten Disziplin neu bewerten.

Schöck Nörri schaltete einen Fernseher ein, der an eine Wii-Konsole angeschlossen war, und legte ein Spiel ein. Die Hauptfigur war ein Huhn, das man, um Punkte zu sammeln, zum Fliegen bringen und auf Zielscheiben zubewegen musste. Die zweiminütige Pause war noch längst nicht verstrichen, als der Mönch Providence aufforderte, sich vor den Fernseher zu stellen und die Arme zu heben. Providence staunte. Die Mönche verwendeten Videospiele für ihr Training! Sie bezeichneten sich als Hüter der traditionellen buddhistischen und mönchischen Werte, und im nächsten Moment holten sie eine Wii-Konsole hinter den Reisigbündeln hervor. Das erinnerte sie an ihre Reise nach Kenia, wo der Häuptling eines Massai-Stammes in ihrer Gegenwart auf einmal zu vibrieren anfing, während er ihr gerade im Halbdunkel seiner aus Ziegendung erbauten

Hütte erklärte, dass er und sein Volk sich von Gnublut ernährten. Zunächst hatte sie geglaubt, er sei in Trance gefallen, wie sie es in Fernsehdokumentationen über afrikanische Zauberer gesehen hatte, doch dann griff er unter sein rotes Gewand und zog mit der größten Selbstverständlichkeit ein schickes iPhone 4 hervor, um einen »wichtigen Anruf« entgegenzunehmen, als wäre das in seinem vier Stunden von jeglicher Zivilisation entfernten Dorf vollkommen üblich. Damals war sie sich leicht verarscht vorgekommen, und es hatte ihr um die vierzig Dollar leidgetan, die sie geblecht hatte, um in der gottverlassenen kenianischen Savanne Nomaden kennenzulernen, die komfortabler lebten als sie. Wütend hatte sie umgehend ihren Eintrittspreis zurückverlangt, als der Massai, der für den Charme der jungen Französin durchaus nicht unempfänglich war, auch noch die Frechheit besaß, ein Selfie mit ihr zu schießen und das Foto schleunigst auf seine Facebookseite zu stellen. Die Welt stand kopf. Bald würden sich Massai-Touristen im Wohnzimmer ihrer 40-Quadratmeter-Wohnung in Paris drängen, um sich über die französischen Sitten und Gebräuche zu informieren.

»Man muss mit der Zeit gehen«, sagte der tibetische Mönch, als könnte er Gedanken lesen. »Wir haben nichts Besseres für die Koordination von Armen und Oberkörper gefunden. Die Typen, die diese Spiele erfunden haben, sind Genies!«

Wie konnte man Leute, die sich ein Spiel mit einem Suppenhuhn ausdachten, als Genies bezeichnen?, fragte sich Providence. Aber bevor sie auch nur den Mund aufmachen konnte, schrie ihr Peiniger ihr schon zu, sie solle ihr Huhn mit den Flügeln schlagen lassen. Schneller! Schneller! NOCH SCHNELLER! NOCH HÖHER! Er klang wie ein russischer Trainer, der seiner blutjungen Turnerriege das Motto der Olympischen Spiele ins Ohr brüllte.

Providence hob von der Insel ab und flog übers Meer. Je schneller sie mit den Armen schlug, desto höher flog ihr Huhn. Sobald ihre Bewegungen schwächer wurden, kreischte das Huhn laut auf und trudelte langsam und kläglich auf die bedrohliche Wasseroberfläche zu.

»Konzentrieren Sie sich und schlagen Sie mit den Flügeln! SIE SIND EIN HUHN! Denken Sie an alles, was Sie in der Meditation gelernt haben, und lassen Sie es in Ihre körperliche Aktivität einfließen!«, schrie der chinesische Chuck Norris, als wären sie in einem Boot Camp. Es schien ihm ein riesiges Vergnügen zu bereiten, sie zu demütigen. »Denken Sie an das Ziel! DENKEN SIE AN DEN POKAL!«

Oh, nein, nur nicht der verdammte Pokal! Providence war abgelenkt, flatterte langsamer und sackte unaufhaltsam in Richtung Meer ab. Panisch dachte sie an den wohlgeformten, muskulösen Hintern von Ricardo. Nach ein paar Purzelbäumen durch die Luft fing sie sich wieder und stieg zu den Wolken auf. Dann kam endlich eine Zielscheibe in Sicht, auf der sie landen sollte. Wenn sie es ins Zentrum schaffte, bekam sie hundert Punkte.

»Hundert Punkte! Hundert Punkte!«, brüllte der Tyrann mit dem vollgekrümelten Kimono, der sich unversehens in den Kandidaten einer Fernsehshow verwandelt zu haben schien. »Hundert PUNKTE! Hundert PUNKTE! Hundert PUNKTE«, skandierte er wie ein Besessener und stampfte dabei geräuschvoll mit dem Fuß auf.

Trotz seiner anfeuernden Rufe landete das Huhn der Briefträgerin in der Zone, für die es nur zehn Punkte gab.

Schöck Nörris Gesicht verzog sich zu einer Grimasse der Enttäuschung.

»A-ta-keee!«, brüllte er und hieb mit der Faust ins Leere.

Providence konnte kein Chinesisch, aber das hier klang ihr nicht nach einem Glückwunsch.

Bald darauf erhob sich das Huhn wieder in den Himmel und überflog ein Gebirge. Providence war am Ende ihrer Kräfte. Die Muskeln in ihren Unter- und Oberarmen schmerzten.

»Meinen Sie wirklich, dass das etwas nützt?«, keuchte sie. »Könnte ich nicht mal versuchen, richtig zu fliegen?«

»Fliegen verlangt eine intensive Konzentration und viel Energie. Sie sollten sich Ihre Kraft lieber für den richtigen Zeitpunkt aufsparen. Außerdem haben Sie eine lange, anstrengende Reise vor sich. Mehrere tausend Kilometer. Es wäre nicht sinnvoll, Sie vorher schon zu ermüden und außer Atem zu bringen.«

»Sie glauben wohl, dass ich hierbei nicht ermüde und außer Atem komme?«, blaffte Providence verärgert und ließ die Arme herabfallen.

Das Huhn auf dem Bildschirm stieß ein durchdringendes Kreischen aus und krachte gegen einen Tannenwipfel. *Game over.*

»So, jetzt wären Sie tot«, sagte der Mönch.

Aber da er sah, dass seine Schülerin sich nicht umstimmen ließ, und er ihr die größte Herausforderung ihres Lebens zutraute, begab sich Schöck Nörri auf die Suche nach Yin Yang. Zum Haareschneiden.

Um einige Gramm Haare erleichtert, wartete Providence wie ein braves Mädchen auf dem Gang. Bald erschienen die Mönche im Gänsemarsch, einer die Hand auf die Schulter des Vordermannes gelegt, wie bei der Polonaise auf einer Tanzveranstaltung. Die Zeit des Abschieds war gekommen. Und damit die Zeit für letzte Ratschläge.

»Das steht Ihnen gut«, sagte der Pater Superior und deutete mit dem Finger auf Providence' kurze Haare.

»Danke. Es geht doch nichts über eine neue Frisur, wenn man sein Leben aufpeppen will.«

»Wie wahr. Gut. Wir werden nun den Lehrgang abschließen. Gemäß der mir verliehenen Autorität erkläre ich hiermit, dass Sie zum Fliegen bereit sind.«

»Solange man auf festem Boden steht, scheint es so leicht«, entgegnete Providence skeptisch, »aber wenn ich erst da oben bin ...«

»Wenn Sie erst da oben sind ...«, echote Ping.

»... werden Sie auf Ihre Konzentration achten und mit den Armen wedeln«, ergänzte Pong. Die beiden Klone schienen sich eine verbale Tischtennispartie zu liefern.

»Und wenn etwas meine Konzentration stört oder ich aufhöre, mit den Armen zu wedeln?«

»Dann fallen Sie«, bellte Schöck Nörri dazwischen.

»Wie in dem Spiel?«

»Wie in dem Spiel. *Game over*. Denken Sie daran, dass Sie in der Realität nur ein Leben haben …«

»Sie reden wirklich nicht um den heißen Reisbrei herum! Und was die praktischeren Fragen angeht?«

»Praktischer?«, fragte Yin Yang.

»Na ja, wissen Sie … wenn ich …«

»Mal muss?«

»Genau.«

»Dann ziehen Sie Ihren Badeanzug ein wenig zur Seite und … Ihr Urin wird in der Atmosphäre pulverisiert.«

»Pulverisiert?«

»Pulverisiert.«

Schöck Nörri illustrierte seine Worte mit einem Handkantenschlag ins Leere. Providence zuckte zusammen.

»Ich hatte eigentlich auch vor, ein bisschen Wasser und etwas Essbares im Rucksack mitzunehmen. Die Reise ist lang. Ich werde viel Kraft und Energie brauchen.«

»Habe ich Ihnen nicht eingeschärft, dass Sie beim Start so leicht wie möglich sein müssen? Regeln Nummer eins, zwei und drei. Und Sie kommen mir mit einem Rucksack! Ich kenne doch die Frauen! Sie nehmen eine Handtasche mit, für ein klitzekleines Wasserfläschchen und einen Keks, und auf einmal liegen eine Schminktasche, Tampons, Kaugummis, Wattepads, ein Handy und Heftpflaster drin!«

Providence war geradezu schockiert. Woher kannte sich Schöck Nörri so gut mit den Gepflogenheiten der Frauen aus? Hatte er vor seinem Eintritt ins Kloster ein anderes Leben geführt? Etwa wie der Romanheld auch seinen Ferrari verkauft? Providence wurde rot vor Scham.

»Sie haben recht, vergessen Sie den Rucksack!«

»Und wo wir schon dabei sind – wollen Sie nicht vielleicht einen Catering-Service (er sprach *catering* wie Katerring aus) engagieren?«, knurrte der Coach mit dem Granitgesicht. »Wie im Flugzeug? Haben Sie schon mal einen Vogel mit Rucksack gesehen? Ich nicht! Sie werden auf der Erdoberfläche alles finden, was Sie brauchen. Sie müssen nur zwischenlanden und sich bedienen. Und was das Trinken angeht, so gibt es die Wolken.«

»Die Wolken?«

»Ja, die sind sehr gut«, bestätigte Ping. »Sie bestehen aus Wasser, das in der Atmosphäre gelöst …«

»… und sehr sauber ist«, vervollständigte Pong. »Es ist noch nicht durch irdischen Schmutz verunreinigt.«

»Dann haben Sie schon mal Wolkenwasser getrunken?«

Die beiden Männer zögerten. Dann konterten sie unisono:

»Und Sie, haben Sie noch nie Regenwasser getrunken?«

»Regenwasser? Doch, als ich klein war.«

»Und Sie sind nicht gestorben!«, rief Yin Yang. »Wolkenwasser ist nichts anderes.«

»Ein letzter Rat. Fliegen Sie nie zu nahe an eine Gewitterwolke heran«, mahnte der Pater Superior in ernstem Ton. »In ihrem Inneren gibt es Eisblöcke, die sich in rasender Geschwindigkeit drehen, wie in einer gigantischen Waschmaschine. Sie schlagen riesige Löcher in Flugzeugrümpfe, stellen Sie sich also vor, was sie mit einem menschlichen Körper anrichten würden. Sie wären auf der Stelle tot. Die Kraft im Inneren dieser Wolken entspricht der Kraft von zwei Atombomben. Weichen Sie ihnen aus. Überschätzen Sie sich nicht. Auf gar keinen Fall! Wissen Sie, in Tibet gibt es eine Menge philosophischer Theorien über alles Mögliche, aber man bringt uns nicht bei, wie man Wolken zähmt. Und das ist sehr schade.«

»Woran erkenne ich denn diese bösartigen Wolken?«

»Das ist leicht …«, setzte Ping an.

»… sie ähneln Kochmützen«, beendete Pong.

»Oder großen Blumenkohlköpfen, falls Sie mit Gemüse vertrauter sind als mit Kopfbedeckungen!«, präzisierte der Pater Superior.

Providence lächelte und warf einen Blick auf ihre Uhr, um den Mönchen zu signalisieren, dass sie los musste.

»Vielen Dank für Ihre freundliche Aufnahme und für alles, was Sie für mich getan haben. Ich werde unsere nette Begegnung nie vergessen.« Liebevoll legte sie dem Pater Superior die Hand auf die Schulter.

»Sie haben uns auch vieles gelehrt, über sich selbst und über die Welt«, erwiderte dieser. »Sie befanden sich mit Ihrer Eile im Irrtum. Aber Irren ist menschlich. Aus diesem Grunde haben Bleistifte einen Radiergummi am oberen Ende. Die Welt da draußen ist zu schnell, sie hat keine Zeit, anzuhalten und die schönen Dinge zu betrachten, Sonnenuntergänge zu genießen oder sich an der Liebe zu erfreuen, die aus den Augen ihrer Kinder strahlt. Die Welt ist ein Baby, das fliegen will, bevor es laufen gelernt hat. Das ist nicht speziell an Sie gerichtet. Nein, alles geht zu schnell. Das Internet und so weiter. Kaum hat sich eine Information verbreitet, ist sie schon wieder passé. Sie stirbt, bevor sie geboren wurde. Hier bei uns lernt man, sich an der Schönheit zu erfreuen. Man steuert kein Jagdflugzeug, bevor man nicht gelernt hat, eine Schubkarre zu schieben.«

Jetzt wusste Providence, woher Meister Buh seinen Hang zu sprechenden Bildern hatte.

»Heute Nachmittag«, fuhr der Ordensobere fort, »sind Sie bis in den Norden von Paris gefahren, bis nach Barbès, um den Großmeister aufzusuchen, und danach sind Sie hergekommen. Im öffentlichen Nahverkehr haben Sie sehr viel Zeit verloren. Beim Meditieren und Fliegenlernen mit der Wii-Konsole haben Sie sehr viel Zeit verloren. In keinem Moment haben Sie sich Fragen gestellt. Der Schmerz wühlt in Ihrem Herzen, Ihre Tochter stirbt, und Sie haben nur einen Gedanken – zu ihr zu reisen und sie zu retten. Und dennoch haben Sie einen Teil dieses besonderen Tages bei uns verbracht. Ich habe versucht, Ihnen begreiflich zu machen, dass diese Zeit Ihnen zugute kommt. Man muss die Zeit der Zeit überlassen, wie es der Sänger Didier Barbelivien so großartig formuliert hat. Oder war es Julio Iglesias? Ich weiß es nicht mehr.«

Providence traute ihren Ohren nicht. Dann kannten die tibetischen Mönche Julio Iglesias also doch!

»Da Sie ihn erwähnen ... ich wollte Ihnen eine Frage stellen. Während ich heute im Dojo auf Schöck gewartet habe, kam es mir so vor, als würde ich *Pauvres diables* auf Mandarin gesungen hören. Habe ich mich getäuscht?«

»Sie haben ein gutes Gehör, mein Mädchen. Das war Meister 54, der eigentlich 55 Zentimeter misst, aber man hat ihn gekürzt, um Verwechslungen mit mir auszuschließen. Er ist als eine Art DJ mit der musikalischen Programmgestaltung des Klosters betraut und hat einen etwas orthodoxen Musikgeschmack.«

»Orthodox?«

»Nun, Julio Iglesias ist auf gewisse Weise der asiatischste unter all Ihren europäischen Sängern. Er hat unsere Denkweise wahrhaftig verinnerlicht, wir folgen seinen Unterweisungen tagtäglich. Meiner Ansicht nach existiert für jede Krise im Leben eines Mannes oder einer Frau ein passendes Lied von Julio Iglesias. Dieser edle Señor ist nicht nur zu jeder Jahreszeit schön gebräunt, sondern hat zudem eine Antwort auf alle Fragen des Lebens. Seine Worte sind von einer atemberaubenden Klarsicht. Denken Sie nur an Zeilen wie *Die Welt ist verrückt, die Welt ist schön, Es gibt immer einen Verlierer, Ich habe vergessen zu leben* ... Nicht einmal Konfuzius hätte es besser ausdrücken können. Julio Iglesias ist ein Visionär, auf einer Stufe mit Jules Verne und Julius Cäsar. Man könnte meinen, alle Juliusse seien Visionäre.«

Providence war sprachlos. Sie war offenkundig unter Außerirdische gefallen, die das Gebäude ihrer Lebensphilosophie auf den romantischen Vokabeln eines vorsintflutlichen Schlagersängers errichtet hatten.

»Zudem«, nahm der Mönch den Faden wieder auf, »lautet unsere Devise: ›Wenn die Armseligen Brüder nicht Käse zu Gold stricken, lauschen sie Julio Iglesias.‹«

»Ja, ich habe ihren ausgeprägten Hang zu drolligen Redensarten bereits kennengelernt ... ›Man steuert kein Jagdflugzeug, bevor man nicht gelernt hat, eine Schubkarre zu schieben‹, etcetera.«

»Hmm ... noch einmal zu dem, was ich gesagt habe, bevor unser Gespräch auf den spanischen Schlager kam«, meldete sich der alte Mönch zu Wort, »Sie sind mit der Gabe des Fliegens geboren, Providence. Sie haben diese Gabe im Herzen. Sie sind mit dieser unerträglichen Leichtigkeit auf die Welt gekommen. Der unerträglichen Leichtigkeit der verliebten Briefträgerinnen.«

»Der unerträglichen Leichtigkeit der verliebten Briefträgerinnen?«, wiederholte Providence verwundert. Nicht zu fassen! Die Mönche aus Versailles spielten nicht nur Wii und hörten Julio Iglesias, sie lasen auch noch Kundera.

»Ja, denn was sich zwischen Ihnen und dem kleinen Mädchen abspielt, ist eine Liebesgeschichte. *You are a woman in love.*« Seine kulturellen Verweise waren höchst aufschlussreich – jetzt zitierte er auch noch Barbra Streisand. »Ihre Geschichte ist die Begegnung zweier Frauen, für die die Zeit rasend schnell vergeht. Sie leben beide sehr schnell, aber aus unterschiedlichen Gründen. Sie, Providence, sind wie Admiral Oswaldo Derrollt, Sie halten einen Fliegenschiss für eine Insel. Ihre Tochter hat es auch eilig, aber sie kann nichts dafür. Ihre Eile ist krankheitsbedingt. Durch eine Ironie des Schicksals wurden Sie beide einander in die Arme geworfen. Denn das Schicksal ist manchmal raffiniert. Sie werden lernen müssen, im selben Rhythmus zu leben, im selben Herzschlag, und zwar alle beide. Die viele Zeit, die Sie heute verloren zu haben glauben, ist gewonnene Zeit, Providence. Sie wird es Ihnen erlauben, die wunderbarste Reise Ihres Lebens anzutreten. Nutzen Sie jede Sekunde, die Sie in der Luft verbringen. Wenn Sie da oben sind, sollten Sie den Duft der Wolken in sich aufnehmen. Atmen Sie ihn ein, nehmen Sie sich Zeit. Nehmen Sie den Geruch der Luft, des Himmels, des Regens wahr. Denn sie verströmen den Duft des Paradieses.«

Der Mönch holte einen kleinen Gegenstand aus der Tasche seines Gewandes und legte ihn Providence in die offene Hand. Dann schloss er ihre Finger zu einer Faust.

»Nehmen Sie das mit und geben Sie Zahera einen Tropfen davon. Es ist ein hochwirksames Wolkizid. Ich weiß nicht, ob mein Trank wirkt. Ich habe ihn noch nie an einem Kranken ausprobiert. Aber wenn er wirkt, dann reicht ein einziger Tropfen.«

Der Pater Superior neigte als Zeichen des Respekts den Kopf. Dann entboten ihr, der Größe nach, Meister 30, Meister 35, Meister 40, Meister 50 und Meister 55 ihren Gruß.

Providence verneigte sich vor dem Mann mit dem Granitkörper. »Trotz Ihres Offiziersgehabes muss ich sagen: In ihrer harten Schale steckt ein weicher Kerl, Nörri.«

Sie musste über ihr Wortspiel lächeln. Schöck lächelte ein bisschen ratlos zurück.

»Ich werde Sie nie vergessen«, wandte sie sich an alle, »und ich werde wiederkommen und Sie besuchen. Und nun weiterhin fröhliches Käsestricken, liebe Brüder von der Neuesten Masche!«

»Und Sie werden uns Zahera vorstellen, wenn es Ihnen gelingt, sie herzuholen«, ergänzte der Pater Superior mit zuversichtlicher Miene.

Das Miniaturformat der Mönche weckte für gewöhnlich zärtliche Gefühle, und Providence erging es nicht anders. Ihre Schlüsselanhängergröße brachte einen auf den Gedanken, wie nett es wäre, sie überallhin mitzunehmen. Sie hätten der Briefträgerin die Weisheit und Geduld gegeben, die ihr so häufig fehlten. Man müsste bei Krisen oder Depressionen, Glaubenszweifeln oder Selbstzweifeln immer einen kleinen tibetischen Mönch in der Tasche haben.

Ein paar Sekunden später hastete Providence, gestärkt durch ihre neu erworbene Fähigkeit und die Wolkenphiole in ihrer Tasche, zur RER in Richtung Orly, die Füße auf dem Asphalt und den Kopf bereits in den Wolken.

Dritter Teil

Der Tag, an dem die Briefträgerin so berühmt wurde wie die Mona Lisa

Die letzten Worte des Pater Superior hatten bei Providence eine akute Sehnsuchtsattacke ausgelöst. Sie saß in einem Bahnwaggon und wurde durchgerüttelt wie in einer Pferdekutsche im Wilden Westen, und während sich ihr Blick in der gähnenden Dunkelheit des Tunnels verlor, dachte sie über den Rat des Ordensmannes nach. *Nehmen Sie den Duft der Wolken, des Regens, des Himmels in sich auf. Den Duft des Paradieses. Nehmen Sie sich Zeit.*

Providence war als junge Frau, vor ihrer Ausbildung zur Briefträgerin, eine Zeitlang »Nase« gewesen. Was wohl die Polizistin von Orly für ein Gesicht gemacht hätte, wenn sie im Formular als Beruf »Nase« eingetragen hätte? *Sie haben wohl beim Ausfüllen Ihr Gehirn abgeschaltet*, hätte sie wahrscheinlich gemault. *Sie haben hier als Beruf »Nase« hingeschrieben. Haben Sie etwa all Ihre wohlgeformten Körperteile auf die restlichen Rubriken verteilt?«*

Providence war für einen bekannten Hersteller von Männer-Deodorants als »Nase« oder, besser gesagt, als »Achselhöhlenschnüfflerin« tätig gewesen, bis der Generaldirektor gestorben und das Unternehmen bankrottgegangen war. Der bedauernswerte Industrielle war beim Betrachten des Films *Ein Fisch namens Wanda* zu Tode gekommen und hatte sich damit in die lange Reihe der dämlichsten Todesfälle der Geschichte eingereiht, zwischen

König Adolf Friedrich von Schweden, der vierzehn Portionen Dessert vertilgt hatte, und Barbarossa, der baden gegangen war, ohne die Rüstung abzulegen. Providence' Arbeitgeber hatte sich totgelacht. Sein Herz hatte einfach aufgehört zu schlagen – eine originelle Todesart für jemanden, der dafür bekannt war, dass er keines hatte.

Providence war ihr ausgeprägter Geruchssinn nie abhanden gekommen (außer vielleicht in den wenigen Minuten, in denen sie am Morgen den Müllbeutel für ihre Handtasche gehalten hatte). Auch nach zwei Jahren in diesem schönen Beruf hatte sie noch darüber gestaunt, dass ein und dasselbe Deo je nach Achselhöhle, auf die es gesprüht wurde, ganz unterschiedlich roch. Aber vielleicht war das ein notwendiges Übel. Denn wenn wir alle gleich riechen würden, könnten die Pheromone, die für das Spiel der Verführung so wichtig sind, ihren Zweck nicht mehr erfüllen, und das hätte für die menschliche Spezies womöglich dramatische Folgen. Im schlimmsten Fall würden sich die Menschen nicht mehr voneinander angezogen fühlen, sich nicht mehr reproduzieren, und am Ende würde unsere Zivilisation untergehen. Im besten Fall würde man nicht mehr zwischen einer Frau, einem Müllauto und einem Stück Munsterkäse unterscheiden können. Das wäre zwar für die Mönche der Armseligen Bruderschaft von Vorteil, die Textilien aus Käse herstellten und verkauften, aber für den Rest der Menschheit eine olfaktorische Katastrophe sondergleichen. Da die Labors wussten, was auf dem Spiel stand, arbeiteten sie unermüdlich an der Entwicklung von Produkten, die zwar den persönlichen Körpergeruch überdeckten und veredelten, ihn jedoch keinesfalls ganz beseitigten.

Providence hatte penibel alle Gerüche notiert, die sie im Lauf ihrer kurzen Karriere unter den Achselhöhlen der Männer wahrgenommen hatte. Männer mit heller Haut zum Beispiel verströmten einen Geruch nach feuchtem Gras, Schwarze rochen eher nach Leder oder Baumrinde, bei Asiaten erschnupperte sie Meeresgischt und Zitronen, und die Inder dufteten nach edlen Gewürzen.

Das war auch ganz praktisch für die Partnerwahl. Wenn Providence einen Mann kennenlernte, setzte sie als Erstes ihren Geruchssinn ein, schnupperte an seiner Gesichtshaut und seinem Hals. Die Affen wussten, was sie taten. Auf diese Weise konnten sie ihre Feinde identifizieren oder unter ihren Mitaffen einen treuen Gefährten erschnuppern. Der Geruch verriet mehr über ein Individuum als seine Worte.

Providence fiel ein Gespräch mit Zahera ein.

»Wie rieche ich denn eigentlich?«, hatte das kleine Mädchen gefragt.

»Du riechst nach Gewürzen.« Das stimmte natürlich nicht. In Wirklichkeit roch die Kleine nach Medikamenten, nach dem Inhalationsvernebler und nach Hustensirup.

»Und du? Wie riechst du?«

»Eine französische Briefträgerin riecht wie der Wald von Fontainebleau früh am Morgen, noch vor Tau und Tag, wenn das Eichenlaub und die Fichtennadeln ihren Wasserperlenschmuck noch nicht angelegt haben ... Nein, ich mache Spaß, meine Achselhöhlen riechen nach Baumwolle und Polyester, aber nur, wenn ich meine Arbeitsbluse trage. Gewöhnlich riechen die Franzosen nach Käse und Knoblauch.«

Providence verabscheute den Knoblauchgeruch so sehr, dass man sie für einen weiblichen Vampir hätte halten können.

Und nun saß die Vampirette in der RER B, in der es weniger nach Knoblauch als nach Schweiß oder fermentiertem Käse roch (obwohl …) und die Richtung Süden fuhr.

Ein extrem entwickelter Geruchssinn hatte den Vorteil, dass man die Metrostationen an ihrer ganz eigenen Duftnote erkannte. Sie hatten alle einen unverwechselbaren Geruch, einem digitalen Fingerabdruck vergleichbar. So roch die Station Nation nach warmen Croissants, die Gare de Lyon nach Pisse, die Concorde nach Taubendreck und Châtelet les Halles nach Kaffee. Providence war zu dem Schluss gekommen, dass es in Paris mehr Metrostationen mit unappetitlichen als mit appetitlichen Gerüchen gab. Wäre sie zur Bürgermeisterin der Hauptstadt gewählt worden, hätte sie als erste Amtshandlung die Metrostationen parfümieren lassen, und zwar jede mit einem anderen Blumenduft. Ihre Station roch nach Chlor und Zitronen. Aber das war normal, denn jeden Morgen, wenn sie zum Postamt fuhr, wischte eine Frau mit dem Putzlappen den Fußboden auf. Dienstags, donnerstags und sonntags roch sie nach Fisch (die Station, nicht die Frau), weil das die Markttage waren. Samstags roch sie nach rohem Reis, denn an diesem Tag wurde geheiratet.

Providence arbeitete in einem Einwandererviertel von Orly. Auf ihrer vormittäglichen Runde hielt sie sich immer gern ein Weilchen im Kindergarten auf. Wenn sie gut vorangekommen war, erreichte sie ihn gegen elf Uhr, und dann setzte sie sich hin und aß einen rotbackigen Apfel. Besonders gern mochte sie die Mischung der Kulturen, die

die Kinder repräsentierten. Schwarze Knirpse spielten mit Blondschöpfen, Nordafrikanern und Asiaten, jüdische Kinder trugen ihre Kippa auf dem Kopf und Schaufäden unter dem Pulli. In ihrer kleinen Welt herrschte Harmonie. Die Kinder waren noch unschuldig, und der Gedanke, dass ihre Eltern sich hassten und einander auf der ganzen Welt bekämpften, war ihnen fremd. Es war ihnen auch egal, sie spielten einfach miteinander. Sie teilten sich Fahrrad, Eimerchen und Schäufelchen und bauten zusammen Burgen. Damit erteilten sie den Erwachsenen eine wichtige Lektion. So ähnlich musste das Paradies aussehen. Das Paradies, dessen Duft Providence tief in ihre Lungen einsaugen sollte, wie ihr der Pater Superior geraten hatte.

Ihre Hand schloss sich fester um den Gegenstand, den er ihr anvertraut hatte – nicht zu fest natürlich, damit die Phiole mit der bernsteinfarbenen Flüssigkeit nicht zerbrach, von der angeblich ein einziger Tropfen Zahera heilen konnte. Sie würde sie hüten wie ihren Augapfel. Bei diesem Gedanken schob sie das Fläschchen in ihren Slip.

Sie hätte von jedem beliebigen Ort losfliegen können. Von einem Balkon, einer Terrasse, einem Dach, sogar dem Gehweg. Aber nun, da sie bereit war, den großen Sprung zu wagen, und der Abflug unmittelbar bevorstand, machte sich eine vage Angst immer deutlicher bemerkbar.

Providence musste an das Videospiel denken: *Game Over*. Fliegen wie ein Vogel, ohne einer zu sein, war nicht ungefährlich. Vielleicht würde sie für ihren hochmütigen Wunsch, zum Himmel aufsteigen zu wollen, mit dem Leben bezahlen. Die Mönche hatten gesagt, sie sei bereit. Aber was bewies das schon? Sie waren Aussteiger. Und Providence hatte plötzlich eine Heidenangst, ihr Leben in die Hände von Aussteigern zu legen.

Aus diesem Grund fand sie es ratsam, sich an jemanden zu wenden, der beruflich mit dem Flugverkehr zu tun hatte. Sie kannte einen Fluglotsen aus Orly; den würde ihre Bitte sicher befremden, und er würde sie womöglich für verrückt halten, doch das Risiko musste sie eingehen. Er konnte sich nicht weigern, ihr bei der Durchführung ihres Vorhabens zu helfen, denn sie war seine Briefträgerin, und seiner Briefträgerin schlägt man tunlichst keine Bitte ab. Das empfiehlt sich nicht. Denn dann könnte sie aufhören, einem gute Nachrichten zu bringen, oder einem die Post anderer Leute in den Briefkasten stecken, oder einen gewissen diskreten Umschlag öffnen und die allseits bekannte Pornozeitschrift, die man abonniert hat und seit Jahren vor der Ehefrau versteckt, gut sichtbar deponieren, oder aber die Lieferung der Zalando-Schuhe an eben jene Ehefrau verzögern, die darob nicht gerade »vor Glück schreien« würde, wie es die Werbung für die Marke versprach. Gut, der Fluglotse hatte keine Frau, aber er würde trotzdem nicht ablehnen können. Das war so gar nicht seine Art.

Bei dem Fluglotsen handelte es sich um einen gewissen Léo Machin. Ein etwas langweiliger Name für einen gutaussehenden Antillaner, der Sanftmut und gleichzeitig große Kraft ausstrahlte. Das jedenfalls hatte Providence erschnuppert, als sie ihm eines Tages ziemlich nahe gekommen war, weil er einen Lieferschein unterschreiben musste. Er duftete nach Ehrlichkeit, Disziplin und Marseiller Seife. Und er war eine wahre Hormonschleuder – bei dem Feuerwerk an Pheromonen, das er versprühte, hatte die Briefträgerin augenblicklich eine Gänsehaut bekommen. Sie begegneten sich nicht oft, aber sie hatte noch nie eine andere Person in seiner Wohnung bemerkt. Demnach war der schöne Mann Junggeselle. Und umso leichter zu betören.

Sie würde ihn um eine Starterlaubnis für Orly bitten, denn sie war überhaupt nicht scharf darauf, dass ihretwegen Jagdflieger aufstiegen und sie zur Umkehr zwangen oder gleich abschossen. Auf einem Flughafen wäre sie für alle gut sichtbar, und man könnte ihr rasch zu Hilfe kommen, falls beim Start etwas schiefging. Das widersprach zwar der Regel von Meister Buh, nach der sie ihre Kräfte im Rahmen des Möglichen geheim halten sollte, aber Providence hatte den »Rahmen des Möglichen« schon seit längerem hinter sich gelassen, im Grunde schon, seitdem dieser Irrsinn angefangen hatte. Und Léo würde ihr zweifellos für den Luftraum ausgezeichnete Ratschläge geben können, denn die der Mönche erschienen ihr doch ein wenig unzuverlässig.

Also zurück nach Orly.

Als sie den Flughafen erreichte, stellte sie fest, dass die Situation sich verschlimmert hatte. Hunderte aufgebrachter Touristen und Geschäftsleute hatten das Bodenpersonal in ihre Gewalt gebracht und verlangten sofortige Lösungen. Andere schliefen oder saßen auf dem Fußboden und starrten mit glasigem Blick auf das Spektakel. Garnierte man all das mit Kindergeschrei, fühlte man sich in eine moderne Version von Géricaults *Floß der Medusa* versetzt.

Da sich Providence auf dem Weg zum Kontrollturm auf einmal an Schöck Nörris Regel Nummer drei erinnerte, begab sie sich auf die Suche nach einem Bikini. Sie durchstöberte die Duty Free Shops und stand vor Regalen voller Zigaretten, Parfümpackungen und Alkoholika, aber Strandkleidung gab es nirgends. Kurz davor, andere Alternativen in Betracht zu ziehen, sich zum Beispiel etwas Luftiges aus der Verpackung mehrere Zigarettenstangen zu basteln, stieß sie auf einen kleinen Stand mit Badekleidung.

Die Bikinis waren in letzter Zeit immer kleiner und teurer geworden. Konnte man sie früher noch in Streichholzschachteln verkaufen, so passten sie inzwischen in Fingerhüte. Aber ein Fingerhut war mindestens so antiquiert wie der Siegespokal der Tour de France. DER POKAL, DER

POKAL!, hörte sie im Geist den asiatischen Texas Ranger brüllen.

Providence wählte einen Zweiteiler mit Blumenmuster. Er sah aus, als hätte sie ihn sich aus Tapetenresten aus dem Schlafzimmer ihrer Großmutter genäht. Aber er war leicht, immerhin. Sie suchte sich eine Umkleidekabine, um sich umzuziehen.

Dabei warf sie einen prüfenden Blick in den Spiegel und fand sich schön. Trotz ihrer unausgewogenen Ernährung und einem eklatanten Mangel an sportlicher Betätigung hatte sie eine Traumfigur, nach der sich mehr als ein Mann auf der Straße umdrehte. Sie verfügte eben über erstklassige Gene. Sie musste keinen Sport machen, um ihren Körper fit zu halten oder Muskeln aufzubauen. Ihr Betätigungsdrang, ihr Beruf und ihr hitziges Temperament, das sie keine Sekunde zur Ruhe kommen ließ, sorgten dafür, dass sie kein Gramm zunahm. Sie konnte essen, was sie wollte und wann sie wollte, ohne sich je um ihre makellose Linie sorgen zu müssen. Vielleicht lag das ja an ihrer sechsten Zehe, deren Nutzen sie bisher noch nicht hatte ermitteln können.

Providence zog sich wieder an und bezahlte an der Kasse den Bikini, dessen Etiketten mit den Barcodes unter der Jeans und dem T-Shirt hervorschauten. Die Verkäuferin war von ihrem Manöver leicht genervt, aber das war noch gar nichts im Vergleich zu dem, was sich ein paar Minuten später abspielen sollte.

Providence verstaute ihre Habseligkeiten in dem erstbesten Schließfach und trug jetzt nur noch den Bikini, die Phiole mit dem Wolkizid und einen Fünfzig-Euro-Schein am Körper.

Wie durch Magie – oder als hätte sie wie Will Smith in *Men in Black* den Neutralisator eingeschaltet – lösten sich die Verspätungen, die Annullierungen, die Flugzeuge, die Aschewolke und der Ärger in Luft auf und entschwanden aus dem Gedächtnis der Menschen. Vor allem dem der Männer. In Sekundenschnelle stand Providence im Brennpunkt des Interesses, und sämtliche Überwachungskameras schwenkten auf sie. Und auf ihr hübsches, geblümtes Hinterteil.

»Und nun kommen wir zu dem Punkt, an dem meine Briefträgerin im Bikini in meinem Tower auftaucht. Sie hatte sich auf mich berufen, nehme ich an, damit der Mann von der Security sie passieren ließ. Obwohl, so wie ich die Wachleute kenne … Ich wette, die Putzkolonne ist immer noch dabei, den ganzen Speichel aufzuwischen, der ihnen aus dem Mund getropft ist, als sie so vor ihnen stand. Okay, bewaffnet war sie nicht, soviel ist sicher. Eine Bombe hatte sie nicht bei sich. Die Bombe war sie!«

»Endlich kommen wir zum interessanten Teil!«, freute sich der Friseur und rieb sich die Hände. »Nach dreiundzwanzig Kapiteln … Ich fing schon an, mich ein bisschen zu langweilen.«

»Warum? Hat Sie meine Geschichte denn gar nicht interessiert?«

»Doch, doch, aber besonders neugierig bin ich, ob diese Dame denn nun wirklich fliegen kann.«

»Wollen Sie nicht wissen, was mit Zahera passiert ist?«

»Dem kleinen Mädchen?«

»Na, wenigstens haben Sie mir zugehört.«

»Erzählen Sie mir zuerst vom Abflug, seien Sie so nett. Ich bin ein vielbeschäftigter Mann und habe nicht den ganzen Tag Zeit.«

»Sie sollten bei Gelegenheit mal bei dem tibetischen

Tempel in Versailles vorbeischauen. Wenn die Mönche Providence von ihrer Ungeduld geheilt haben, werden Sie Ihnen sicher auch helfen können. Und außerdem haben Sie mir die Haare noch nicht fertig geschnitten. Und wo bitte sind die anderen Kunden?«

»Das ist kein Grund.«

»Und wenn ich Ihnen verspreche, dass es die schönste Geschichte ist, die Ihnen je erzählt wurde – ist das ein Grund?«

Providence bat also den Fluglotsen um die Erlaubnis, von Orly aus starten zu dürfen, und schon während sie sprach, wurde ihr klar, wie abstrus sich das alles anhörte. Leute wurden für weniger weggesperrt. Vielleicht hätte sie lieber bei den Irren im Kloster von Versailles Asyl suchen sollen, dort ihr Leben in aller Stille beenden, Wärmendes aus Käse stricken und beim Boulespiel mit grünen Tomaten die Punkte zählen. Doch sie riss sich zusammen, schluckte ihren Stolz hinunter, sagte ihr Sprüchlein zu Ende auf und wartete auf die Antwort des Fluglotsen.

Es kam keine.

»Ich will Ihren Flugverkehr nicht stören, Monsieur«, setzte sie beschwichtigend hinzu, »betrachten Sie mich doch einfach als zusätzliches Flugzeug. Ich werde nicht so hoch fliegen, dass die Aschewolke mich beeinträchtigt. Wenn ich Flughafensteuern zahlen muss, ist das auch kein Problem. Hier, nehmen Sie.«

Sie reichte dem jungen Mann den Fünfzig-Euro-Schein.

Sie will, dass ich sie als Flugzeug betrachte – das ist eigentlich kein Problem, dachte Léo. Die Frau ist wirklich ein heißes Modell!

»Ich weiß nicht, ob das reicht, aber mehr habe ich nicht«, sagte Providence.

Da der Fluglotse keinen Finger rührte, setzte sie ihre

reizendste Trauermiene auf und nannte ihm ihren Namen, damit er in ihr einen hilfsbedürftigen Menschen sah. Das hatte sie aus einem amerikanischen Film, in dem eine Mutter im Fernsehen unaufhörlich den Namen ihrer entführten Tochter wiederholte, damit der Entführer in seiner Geisel ein kleines Mädchen sah und nicht irgendein Objekt. Und Providence war alles andere als eine simple Briefträgerin im geblümten Bikini, das sollte der Fluglotse ruhig wissen.

Der Mann verströmte einen Duft nach großer Güte und Marseiller Seife (immer noch), und da er ganz umgänglich wirkte, erzählte sie ihm ihre Geschichte. Von der Blinddarmentzündung in Marrakesch bis zur Gegenwart. Sie ließ kein einziges Detail ihres bemerkenswerten Abenteuers aus und schloss ihre Erzählung mit den Worten: »Sie liegt im Sterben, Léo.« Tränen, die wie tausend Perlmuscheln schimmerten, rannen über ihre Wangen. »Sie ist doch mein kleines Mädchen. Sie ist alles, was ich auf der Welt habe.«

Das Herz dieser Frau ist so groß wie das Triebwerk eines Airbus A320 (jedem seine Metaphern ...), dachte der Fluglotse. Das hätte er beinahe laut ausgesprochen, aber die junge Frau hätte es vermutlich nicht verstanden. Sie hätte die Worte vielleicht nicht mal als Kompliment aufgefasst. Immerhin hat ein Airbus-Triebwerk so gar nichts Romantisches oder Poetisches an sich. Für Léo Machin allerdings schon, denn er sah in dieser Spitzenleistung der technischen Mechanik die perfekte Verbindung von Verletzlichkeit (ein einfaches Tiefkühlhuhn konnte die Rotorblätter zerstören) und Stärke (die Kraft des austretenden Brennstoffs konnte ein Flugzeug von mehreren Tonnen hochheben).

Léo war skeptisch. Natürlich glaubte er keine Sekunde lang, dass seine Briefträgerin wirklich fliegen konnte. Es lag nicht in der Natur des Menschen, aus eigener Kraft zu fliegen. Das war ein physikalisches Gesetz, und Léo glaubte an dieses Gesetz mehr als an alles andere auf der Welt. Das war sein Beruf, seine Religion. Er war Flugsicherungsingenieur, ein Mann der Wissenschaft, der an gesicherte Erkenntnisse, nicht an Hirngespinste glaubte. Doch er spürte, dass er auf dem besten Wege war, die Fronten zu wechseln, denn die Frau faszinierte ihn, daran bestand kein Zweifel. Sie besaß Anmut und Charme. Einen unwiderstehlichen Charme. Zunächst einmal hatte sie die reizendste Trauermiene, die ihm je untergekommen war. Und auch ihre Beine, ihre schlanke Taille, ihre leicht gebräunte Haut, ihre schmalen Arme und ihre zarten Handgelenke ließen ihn nicht kalt. Insbesondere ihre fragilen Handgelenke, die man mit Daumen und Zeigefinger umfassen konnte. Kurz und gut: perfekte Handgelenke. Wenn es nach ihm gegangen wäre, hätte er auf der Stelle eine Verordnung erlassen, die es ihm erlaubte, ihre Handgelenke zu messen, um festzustellen, ob sie wirklich schmaler waren als alle, die er bis zum heutigen Tag zu Gesicht bekommen hatte. Denn er hatte sich geschworen, dass die Liebe seines Lebens den Weltrekord in der Disziplin »schmale Handgelenke« halten würde, inklusive Eintrag ins Guinness-Buch der Rekorde. Daran würde er sie erkennen. Seine komische Marotte hatte ihm schon oft den Spott seiner Kumpel eingebracht. Er lebte in einer Gesellschaft, in der die Vorliebe für dicke Handgelenke leichter akzeptiert wurde als eine Schwäche für schmale Handgelenke. Kurzum, als er die junge Frau vor sich stehen sah, glaubte er, endlich das vollkommene Wesen gefunden zu haben, nach dem er schon immer gesucht hatte und mit dem er den Rest des Lebens verbringen wollte.

Wie brachte sie bloß so viel Stärke, Willenskraft und Liebe auf, dass sie ernsthaft glaubte, sie könne bis in den Himmel fliegen? Das faszinierte ihn. Eine Unschuld wie aus einer anderen Welt. Was für ein schöner Körper! Und was für eine schöne Seele!

Er beschloss, ihr eine Chance zu geben. Natürlich nur, weil er neugierig war und wissen wollte, was sie anstellen würde, wenn sie erst auf der Startbahn stand. Die Piste war ja nicht gerade überfüllt. Die Flugzeuge standen nutzlos am Boden herum, und der Flughafen war mittlerweile komplett geschlossen. Alles war besser, als herumzuhocken und die Zeit totzuschlagen. Außerdem genoss er die Gesellschaft der jungen Frau. Wenn er sie ansah, bekam er Herzflattern. Und in diesem Fall war das Herzflattern ein ausgesprochen harmloses und anregendes Gefühl.

Es rührte ihn, dass sie ihn mit seinem Vornamen ansprach. Er dachte an seinen sicheren Arbeitsplatz, die Reaktion seiner Vorgesetzten und an das Disziplinarverfahren, das ihm vielleicht blühte, weil er Providence in den Tower gelassen und auf die Startbahn begleitet hatte.

Seine Welt drehte sich mit atemberaubender Geschwindigkeit.

Auch in seinem Kopf drehte sich alles.

Für kurze Zeit fühlte er sich ins Pariser Panthéon versetzt, das er als Kind mit seinem Vater besucht hatte. »Dieses Gerät ist der einzige Fixpunkt des Universums, denn es zeigt uns an, wie die Welt sich dreht«, hatte sein Vater lächelnd erklärt und auf das Foucault'sche Pendel gedeutet, das an einem langen Faden frei beweglich in der Luft hing. »Wir leben in einer bewegten Welt, in der nichts von Dauer ist. Nichts in ihr ist ewig. Alles um uns her verändert sich, alles in uns verändert sich, alles geht immer sehr schnell. Wenn du inmitten dieses Chaos deinen Fixpunkt findest, den Fixpunkt deines Universums, dann lass ihn nie wieder aus den Augen. Er wird dir in Zeiten der Unruhe und des Zweifels helfen, wenn alles um dich herum zu Bruch geht, alle deine Bezugspunkte und Gewohnheiten. Ich habe ihn in deiner Mama gefunden. Sie ist meine Beständigkeit, mein Halt, meine Erdachse ... Sie ist mein persönliches Foucault'sches Pendel.«

Von heute an, beschloss Léo, war Providence der Fixpunkt seines Universums.

Das mit dem Fixpunkt fing allerdings schlecht an, denn der neue Fixpunkt war gerade dabei, sein Bündel zu schnüren und mal eben zweitausend Kilometer zwischen sich und Léo zu bringen.

Léo hatte Providence die Starterlaubnis erteilt.

Sie wollte so schnell wie möglich zu ihrer Tochter. Er wollte so schnell wie möglich mit eigenen Augen sehen, wie die Frau im Bikini sich in die Lüfte schwang, obwohl er keine Sekunde lang wirklich daran glaubte. Sie stellte sich auf die Zehenspitzen, küsste ihn auf die Wange, direkt neben die Lippen, und drückte ihn fest an sich. Was für eine zarte Haut sie hatte! Wie schön ihre Arme farblich zu seinen passten! Ein Tropfen Milch auf glänzendem, schwarzen Leder. »Danke!«, seufzte sie aus vollem Herzen und bedachte ihn mit einem schmelzenden Honigblick, und dann wurde sie wieder ernst und fragte ihn, wie man nun vorgehen müsse.

Léo setzte seine Kopfhörer auf und schaltete sich in den Flugfunk ein. Er sagte ein paar Worte auf Englisch, um die ausländischen Piloten vorzuwarnen, die seit der Schließung des Flughafens mit ihren Maschinen hintereinander aufgereiht auf den Bahnen standen, und wandte sich dann lächelnd an Providence.

»Es kann losgehen. Die Bahn ist frei. Fliegen Sie nicht zu

hoch. Die Temperaturen sinken mit zunehmender Höhe. Sie sind dafür nicht passend angezogen. Und denken Sie daran – je höher Sie steigen, desto weniger Sauerstoff enthält die Luft. Das werden Sie selbst bald feststellen. Ich begleite Sie jetzt zur Startbahn.«

Warum machte er sich die Mühe, ihr solche Ratschläge zu geben? Sie würde sich keinen einzigen Millimeter vom Boden erheben, und er redete mit ihr, als würde sie demnächst wie jeder gewöhnliche Linienflug auf einer Reiseflughöhe von zehntausend Metern dahinbrausen. Das konnte nicht sein Ernst sein.

»Ich wusste, dass Sie ausgezeichnete Ratschläge für mich haben würden«, sagte Providence mit ihrem entzückendsten Lächeln.

Sie stiegen eine Wendeltreppe hinunter, wie man sie von Leuchttürmen am Meer kennt, und standen bald darauf am vorderen Ende der Startbahnen, die – welch ein erstaunlicher Umstand – gleichzeitig Landebahnen waren. Hinter den großen Glasscheiben des Terminals hatten sich einige Schaulustige eingefunden, die die Szene gespannt verfolgten.

»Viel Glück«, sagte der Fluglotse.

Und ohne große Umstände, nur getragen von der unerträglichen Leichtigkeit der verliebten Briefträgerinnen, flog Providence davon.

»*Also hören Sie mal*, wollen Sie mich veralbern? Seit einer Stunde breiten Sie hier belanglose Einzelheiten vor mir aus, und jetzt, wo wir endlich zum interessanten Teil kommen, nämlich dem Flug von Providence Dupois, werfen Sie mir den einfach so vor die Füße. ›Ohne große Umstände, getragen von der unerträglichen Leichtigkeit der verliebten Briefträgerinnen, flog sie davon …‹ Glauben Sie etwa, damit gebe ich mich zufrieden?«

Um Providence den Aufstieg zu erleichtern und ihr unnötige Anstrengungen zu ersparen, hatte Léo überlegt, dass es sinnvoll wäre, mit Hilfe eines Flugzeugtriebwerks die Luft zu erwärmen und damit den Auftrieb winzig kleiner Moleküle auszulösen, die den Körper der jungen Frau mit sich in die Höhe tragen würden. Das war, leicht abgewandelt, das Prinzip des Heißluftballons. Aber wenn es funktionierte, würde es ihr bestimmt helfen, die ersten Meter zu überwinden (und er selbst wäre ein Anwärter auf den Nobelpreis oder würde in der Psychiatrie landen). Danach konnte sie dann munter mit den Armen wedeln und ihre wunderbare Reise antreten.

Hatte ihn die Frau hypnotisiert?

Warum, um Himmels willen, machte er sich zum Komplizen einer derart wahnwitzigen Aktion? Aber sein Verstand hatte nichts mehr zu melden, ihn leitete mittlerweile eine andere Macht. Eine Macht, die aus den entlegensten Winkeln seines Herzens hervordrängte. Eine Macht, die man »Liebe« nannte, wenn man sie nicht als »Wahnsinn« bezeichnen wollte. Léos Verstand sagte ihm, dass er an einem jämmerlichen Desaster mitwirkte und sich Providence kein Haarbreit über den glühend heißen Asphalt erheben würde. Doch sein Herz widersprach entschieden: Nein, sie wird in den Himmel fliegen.

Nun, man würde sehen. Providence wirkte jedenfalls sehr entschlossen.

Der Fluglotse stöpselte das Kabel seines Kopfhörers in die Flugzeugnase und sprach mit dem Lufthansa-Piloten. Dann führte er Providence hinter das linke Triebwerk. Er achtete peinlich genau auf den Sicherheitsabstand und stellte anschließend wieder die Funkverbindung her, um das Manöver zu überwachen.

Die Triebwerkfans begannen zu rotieren, erst langsam, dann immer schneller. Léo war trotz seiner beträchtlichen Skepsis gewillt, die Sache bis zum Ende durchzuziehen. Selbst wenn der Pilot ihn für einen Vollidioten halten musste. Mit ein paar Gesten signalisierte er Providence, dass alles in Ordnung war – neugierig beäugt von dem Deutschen, der, da Flugzeuge nicht mit Rückspiegeln ausgestattet sind, von der unwirklichen Szene, die sich hinter den Flügeln abspielte, nichts mitbekam.

Ein heißer Luftstrom fuhr in Providence' Kurzhaarfrisur, und ein Zittern durchlief ihren zierlichen Körper. Ein paar Sekunden später wurde sie mitsamt ihrem geblümten Bikini in die Luft geschleudert wie eine knusprige Weißbrotscheibe aus einem Toaster.

Position: Himmel, gemeinhin »Atmosphäre« genannt (Frankreich)
Herz-O-Meter: 2105 km

Als Providence die Augen öffnete, befand sie sich in der Luft, mehr als hundert Meter über dem Erdboden. Unter ihr lag der riesige Flughafen mit den parkenden Flugzeugen, klein wie ein Architekturmodell. Schaulustige waren auf die Startbahn gelaufen, hatten den Kopf in den Nacken und eine Hand über die Augen gelegt, um besser sehen zu können, und starrten zu ihr hoch. Sie waren garantiert genauso entgeistert wie sie selbst. Ein leises Prasseln klang herauf. Die Leute schienen zu applaudieren.

Unfassbar! Sie hatte es geschafft.

Meister Buh und der Pater Superior hatten recht behalten. Sie besaß die Fähigkeit zu fliegen. Sie hatte die Gabe. Sie war mit ihr auf die Welt gekommen.

Einfach unglaublich!

Am Boden hatten die Reisenden, die von Léo per Terminal-Lautsprecher über Providence' Mission informiert worden waren, ihre kleinen Sorgen, ihre annullierten Flüge, ihre Dates und den verkorksten ersten Ferientag vergessen und bekundeten lauthals ihre Sympathie für das Vorhaben der jungen Mutter, der durch ihre unerschütterliche

Liebe Flügel gewachsen waren, damit sie ihre Tochter übers Meer zu sich holen konnte. Das war ein so wunderbarer Liebesbeweis, dass alles andere belanglos wurde. Es gab keine Nationalitäten und Religionen mehr, nur noch ein Volk, eine Gattung, eine Art – den Menschen. Das einzige Wesen, das durch bloße Willenskraft Träume wahr machen kann, das einzige Wesen, das überhaupt Träume hat. (Denn haben Tiere Träume, außer in einem gewissen Roman von George Orwell?)

Weit, weit unten entdeckte sie Léo, der ihr heftig gestikulierend zum Abschied winkte. Vor Freude wedelte sie noch heftiger mit den Armen und stieg gleich um ein paar Meter höher. Sofort fielen ihr die Worte des Fluglotsen ein: Fliegen Sie nicht zu hoch! Hinter jeder Wolke lauern Kälte und Sauerstoffmangel!

Bald darauf blieb der Flughafen hinter ihr zurück, und die Landschaft verwandelte sich in ein riesiges Patchwork aus großen grünen und gelben Rechtecken, das ihr so buntscheckig wie eine Badematte von Ikea den Weg wies. Sie hatte keinen Kompass mitgenommen, aber ihr Instinkt sagte ihr, welche Richtung sie einschlagen musste. Mütter wissen so etwas.

Ein Chanson von Jacques Brel kam ihr in den Sinn:

Ce fut la première fleur
Et la première fille
La première gentille
Et la première peur
Je volais je le jure
Je jure que je volais
Mon cœur ouvrait les bras

Es war die erste Blume
Und das erste Mädchen
Die erste Hübsche
Und die erste Angst
Ich flog, das schwöre ich
Ich schwöre, dass ich flog
Mein Herz öffnete die Arme

Ihr war, als hätte der belgische Chansonnier das Lied extra für sie geschrieben.

Für diesen Moment.

Für diesen Ort.

Nicht lange danach erreichte Providence die erste Wolke und glitt mühelos durch sie hindurch, denn sie ähnelte weder einem Blumenkohl noch einer Kochmütze. Sie war einfach nur ein großer, durchlässiger Wattebausch. Providence kurvte zwischen den Fasern hindurch, und als sie mittendrin war, spritzten ihr die kalten Wassertröpfchen, aus denen die Wolke bestand, wie aus einer Spraydose ins Gesicht und auf die nackte Haut. Was für ein Gefühl! Und was für ein Geruch! Der Pater Superior hatte recht gehabt. An einer Wolke zu riechen, war herrlich! Schon wieder ein neuer Duft in ihrem Geruchsrepertoire. Der Duft des Paradieses. Den ergatterte man nicht alle Tage!

Anmutig in der Luft schwebend, machte Providence ein paar Schwimmbewegungen, als wäre sie im Freibad von Tourelles, wo sie als Kind viel Spaß gehabt hatte. Wie in ihren Träumen schwamm sie durch den Himmel. Aber es war noch so viel schöner als im Traum.

Neben ihr tauchte ein Vogel auf und pfiff ihr ins Ohr.

Vor lauter Staunen, hier oben einen Menschen anzutreffen, begleitete er sie eine Weile und bog dann wieder ins unendliche Blau ab, um seinen Artgenossen von dieser Begegnung der dritten Art zu erzählen.

Als Kind hatten ihre Lehrer sie immer ausgeschimpft, weil sie angeblich in anderen Sphären schwebte. Und siehe da, heute schwebte sie wirklich!

Du musst dich konzentrieren, redete sie sich ins Gewissen. Denk an den Pokal der Tour de France!

Doch bei der dritten Wolke links überfielen sie auf einmal Zweifel.

Ihre Reise hatte gerade erst begonnen, und plötzlich drängte sich ein Bild in ihre Gedanken. Sie sah sich selbst, wie sie noch ein paar Sekunden weiterflog und dann, halbtot vor Müdigkeit, wie ein Stein vom Himmel fiel. Das hier war kein Comic, in dem die Person, die ins Leere lief, erst dann abstürzte, wenn sie sich ihrer Lage bewusst wurde. In Wirklichkeit würde sie fallen wie ein Marmeladebrot. Wie bei dem Marmeladebrot-Spiel, das sie manchmal beim Frühstück mit Zahera spielte.

Das ging so: Sie bestrichen einen Zwieback mit Butter und Marmelade, hielten ihn auf Armeslänge von sich weg und ließen ihn fallen. Der Plan war, dass er auf die trockene Seite fiel. Providence wurde dabei wieder zum Kind, die wesentlich gewissenhaftere Zahera dagegen erstellte eine schriftliche Statistik. Einmal waren bei zwanzig Versuchen sechzehn Zwiebäcke auf die Marmeladenseite gefallen und einer an ihrer Hand kleben geblieben. Meistens kam irgendwann die Putzfrau, durch das Gelächter der anderen Patientinnen alarmiert, wie eine Furie in die Küche gerannt, und wenn sie dann den Inhalt des Marmeladenglases auf dem Fußboden verteilt sah, ging sie mit dem Wischmopp auf die beiden Missetäterinnen los, bevor diese erklären konnten, dass es sich um eine immens wichtige wissenschaftliche Untersuchung handelte und das Schicksal des Universums auf dem Spiel stand. Die Putzfrau, offenbar mehr um das Schicksal der Fliesen als um das des Universums besorgt, jagte sie regelmäßig lauthals auf Arabisch fluchend aus der Küche. Im Schlafsaal notierte Zahera dann die Ergebnisse in ihr Heft und zog die Schlussfolgerungen:

Postulat 1
Wenn man einen Zwieback loslässt, fällt er immer runter.

Postulat 2
Der Zwieback fällt fast immer auf die Marmeladenseite. Und mit der Marmelade ist es wie mit der Kultur – je weniger es davon gibt, desto dünner verstreicht man sie, also ist es nicht falsch, wenn man sagt, dass der Zwieback immer auf die Seite der Kultur fällt (auch wenn das nichts zu bedeuten hat).

Postulat 3
Wenn der Zwieback ausnahmsweise mal nicht auf die Butterseite fällt, war nicht auf der richtigen Seite gebuttert.

Providence kehrte in die Realität zurück.

Sie musste sich dringend konzentrieren. Das hatten ihr die Mönche eingeschärft. Im echten Leben war ein *Game Over* nicht erlaubt.

Einstweilen ließ sich die Reise gut an. Aber was war mit

dem Rückweg? Wie sollten sie zu zweit heimkommen? Das Flugzeug mit der medizinischen Begleitung, die sie für die Rückreise nach Frankreich organisiert hatte, würde nie die Starterlaubnis erhalten.

Und wie sollte sie Zahera in den Armen halten? Zusammen würden sie nie vom Boden abheben können. Viel zu schwer. Und außerdem hatte das Mädchen eine Wolke in der Lunge. Würde sie einen Flug zwischen Wolken überhaupt aushalten?

Providence vergoss ein paar Tränen.

Mehrere tausend Kilometer entfernt erfasste ein Meteorologe den kleinen Tränenschauer auf seinem PC-Bildschirm. Ein hübsches Blaugrün rieselte auf seine hydrometrische Messung. Zum ersten Mal in der Geschichte des Himmels regnete es über den Wolken.

An jenem Nachmittag beschloss François Hollande, die Metro zu nehmen. Dieses Transportmittel benutzte er normalerweise nie. Zum einen, weil er da arbeitete, wo er lebte, im Élysée-Palast nämlich, ein bisschen so wie arabische Gewürzhändler, chinesische Gastwirte oder Saloon-Besitzer im Wilden Westen, die auch über ihren Etablissements wohnen. Zum zweiten, weil es eine logistische Katastrophe war, ein No-Go für den präsidialen Sicherheitsdienst, der das nie gebilligt hätte. Und ihm sehr entschieden davon abriet. Hindern kann man den Präsidenten der Republik Frankreich natürlich nicht daran, so zu handeln, wie er es für richtig hält – im vorliegenden Fall also die Metro zu nehmen – es sei denn, man hätte es auf einen vorgezogenen Ruhestand abgesehen. Also konnte ihn seine Eskorte nicht davon abhalten, sich in die Niederungen der Pariser Metro zu begeben. Der Staatschef hatte, wie sich herausstellte, den Tag nicht gut gewählt, denn kurz darauf eilte ihm ein Berater nach und informierte ihn (das Handy hatte in den hochmodernen unterirdischen Grotten keinen Empfang) höchstpersönlich darüber, dass ein nie dagewesenes Ereignis die Welt in Aufruhr versetzte. Eine Frau war in die Luft geflogen.

»Oh nein, nicht schon wieder so eine Terroristengeschichte. Von barbarischen Akten habe ich die Nase voll.«

»Herr Präsident, diese Frau hat keine Explosion ausgelöst, sie fliegt über den Himmel.«

»Und was bitte macht sie da? Wolken sprengen?«

Monsieur Hollande, der gern über seine eigenen Witze lachte, kollerte leise wie ein Truthahn vor sich hin. Sein Berater zwang sich, es ihm nachzutun, und so erhob sich bald auf dem Bahnsteig, der zu 99,9 Prozent mit Polizisten und zu 0,1 Prozent mit Zivilisten gefüllt war, ein allgemeines Truthahnkollern. Die einzige Zivilistin war eine Dame um die fünfzig, die, eingezwängt zwischen zwei Kolossen, eine Vertraulichkeitserklärung unterschreiben musste, mit der sie sich verpflichtete, auf der Stelle alle Äußerungen des Präsidenten zu vergessen, so drollig sie auch gewesen sein mochten.

»Sie fliegt wie ein Vogel, Herr Präsident.«

»Wie ein Vogel? Das ist interessant. Ist die LPO* dran?

»Nein, Monsieur.«

»Gut. Und die DGAC**?«

»Nein, Monsieur.«

»Noch besser. Und die DGSE***?

»Nein, Monsieur.«

»Ich habe nicht weniger von Ihnen erwartet. Gut, in diesem Fall auf zum Charles-de-Gaulle!«

»Die Frau ist von Orly abgeflogen.«

»Sehr gut, dann auf nach Orly!«

»Der Flughafen Orly ist geschlossen, Monsieur.«

* Ligue pour la Protection des Oiseaux (Vogelschutzliga)

** Direction générale de l'aviation civile (Generaldirektion für die zivile Luftfahrt)

*** Direction Générale de la Sécurité Extérieure (Generaldirektion für äußere Sicherheit, der französische Auslandsnachrichtendienst)

»Gut, in diesem Fall alle nach Charles-de-Gaulle!«

»Alle Flughäfen sind geschlossen, Monsieur. Sie haben das Briefing von heute früh nicht gelesen?«

»Wenn Sie die dicke, über hundert Seiten starke rote Mappe meinen, die mir heute gegen elf Uhr zur dringenden Erledigung ausgehändigt wurde, nein. Wie der selige Pompidou lese ich keine Kurzfassungen, die aus mehr als einem Satz bestehen. Denn was länger als ein Satz ist, ist keine Kurzfassung mehr!«

»Nächstes Mal schicken wir Ihnen ein Telegramm!«, murmelte der Berater.

»Wie bitte?«

»Nichts, Herr Präsident. Ich sagte nur, dass Sie wie gewöhnlich recht haben. Wir werden darauf achten, dass die nächsten Briefings nicht mehr als einen Satz umfassen. Allerhöchstens zwei, wenn Sie erlauben.«

»Und da wir schon dabei sind – keine dicken roten Mappen mehr. Ich schlage sie niemals auf, diese dicken roten Mappen. Sie machen mir Angst. So eine dicke rote Mappe kann einem jeden Moment um die Ohren fliegen. Verstanden? Gut. Sprechen wir über die Flughäfen.«

»Alle geschlossen, Monsieur.«

»Für den französischen Präsidenten ist kein französischer Flughafen geschlossen.«

»Eine riesige Aschewolke behindert den Flugverkehr. Das stand in dem Briefing von heute Vormittag.«

»Sehen Sie, das lässt sich doch gut in einem Satz zusammenfassen! Eine-riesige-Aschewolke-behindert-den-Flugverkehr. So kompliziert ist das doch nicht. Aber merken Sie sich eins: Keine Aschewolke behindert das Flugzeug des französischen Präsidenten!«

Daraufhin stürmten alle die Treppe hoch, und eine motorisierte Eskorte wurde angefordert, die Monsieur Hollande mit heulenden Sirenen nach Orly begleitete, wo ihn eine schnurrbärtige Vertreterin der Grenzpolizei erwartete, um ihn über den Stand der Dinge in Kenntnis zu setzen.

»Guten Tag, Monsieur, setzen Sie mich in Kenntnis.«

»Ich bin kein Mann, Herr Präsident«, erwiderte die Polizistin.

»Das ist Ihre Sache, mein Bester«, gab der Chef der Franzosen zurück, denn er ließ sich nicht gern in das Privatleben seiner Beamten hineinziehen. »Ich habe Sie gebeten, mich über die Situation in Kenntnis zu setzen, nicht über Ihre sexuelle Identität. Obwohl ich von Ihrem Auftritt beim Eurovision Song Contest sehr angetan war ...«

Der Schnurrbart der Frau zitterte vor Wut.

»Die Terroristin, pardon, die Fliegerin hat bereits die spanische Grenze überquert, Monsieur.«

»Was? Sie ist schon bei den Paellafressern? Genug herumgegammelt, bringen Sie mich sofort zur Air France One! Und zwar ein bisschen dalli!«

»Ich mag Hollande«, sagte der Friseur.

»Ich nicht besonders. Aber okay, er ist mir immer noch lieber als der andere François.«

»François Mitterand?«

»Ja, Mitterand. Mit seiner Persönlichkeit konnte ich mich nicht so recht anfreunden, zu kühl und steif für meinen Geschmack.«

»Tja, da haben Sie recht, viel zu kühl und steif. Und nicht erst, seit er tot ist …«

Position: Über den Pyrenäen (Frankreich – Spanien)
Herz-O-Meter: 1473 Kilometer

Die Wolken ziehen dahin wie prall gefüllte Briefumschläge, wie Briefe, die die Jahreszeiten verschlucken, hatte einmal der albanische Dichter Ismail Kadare geschrieben. Eine Briefträgerin hätte es nicht besser ausdrücken können.

Wie schön die Welt von hier oben aussah! Das Fliegen fühlte sich ganz anders an, als wenn man im Flugzeug saß, denn bislang waren leider noch keine Luftfahrzeuge mit Glasböden entwickelt worden, vergleichbar den schwimmenden Touristenfallen von Marseille. Das wäre wunderbar gewesen. Aber auch mit einem solchen Ausblick hätte die angenehme Frische und Feuchtigkeit gefehlt, die Providence das Gesicht streichelte, und das Gefühl absoluter Freiheit – und natürlich der Duft. Der Duft des Paradieses. Mit souveränen Bewegungen hielt Providence ihren Kurs, wie eine kleine Herrscherin der Lüfte. Sie stieg weiter auf, bis sie genau die Höhe erreicht hatte, in der sie zu fliegen wünschte.

Sie entdeckte Wetterfahnen-Monteure auf den Spitzen der Kathedralen und beobachtete Fensterputzer, die sich in ihrer Kaffeepause lässig auf Kristalldächern ausstreckten.

Nach wenigen Stunden hatte sie Frankreich überflogen und überquerte nun die gewaltige Bergkette, die ihr Land von Spanien trennte. Wie durch Magie veränderte sich der Flickenteppich tief unter ihr. Mehr Gelb, weniger Grün. Sie sah, wie die Erde immer karger und dürrer wurde, je weiter sie in südliche Breitengrade vordrang.

Providence war zweimal zwischengelandet, um etwas zu trinken und wieder zu Kräften zu kommen. Denn wenn sie ihren Durst stillen wollte, reichte es nicht, in einer Wolke den Mund aufzusperren. Das war, als würde man versuchen, Wasser zu trinken, das einem aus einer Sprühflasche aus fünf Metern Entfernung entgegenspritzte. Providence hätte Stunden gebraucht, um so auch nur ein Glas zu füllen. Deshalb war sie auf das Flachland vor den Pyrenäen hinuntergeflogen und in einer Gegend gelandet, die von Flüssen durchzogen war wie Felsgestein von Wasseradern. Danach war es ihr nicht schwergefallen, wieder abzuheben und in die Lüfte aufzusteigen.

Wenn sie zur Erde hinunterblickte, sah sie manchmal lange Menschenschlangen und Ansammlungen, die Ameisenkolonien glichen. Anscheinend verfolgten die Menschen ihre Reise von unten. Ihre Vermutung bestätigte sich, als sie über Madrid einem Heißluftballon begegnete. Siehe da, Heißluftballons durften sogar heute aufsteigen! An dieses Fahrzeug hatte sie nicht gedacht. Die vier Personen an Bord manövrierten den Ballonkorb nahe an sie heran und reichten ihr etwas zu essen herüber. Eine Banane und einen Kuchen, den »Unterstützer« für sie gebacken hatten, die ihr ihre freundschaftlichen Gefühle übermitteln und ihr dafür danken wollten, dass sie ihnen eine so schöne und wichtige Lektion für ihr eigenes Leben erteilte. *In unserer Phantasie fliegen wir alle mit Ihnen durch die Wolken*, stand auf einem kleinen Zettel, den jemand in die Tupperschüssel geschmuggelt hatte. *Sie sind unser Glöckchen, unsere ganz persönliche kleine Fee*. Und der Journalist, der mit einer Kamera und einem Mikro bewaffnet mit an Bord des Ballons war, bestätigte ihr leise, dass man sie auf der Erde auf Grund ihres Berufs bereits »die Fee mit dem gelben R4« nannte.

Die Fee mit dem gelben R4. Normalerweise hatte eine Fee nur zwei Flügel. Sie dagegen hatte vier. Kotflügel, aber gut …

Das war kein schlechter Spitzname.

Und berühmt war sie nun auch.

Mit einem Schlag war Providence ebenso berühmt wie die Mona Lisa. So berühmt wie die weltbekannten amerikanischen und französischen Schauspieler: Audrey Tütü, Penelope Krause, Juliette Brioche, Natalie Brotman, Brigitte Bidet, Paris Kempinski und wie sie alle hießen.

Aber das Wichtigste an dieser Geschichte war, dass die Welt auf Providence' Heldentat reagierte und eine gewaltige Woge von Liebe den Planeten überschwemmte. Für kurze Zeit setzte der harte Pulsschlag der Kriege und bewaffneten Konflikte aus, für ein paar Momente waren die von Hass erfüllten Herzen still. Wie hatte Michael Jackson gesungen? *Heal the world, make it a better place*. Und nun war er nicht mehr da, um dies zu erleben. So wenig wie Nelson Mandela. Oder Martin Luther King. Gandhi. Mutter Teresa. Eine traurige Ironie des Schicksals, dass diejenigen, die sich einst für den Frieden eingesetzt hatten, nun schon nicht mehr lebten. Die Syrer legten ihre Waffen auf die Sandsäcke und hoben den Kopf in den Nacken, um den Himmel besser beobachten zu können. Die Französin bekamen sie zwar nicht zu Gesicht, denn sie flog viel weiter westlich, aber sie kämpften nicht mehr. Ein plötzlicher, unerwarteter Waffenstillstand trat ein, wie bei einem streitenden Paar, das per Zufall in einen Liebesfilm zappt, sich an der Hand fasst und auf dem Sofa ausstreckt und im Nu die wochenlangen gegenseitigen Beschimpfungen vergisst. »Komm, vergessen wir das alles«, sagte sogar ein Palästinenser zu einem Israeli, den er mit seinem Sturmgewehr in Schach hielt. Überall auf der Welt versöhnten sich zerstrittene Familien, kehrten abtrünnige Väter in den Schoß der Familie zurück, gingen verzweifelte Mütter zu den Mülltonnen, in die sie ihre Neugeborenen geworfen hatten, und holten sie wieder heraus.

Es war demnach möglich, die Welt zu verändern.

Wenn es unabsichtlich geschah.

Providence hatte eines Morgens den Müll runtergebracht und mal eben die Welt gerettet.

Und noch bevor die großen internationalen Fernsehsender die gute Nachricht mit viel Getöse in ihren Breaking News verbreiten konnten, war alles wieder beim Alten. Der Moment hatte nur drei Minuten gedauert. Drei Minuten. Dann kam die Welt wieder zu sich, und während sie ihre Tagesgeschäfte aufnahm und der Engel weiterging, drückte der Palästinenser auf den Abzug. Gleichzeitig tötete in Deutschland ein Weißer einen Schwarzen, in Südafrika ein Schwarzer zwei Weiße, und ein gestörter junger Mann richtete mit einem Gewehr, das ihm die Bank zur Kontoeröffnung geschenkt hatte, in einer amerikanischen Universität ein Blutbad an. Eine Gruppe illegaler Holzfäller tötete fünf Mitglieder des Amazonasstammes Awá, ein

Iraner tötete einen Iraker, ein Iraker tötete einen Iraner, ein Pakistani schüttete Säure in das Gesicht seiner Frau, die einen anderen Pakistani angesehen hatte, ein Brasilianer tötete eine alte Dame bei dem Versuch, ihr die Handtasche zu entreißen, ein Terrorist der Al-Nusra-Front tötete bei einem Selbstmordattentat auf einem Markt in Damaskus zwölf Zivilisten und verwundete dreiundvierzig weitere, und ein depressiver Peruaner stürzte sich von einem achtstöckigen Hochhaus, ohne seinen Poncho und die Panflöte loszulassen, und erschlug dabei zwei nichtsahnende Passanten.

Die Welt war wieder normal geworden.

Doch die drei Minuten vollkommenen Friedens, in denen kein Todesfall registriert worden war, würde niemand mehr ungeschehen machen können. Es war nicht einmal jemand eines natürlichen Todes gestorben. Die Alten und Kranken hatten die Zähne zusammengebissen und sich beherrscht, so wie man den Niesreiz unterdrückt, um ein schlafendes Kind nicht zu wecken.

Die Tat der jungen Briefträgerin hatte nicht nur den Geist und das Herz aller Männer und Frauen auf unserer schönen Welt angerührt, sondern auch ihre Körper, jene Fleischgebilde, die sie so menschlich und verletzlich machen und die sie überall mit sich hinschleppen. Denn es war nicht zu leugnen – und das versuchte auch nicht einmal die internationale Presse –, dass an jenem Tag an allen Ecken und Enden des Erdballs* zahlreiche Menschen, die

* Ich weiß, dass der Erdball keine Ecken hat, da er kugelförmig ist, das hat mir mein Lektor schon beim *Fakir* gesagt. Aber ich liebe diese Formulierung nun mal.

Providence' Flug zu ihrer Tochter im Fernsehen miterlebt hatten, von ihrer Krankheit geheilt wurden. Der eine von seinem Krebsleiden, der andere von seiner Leukämie, wieder ein anderer von seinem Liebeskummer.

Und dann wurde auch in dieser Hinsicht alles wieder normal.

Providence, die von alledem nichts ahnte, hielt sich, um Kräfte zu sparen, wie ein Fahrradfahrer am Sponsorenfahrzeug mit einer Hand an der Gondel des Heißluftballons fest und wedelte sachte mit der anderen. Diplomtisch beantwortete sie die Fragen des Journalisten. Meister Buh platzte vermutlich gerade vor Wut, falls er im Glutofen von Barbès oder auf seinem Anwesen im 16. Arrondissement (sofern es existierte) vorm Fernseher saß. Vielleicht ging ihm aber auch nur der Hut hoch, beziehungsweise die Wollmütze. Aber wahrscheinlich hatte er für die Entscheidung seiner Schülerin, die ihre Gabe gerade der ganzen Welt offenbarte, sogar Verständnis. Denn Providence hatte gute Gründe, sie wollte nicht nur die Fensterscheiben am höchsten Hochhaus von Dubai putzen.

Das Abenteuer der jungen Französin ließ die Menschen nicht los. Wie bei der Tour der France wollten sie immer auf dem aktuellsten Stand sein, obwohl Providence die spanische Grenze längst überschritten hatte. Sie würde den hässlichen Pokal gewinnen. Und Schöck Nörri würde stolz auf sie sein.

Bald darauf entfernte sich der Heißluftballon von ihr (besser gesagt, Providence entfernte sich von ihm), und sie fand ihren Hort des Friedens, ihr neues Zuhause wieder. Sie fühlte sich wohl zwischen den Wolken und flatterte umso kraftvoller.

Immer, wenn ihre Arme schwer wurden, dachte sie an Zahera, und der Schmerz wurde gleich ein wenig erträglicher. Mit jeder Sekunde, jeder Armbewegung, jeder Stadt, jedem Fluss, jeder Wolke kam sie ihrer Tochter näher. Es war eine unglaubliche Erfahrung. Magisch. Fast glaubte sie zu träumen, aber dazu waren die Empfindungen viel zu konkret.

Auf einmal riss ein dumpfes, gebieterisches Geräusch sie aus ihren Gedanken. Ein weißblaues Flugzeug flog von hinten auf sie zu. Auf dem Rumpf stand in Großbuchstaben: UNITED STATES OF AMERICA. Es lag längsseits in der Luft, wie ein Piratenschiff kurz vor dem Entern. Das Flugzeug war ihr so nahe, dass sie durch das Cockpitfenster hindurch den Piloten Kaugummi kauen sah. Im Meer hätten Delphine sie begleitet, in der Luft schwebte sie zwischen Heißluftballons und der Air Force One! Während alle anderen Maschinen am Boden bleiben mussten, war es einem einzigen Flugzeug gestattet, den Himmel zu durchmessen, und das hatte den Präsidenten der Vereinigten Staaten an Bord.

Da die Präsidentenmaschine nicht sehr hoch flog, ging die Tür auf, ohne dass jemand wie im Katastrophenfilm durch die Öffnung hinausflutschte wie eine Auster. Zwei Männer im schwarzen Anzug packten Providence um die Taille und zogen sie zu sich herein. Sie glitt durch die Türöffnung und hatte Sekunden später einen Strohhalm in der einen und ein Whiskyglas mit zwei Eiswürfeln in der anderen Hand.

So kam es, dass die kleine Briefträgerin aus einem Vorort südlich von Paris den mächtigsten Mann der Welt kennenlernte. Nach Meister Buh natürlich.

Trotz seiner immensen Macht war Obama ein einfacher Mann. Wie jeder andere Mensch tauschte er zu Hause (oder im Flugzeug, was etwa auf dasselbe hinauslief) seine Lackschuhe gegen bequeme rote Homer-Simpson-Pantoffeln. Der Staatsmann trug also seine Landesfarben, das heißt einen marineblauen Anzug, eine weiße Krawatte und knallrote Filzlatschen, als er breit lächelnd die junge Französin begrüßte.

»My dear Providence, I jumped right away in my Jumbo the very moment I …«

Wie durch Zauberkraft materialisierte sich neben ihm eine Blondine mit strahlend weißem Gebiss und fing an zu übersetzen.

»Meine liebe Providence, kaum hatte ich von Ihrer Heldentat gehört, da sprang ich schon in meinen Jumbo. Eigentlich müsste ich in dieser Minute auf dem Weg nach Griechenland sein, um die Olympischen Spiele zu eröffnen, und vor allem den Wettbewerb im Kirschkernweitspucken, bei dem das französische Team, wie ich hörte, der klare Favorit ist. Stimmt es, dass ihre Sportkleidung aus einer Art Roquefort gestrickt wurde? Wo die Franzosen doch sowieso schon nicht besonders gut riechen … Das hätte ich eigentlich nicht übersetzen sollen«, sagte die Dolmetscherin, »aber ich konnte nicht anders. Well, kurz gesagt, ich wollte Sie mit eigenen Augen fliegen sehen. Was Sie hier leisten, ist schön und verdienstvoll. Geradezu phantastisch. Neil Armstrong hätte es so ausgedrückt: ›Ein kleines Armwedeln für einen Mann, äh, eine Frau, ein großes Armwedeln für die Menschheit.‹ Schade, dass eine Französin das als Erste vollbracht hat. Auch das hätte ich nicht übersetzen sollen«, sagte die Dolmetscherin, »aber ich kann es einfach nicht lassen. Ich beglückwünsche Sie im Namen der Vereinigten Staaten von Amerika. Auf Ihren ersten Flug! Hiermit überreiche ich Ihnen die amerikanische Friedensmedaille. Welche Verbindung zwischen Ihrer Tat und dem Frieden existiert? Gar keine, aber das ist die einzige Medaille, die ich noch übrig habe. Meine Schubladen sind voll davon. So viele bringe ich nie unters Volk.«

»Ich nehme an, dass Obama Sie gebeten hat, auch das nicht zu übersetzen?«

»Nein, warum?«

»…«

Barack Obama holte ein blauweißes, sternförmiges Stofffetzchen aus der Schatulle, die ihm eine anderen Blondine mit weißem Gebiss reichte, und befestigte es an Providence' Bikinioberteil. Dann küsste er sie gerührt auf beide Wangen.

»Thank you«, bedankte sich Providence. Sie fühlte sich geehrt, machte sich aber auch Sorgen wegen des zusätzlichen Gewichts.

Die beiden Men in Black packten sie erneut mit festem Griff und begleiteten sie bis zur Flugzeugtür. Dort warfen die Geheimdienstagenten Providence mit vielen guten Wünschen in die Luft, bevor sie auch nur »Geronimooooo« rufen konnte.

Providence brauchte ein paar Sekunden, bis sie in ihren Flugrhythmus zurückfand. Und als sie ihn endlich hatte, brummte schon wieder etwas in ihrer Nähe. Ein zweites Flugzeug näherte sich ihr von hinten, genau wie vor wenigen Minuten der amerikanische Flieger, nur diesmal war das Flugzeug weiß und trug die Aufschrift *Republik Frankreich* auf dem Rumpf. Das ließ nur einen Schluss zu: Die Flughäfen waren doch nicht für alle gesperrt.

Die Vordertür des Luftschiffs glitt auf, und Providence wurde von zwei kräftigen Hände gepackt. Bevor sie auch nur »hui« sagen konnte, stand sie François Hollande, dem Chef der Franzosen, gegenüber.

»Bin ich der Erste?«, fragte dieser ohne lange Vorrede.

»Ja, Herr Präsident«, log Providence.

»Gut«, schnaufte der Präsident erleichtert. »Sogar vor Obama?«

»Sogar vor Obama.«

»Super. Wissen Sie, ich bin sofort in meine Air France One gesprungen, als man mich in Kenntnis gesetzt hat.«

»Das bezweifle ich nicht, Herr Präsident.«

Wäre Providence Präsidentin von Frankreich gewesen, hätte sie sich schon vor Stunden in die Air France One gesetzt, um ihre Tochter abzuholen. Aber so war das eben, das Fußvolk musste selbst fliegen lernen und flattern wie die Hühner in Videospielen, die irgendwelche Genies erfanden.

Dem Beispiel seines amerikanischen Amtskollegen folgend, gratulierte Hollande ihr, allerdings musste er dazu nicht auf eine blonde Dolmetscherin mit weißen Zähnen zurückgreifen, und verlieh ihr den Nationalen Verdienstorden. Schwupps, und noch ein blaues Stückchen Stoff steckte an ihrem Bikini.

»Danke, Herr Präsident, ich fühle mich geehrt.«

»Was ist denn das da für ein amerikanischer Orden?«

»Was, wo?«

»Da, an Ihrem Büstenhalter.«

»Ach, das!«

»Es sieht aus wie die amerikanische Friedensmedaille! Sie haben doch gesagt, ich sei der Erste gewesen!«

Er zog ein Gesicht wie Adam am Muttertag.

»Doch, doch, Sie sind der Erste!«

»Und wie kommt dann Obamas verdammte Friedensmedaille auf Ihre Titten?«

Wenn der französische Präsident sich aufregte, hatte er diesen fatalen Hang zu einer vulgären Ausdrucksweise. Als sein Berater registrierte, dass die Situation aus dem Ruder zu laufen drohte, trat er zu seinem Chef und besänftigte ihn mit ein paar wohlgesetzten Worten.

»Bitte entschuldigen Sie, Mademoiselle Dupois. Ich bin zurzeit ein wenig nervös. Wissen Sie, meine Popularitätswerte sind bald tiefer gefallen als der argentinische Peso.«

Dann umarmte er Providence herzlich.

Und bevor sie noch *Supercalifragilisticexpialigetisch* sagen konnte, wurde die Mary Poppins von der Post von starken Armen um die Hüfte gepackt und hinaus in die Wolken befördert, die Brust stolzgeschwellt und um einen Stern am Bikini schwerer. Sie sollte nie erfahren, was der Berater seinem Präsidenten zugeflüstert hatte, um ihn zu besänftigen. Staatsgeheimnis.

Und wo wir schon bei Beratern, Präsidenten und Staatsgeheimnissen sind: Das Defilee der Politiker riss nicht ab.

Bald darauf sah man am Himmel eine regelrechte Parade von staatseigenen Boeings und Airbussen. Die Crème de la Crème der Staatsoberhäupter aus aller Welt wollte sich »die fliegende Frau« nicht entgehen lassen. Jeder wollte seinen herzhaften Händedruck und seinen Orden anbringen. Rajoy, der spanische Ministerpräsident, kam mit einem Schokoladenorden (der Krise geschuldet), Putin mit einem auf Providence ausgestellten Reisepass, falls sie die russische Staatsangehörigkeit locken sollte, und die deutsche Kanzlerin wollte unbedingt den geblümten Bikini aus der Nähe begutachten und fragte, wo es ihn in XL gebe. Die ganze Welt war außer sich vor Staunen. Und so etwas passierte ja auch nicht alle Tage. Providence hatte sich in eine Fee verwandelt, die auf den Schwingen der Liebe ihrem Kind zu Hilfe eilte.

Erst als sie wieder allein war, wurde der Briefträgerin bewusst, dass sie gerade die Großen dieser Welt kennengelernt hatte. Obama, der nach Zahnpasta roch, Putin, der nach Banknoten roch, und Hollande, der als guter Franzose nach Käse und Knoblauch roch, kamen ihr mittlerweile wie alte Bekannte vor.

Aber sie nahm nicht nur die Gerüche mit auf die Reise.

Auf ihrem Bikini prangten mehr Sterne als auf dem Skianzug eines zehnjährigen Snowboarders im winterlichen Chamonix. Sie würde Zahera so viel zu erzählen haben! Aber vielleicht war das Mädchen schon durchs Internet informiert. Dann würde sie auch verstehen, warum sich Providence verspätete. Ihr erster Tag als Mutter, und schon enttäuschte sie ihre Tochter! Was für eine Blamage!

Kurz darauf erblickte Providence das Wasser. Silberne Lichtreflexe, Millionen von Perlmuscheln. Nur wenige Kilometer lagen zwischen zwei Küstenstreifen, das war ein gutes Zeichen: Eine Meeresenge. Gibraltar. Marokko war nicht mehr weit.

Die Sonne strahlte immer noch hell und sank nur langsam herab. Sie hatte Providence wie eine treue Gefährtin geleitet und ihr nicht die Flügel verbrannt wie einst Ikarus.

Dann tauchte unvermittelt ein neuer Kontinent auf. Sie war in Marokko. Dem verheißenen Land. Providence leitete den Sinkflug ein, als wäre sie ein Flugzeug. Sie stellte sich die Ansage vor: *Bitte klappen Sie die Tische ein und bringen Sie die Rückenlehne in eine aufrechte Position*. In wenigen Minuten hatte sie Marrakesch erreicht. Ein Stück weiter im Osten lag dann das Krankenhaus, ein großes weißes Gebäude, allein und gut sichtbar auf einer ausgedehnten gelben Fläche zwischen der Wüste und den Bergen.

Aber während sie bereits die Erdoberfläche ansteuerte, sah sie vor sich ein geheimnisvoll gewölbtes Objekt.

Sie erschauerte.

Kurs ändern, dachte sie erschrocken, schnell den Kurs ändern.

Die Mönche hatten recht gehabt. Was da vor ihr lag, ähnelte einer Kochmütze und gleichzeitig einem großen Blumenkohl.

Es war zu schön gewesen, um lange zu währen.

In ihrem Übereifer, den Kurs zu ändern und der drohenden Gewitterwolke, der Zwei-Atombomben-Wolke, der Waschmaschinenwolke zu entgehen, geriet Providence in Turbulenzen, die sie auf den schroff aufragenden Gipfel eines Berges zuschleuderten, der ihr mit schwindelerregendem Tempo entgegenraste. Es war wie beim Skifahren, wenn man eine Tanne unausweichlich auf sich zukommen sieht und mit dem Hintern im Schnee landet. Am Himmel ist es ganz ähnlich.

Mit Orden behängt wie ein Kriegsveteran am 14. Juli oder ein amtierender südamerikanischer Diktator geriet sie ins Schlingern und verlor die Kontrolle. Die Eitelkeit hatte sie bezwungen.

Mit der furchtbaren Kraft einer Brandungswelle, die den Körper eines Schwimmers gegen die Steilküste schmettert, katapultierte ein Abwind die Briefträgerin in Richtung Erde. Im Spiel der Elemente war sie nur noch eine hilflose, verletzliche Stoffpuppe. Viel zu zart, um den entfesselten Kräften widerstehen zu können, drohte sie am Wipfel des ersten Baumes zu zerschellen, der pfeifend auf sie zupreschte.

Vierter Teil

Das Finale auf zwei Dromedarrücken

Wenige Kilometer entfernt führte Zahera einen erbitterten Kampf gegen eine andere Wolke. An Plastikschläuche gefesselt, schien das kleine Mädchen friedlich in einem Glassarg zu schlummern. Die Ärzte hatten sie in ein künstliches Koma versetzt, um ihr Schmerzen zu ersparen, und sie wartete auf eine Transplantation, die nicht stattfinden würde. Aller Wahrscheinlichkeit nach würden sie vergeblich warten, während Zahera langsam aus dem Leben verschwand. Sie würde immer verzweifelter um Luft ringen, und irgendwann würde ihr Atem ganz aussetzen.

In wenigen Stunden würde sie nicht mehr existieren. Sie würde den Krankensaal nicht mehr mit ihren Lachanfällen, ihrer Jugend und Lebensfreude aufmuntern. Sie würde nicht mehr spielen und ihre Hefte nicht mehr mit unglaublichen Anekdoten aus aller Welt vollschreiben. Sie würde ihren Kopf nicht mehr mit Träumen und Hoffnungen, ihre Augen nicht mehr mit Sternen und ihr Herz nicht mehr mit Liebe füllen. Ihr Körper würde nur noch einen leeren Raum füllen, eine Holzkiste, ein paar Dutzend Zentimeter lang, in einem kleinen Erdloch in der Wüste. Im Herzen ihrer neuen Mutter wäre für nichts anderes mehr Platz als für unendlichen Kummer. Zahera würde mit derselben Geschwindigkeit vergehen, mit der ein Bild auf einem Polaroidfoto auftaucht oder sich ein

Zug von dem Bahnsteig entfernt, auf dem ein über alles geliebter Mensch zurückbleibt. Sie würde nur noch in der Erinnerung anderer Menschen existieren. Nicht einmal mehr in ihrem eigenen Körper.

Sehr bald würde die kleine Prinzessin mit den schwarzen Augen brutal aus der sterblichen Hülle gerissen werden, die sie bei ihrer Geburt für ein paar Jahre als Leihgabe erhalten hatte. Ihr würde die Seele entzogen werden, mit der sie in diesen Jahren lieben, träumen, hassen, Angst haben, schwitzen und Hunger empfinden konnte, und die sie zu einem Menschen gemacht hatte. Ein Mitglied dieser interessanten Gattung, der wir als Erdbewohner angehören – seltsame, verschiedenfarbige Wesen mit Armen und Beinen, glatten oder faltigen Gesichtern, behaarten Köpfen, mehr oder weniger flachen Bäuchen, hängenden Geschlechtsteilen, trockenen oder feuchten, schmalen oder weit geöffneten Augen und klopfenden Herzen.

Ihr Körper würde nie mehr wachsen, würde nie die Küsse und Hände eines verliebten Mannes kennenlernen, keine Erotik, keinen Orgasmus, kein Alter. Er blieb ein unvollendetes Werk.

Der Mensch bekommt Kinder, damit sie stark, groß und unbesiegbar werden, damit sie erfolgreicher werden als er selbst, damit er sie aufwachsen sieht, damit sie ein langes, glückliches Leben haben – und dann sterben sie nach nur wenigen Jahren, vor ihren Eltern. Neun Monate brauchen sie, um zur Welt zu kommen, und nur eine Sekunde, um sie zu verlassen. In einem kurzen Augenblick würde die begrenzte Lebenszeit enden, die Zahera zugemessen war, und sie würde ihren Platz auf der Erde räumen müssen.

Jemand würde die Laken waschen, die Matratze ausklopfen und ihr Bett für eine neue Patientin herrichten. Als wäre nichts geschehen, als hätte sie niemals existiert. Das Leben in der Klinik würde seinen Lauf nehmen, ohne sie. Es war ungerecht, wenn man einfach so verschwand, ohne eine Spur zu hinterlassen. Noch die unbedeutendste Schnecke hinterließ etwas, und wenn es nur eine lange, klebrige Schleimspur war.

»Wenn ich sie mir so anschaue, sehe ich meine kleine Tochter vor mir«, sagte einer der beiden Ärzte, die an Zaheras Bett standen. »Und dann will ich einfach nur ganz schnell nach Hause gehen und sie in die Arme nehmen und ihr sagen, wie sehr ich sie liebe. Mir Zeit für sie nehmen. Jeden einzelnen Augenblick mit ihr genießen.«

Die beiden Männer beobachteten die flatternden Wimpern des Mädchens.

Wie die Kleine da ausgestreckt vor ihnen auf dem Bett lag, hätten sie sich nie vorstellen können, dass sie im Traum schon sehr weit weg war, auf dem Weg nach China, in einem Zug, der mit hoher Geschwindigkeit durch die Nacht raste.

Zahera öffnete ihren Rucksack. Er enthielt nur einen grünen Apfel, eine Wasserflasche, ein Schreibheft und einen Zehnerpack Mandelhörnchen, den sie aus der Küche geklaut hatte. Ziemlich magere Vorräte für eine so lange Reise. Aber sie würde sich bei nächster Gelegenheit neue besorgen. Sie war eine Kämpferin (»Die Zaheras setzen sich beherzt für ihr eigenes Glück und das der Menschheit ein!«). Zu stehlen war zwar falsch, aber manchmal rechtfertigte das Glück der Menschheit den Diebstahl eines Apfels. Allah, ihr Schöpfer, würde ihr wegen so einer Kleinigkeit bestimmt nicht böse sein.

Zahera wischte den Apfel mit den Händen sauber und biss herzhaft hinein. Der süße Saft spritzte auf ihre Lippen und überzog sie mit einem glänzenden Film. Wie gut es tat, etwas zu essen! Zahera hatte sich hastig, geräuschlos und mit leerem Bauch aus der Klinik verdrückt, während das Gebäude in tiefer Nacht lag. Sie hatte abgewartet, bis alle im Saal fest schliefen, und war dann auf Zehenspitzen in die Küche geschlichen.

Es war das erste Mal, dass sie die Klinik verließ. Das erste Mal, dass sie sich frei fühlte, dass sie gehen konnte, wohin sie wollte.

Zu ihrer großen Überraschung wartete der Orientexpress, dieser geheimnisumwitterte Zug, von dessen Existenz sie bei ihren Recherchen im Netz zufällig erfahren hatte, am Ende des langen Kiesweges, der vom Krankenhaus zur Hauptstraße führte, die sich in Schlangenlinien durch die Wüste wand. Nirgendwo hatte sie gelesen, dass der Zug in diesem entlegenen Winkel der Welt hielt, aber sie wollte es lieber gar nicht so genau wissen, aus Angst, dass er sich dann verflüchtigte. So war es ja auch viel praktischer. Sie stieg ein und setzte sich in ein Abteil, in dem ein alter, asiatisch aussehender Herr mit einer Melone auf dem Kopf mit einem Strohhalm Suppe aus einem Karton schlürfte. Der Zug war in feierlicher Stille losgefahren und hatte den unseligen Ort hinter sich gelassen.

Nun kaute Zahera an ihrem Apfel, während der Mann weiterhin gemächlich seine Suppe verzehrte. Eine einträchtige Glückseligkeit gut gefüllter, oder besser gesagt, sich füllender Bäuche breitete sich aus – während sich Zaheras Brust leerte. Denn das kleine Mädchen merkte auf einmal, dass die Wolke sie nicht mehr störte. Sie konnte plötzlich ganz normal atmen. Kein stoßweises, tiefes Darth-Vader-Röcheln mehr. Kein quälendes Schnappen nach Luft mehr, kein gespenstisches Keuchen wie aus dem Jenseits. Die Wolke hatte ihren Körper verlassen wie ein Einsiedlerkrebs sein Gehäuse.

Aus dem Augenwinkel bemerkte sie, dass der alte Herr sie über seine Brille und seinen Strohhalm hinweg betrachtete. Dann stellte er den Karton vorsichtig auf dem Nebensitz ab, tupfte sich die Lippen mit einem weißen Seidentüchlein ab, das er aus einer Geheimtasche seiner Tweed-Weste zog, und lächelte sie an.

»Wohin fährst du denn so ganz allein?«

Zahera zögerte. Aber eigentlich riskierte sie nichts, wenn sie ihm ihr Ziel verriet.

»Ich fahre mir die Sterne ansehen.«

»Glaubst du, dass dieser Zug für eine Fahrt zu den Sternen gut geeignet ist?«, fragte der Herr amüsiert. »Wäre eine Rakete nicht passender für dein Vorhaben?«

Zu Zaheras großer Überraschung sprach der Asiate arabisch. Noch dazu ein akzentfreies Hocharabisch.

»Nein, ich will den Ort besuchen, an dem die Sterne hergestellt werden.«

»Ah … die Werkstatt der Sterne? Natürlich, natürlich. Und wo befindet sie sich?«

»Man sagt *Sternenfabrik*, und sie liegt in China«, korrigierte Zahera, erstaunt über die Unwissenheit des Erwachsenen.

»China ist ein schönes Land. Dort werden zwar nicht unbedingt Sterne hergestellt, aber dafür produziert man Leute wie mich.«

»Sie sind Chinese?«

»Sieht man das nicht?«, fragte der Mann und zwinkerte Zahera zu. »Aber falls du daran zweifeln solltest …«

Er hielt ihr seine Handfläche hin. Darauf konnte sie eine Inschrift erkennen, die in die Haut tätowiert war.

»*Made in China*«, las Zahera laut.

»Das bedeutet ›in China hergestellt‹.«

»Ich weiß«, antwortete sie und verzichtete darauf, die Geschichte von Rachid zu erzählen und ihm das Stückchen Stern zu zeigen, das sie sorgsam in eine Serviette eingeschlagen mit sich trug.

»China ist ein schönes Land. Aber du trittst eine so weite Reise mit sehr leichtem Gepäck an. Hast du wenigstens Geld?«

»Nein. Nur eine kleine Wasserflasche und eine Packung Mandelhörnchen.«

Der Alte wiegte den Kopf, als fände er das bedenklich. Wusste er überhaupt, was ein Mandelhörnchen war? Er schob seine zittrige Hand in die lederne Aktentasche, die neben ihm lag, und zog ein Blatt Papier hervor, das er Zahera reichte.

»Nimm das, es müsste dir auf deiner Reise helfen. Es ist eine Zeichnung, die ich vor Jahren angefertigt habe … Ich bin in meinem Land ein anerkannter und geschätzter Künstler. Sag, dass es von mir ist, dann müsste man dir ein hübsches Sümmchen dafür geben.«

Zahera drehte und wendete das Blatt, einmal, zweimal. Es war vollkommen leer.

»Was ist das?«, fragte sie neugierig.

»Ja, siehst du das denn nicht? Das ist das Meer ohne die Schiffe.«

»Ah ...«

Da sie nicht unhöflich wirken wollte, wühlte Zahera in ihrem Rucksack und zog ein Heft hervor, aus dem sie ein Blatt herausriss, wobei sie so tat, als suchte sie es mit Bedacht aus. Sie reichte es dem Mann als Gegengabe. Er betrachtete es erwartungsvoll von vorn und hinten. Beide Seiten waren weiß wie Schnee.

»Und was ist das?«, fragte er interessiert.

»Das ist der Himmel ohne Wolken«, gab das kleine Mädchen mit einem verschmitzten Lächeln zurück. »Ich bin nicht berühmt. Es kann also nicht viel wert sein. Aber es ist ein Himmel ohne eine einzige Wolke ... Und das ist viel wert für mich, verstehen Sie ...«

In diesem Moment verkündete eine Lautsprecherstimme, dass man nun in den Bahnhof von Peking einfahre. Sie hatten die marokkanische Wüste erst seit fünf Minuten hinter sich gelassen, aber das schien niemanden zu erstaunen. Zahera schulterte ihren Rucksack und verabschiedete sich von dem Mann, der grüßend seinen Hut lüftete.

Als Zahera aus dem Zug stieg, fiel ihr ein, dass sie den Unbekannten nicht einmal nach seinem Namen gefragt hatte und deshalb aus seiner Zeichnung nicht einen einzigen Yuan herausschlagen konnte. Die teuerste leere Seite der Welt.

China sah genauso aus wie auf den Fotos, die sie sich im Internet angeschaut hatte. Peking war eine hektische, überbevölkerte Stadt voll lebhafter Farben und würziger Gerüche. China mochte das Land der Sterne sein, aber auf jeden Fall war es das Land der Fahrräder. Sie fand eines in Grün metallic, das nicht abgeschlossen war und vor einem Hof am Gitter lehnte, ließ ein Mandelhörnchen als Entschädigung zurück und stürzte sich mit der Geschicklichkeit einer Einheimischen in den dichten Verkehr.

Nach einer Weile wich der Beton grünen, wasserüberfluteten Reisfeldern. Bis zur Fabrik waren es nur ein paar Kilometer. Zahera legte die Strecke mit zehn Pedalumdrehungen zurück. Sie hatte sie gezählt. Den Weg fand sie auch ohne Reiseführer, ohne Landkarte, ohne GPS. Sie radelte, als legte sie die Strecke jeden Morgen und jeden Abend zurück.

Vor einem riesigen Gebäude, das sie sofort als Sternenfabrik erkannte, legte sie ihr Fahrrad auf der Erde ab und lief hinein. Hunderte von Chinesen, die mit kräftigen Meißelschlägen aus einem nicht identifizierbaren, anthrazitfarbenen Material perfekte Kugeln formten, drehten sich zu ihr um und begrüßten sie im Chor. Sie holten rasch einen Dolmetscher herbei, damit sie ihr die Produktionskette zeigen konnten. Große Lkws rollten im Minutentakt aus einem geheimen Steinbruch heran und luden tonnenweise Erz in eine gewaltige Schale. Ein eiserner Kiefer zermalmte das Erz, und ein Fließband transportierte das Rohmaterial zu verschiedenen Werkstätten. Dort wurden makellose Kugeln hergestellt, die die Arbeiter anschließend mit einer chemischen Substanz bestrichen, die die Sterne in der Dunkelheit hell erstrahlen ließ. »Die Farbe des Lichts, das wir verwenden, heißt A786. Man kennt sie auch vom Pkw-Fernlicht«, erklärte der Dolmetscher lächelnd. Hier lächelten überhaupt immer alle. Die Chinesen arbeiteten hart. Sie arbeiteten wie Chinesen. Ohne ein Wort der Klage meißelten sie den lieben langen Tag lächelnd Kugeln, hochzufrieden, dass das Schicksal ihnen ein Leben in diesem wunderbaren Land vergönnt hatte.

Zahera dankte ihnen, wie sie es geplant hatte, von Herzen dafür, dass sie bei Einbruch der Nacht in ihrem fernen Wüstenland den Himmel illuminierten. Dass sie ihr Volk illuminierten. Und sie schenkte dem Mann, den sie für den Chef der Chinesen hielt, die Zeichnung des Alten mit der Suppe. *»Das Meer ohne Schiffe«*, erklärte sie, aber der Mann schien nichts damit anfangen zu können. »Macht nichts«, sagte sie versöhnlich, »die Zeichnung ist jedenfalls Millionen wert.« Da verneigte sich der Chef der Chinesen ehrerbietig und steckte das leere Blatt wie einen kostbaren Schatz in die Innentasche seines schwarzen Anzugs.

Sie setzten die Besichtigung fort.

In der vorletzten Werkstatt wurde den Sternen mit Stempel und Hammer und einem kurzen, kräftigen Schlag das berühmte *Made in China* eingeprägt, das Zahera zur Fabrik geführt hatte. Doch die letzte Etappe war bei weitem die interessanteste, denn hier wurden die leuchtenden Kugeln ins Weltall geschossen, von wo aus sie die Erde erleuchteten. Damit sie den Vorgang aus der Nähe betrachten konnte, lud der Dolmetscher Zahera ein, mit einem Stern in den Armen in einer der gigantischen Kanonen Platz zu nehmen, die auf den Himmel gerichtet waren. Und im Handumdrehen – so schnell kann man gar nicht darüber schreiben – sauste das Mädchen mit ihrem Stern in den Armen durchs All.

Sie hatte keine Zeit, den Anblick des fernen blauen Planeten zu genießen. Eine Hand packte sie von hinten und zog sie in ein Gebilde, das sie als die Internationale Raumstation erkannte. Auf einmal steckte sie in einem Raumanzug und schlug Purzelbäume in der Schwerelosigkeit, um herumfliegende Kochtöpfe einzufangen. Dies war der einzige Ort im Universum, wo ihre Zöpfe nach oben zeigten, wie die von Pippi Langstrumpf.

Zahera blickte durch das beschlagene Sichtfenster ihres Backofens. Sie hatte noch nie ein so hohes Soufflé gesehen. Dann schlug sie zwei Eier in einen Topf, den sie am Henkel erwischt hatte, löste das Eigelb heraus und fing an, das Eiweiß zu schlagen. In Sekundenschnelle hatte sich der Eischnee zu einem Berg aufgetürmt. Eine schaumige Insel wuchs über den Rand des Behälters hoch und sah aus wie ein altmodischer Zylinder.

»Morgen beginnt der Ramadan«, sagte ein Raumfahrer, der zu Zahera herangeschwebt war.

Das Mädchen drehte sich um und sah einen Araber in einem orangeroten Anzug, der charmant grinsend in ihr Gebäck biss.

»Ich lege Reserven an«, rechtfertigte er sich. »Glückwunsch, das schmeckt sehr lecker!«

»Wer sind Sie?«

»Ahmed Ben Boughouiche, der erste marokkanische Raumfahrer, zu deinen Diensten! Du musst Zahera sein, wenn ich mich nicht irre, die erste Weltraumbäckerin ...«

Zahera richtete sich stolz auf – ein schwieriges Kunststück in der Schwerelosigkeit.

»Stimmt, das bin ich. Aber ich nenne mich lieber Weltraumkonditorin oder Marokkonautin. Im All wird also der Ramadan auch eingehalten?«

»Natürlich«, erwiderte der Mann und setzte zu einem Luftsprung an.

Mit ein paar Schwimmzügen hatte er ein Regal erreicht, an dem mit Klettband ein schmales, gelb-schwarzes Büchlein mit dem Titel *Weltraum-Ramadan für Dummies* befestigt war.

»Schau mal, dieses Büchlein hat mein Leben verändert«, sagte er. »Es ist mein bester Weltraumgefährte geworden.«

»Ah ja?«

»Ich hätte nie gedacht, dass ich mich eines Tages vor der Gebetszeit fragen müsste, wie man sich nach Mekka ausrichtet … in einer Raumstation!«

»…«

»Und hast du schon mal versucht, dich in der Schwerelosigkeit hinzuknien?« Der Mann strich sich eine Haarsträhne aus dem Gesicht und zeigte eine alte Narbe. »Mein Kopf hat schon mit jeder scharfen Metallkante in dieser Konservendose Bekanntschaft geschlossen«, fuhr er fort. »Woraus folgt, dass man so eine Broschüre wirklich braucht. Mein bester Weltraumgefährte, wie gesagt.«

»Und könnte ich eventuell Ihre beste Weltraumgefährtin werden?«, fragte Zahera.

»Das hängt allein von dir ab.«

»Von mir?«

»Von dir und deiner Wolke. Natürlich bist du hier willkommen und kannst in der Station bleiben, solange du willst, besonders wenn du mir so leckere Desserts bäckst. Aber ganz unter uns gesagt, mir wäre es lieber, wenn du kämpfen würdest, Zahera, und diese Wolke tief in dir drinnen plattmachst und aus dem Koma aufwachst …«

In diesem Moment drang dreihundertfünfzig Kilometer unter ihnen in einem marokkanischen Provinzkrankenhaus aus einem Gerät, das neben einem schlafenden Mädchen stand, ein anhaltender Pfeifton, bei dem die beiden Ärzte an ihrem Bett erschrocken auffuhren; der schrille Ton schallte durch die Klinikflure und pflanzte sich schließlich wie ein böses Omen auf der ganzen Welt fort.

Position: Irgendwo zwischen Wüste und Himmel (Marokko)
Herz-O-Meter: 15 Kilometer

Intensiver Knoblauchgestank riss Providence aus ihrer Lethargie und attackierte ihre Nase bis zur Grenze des Erträglichen. Sie konnte nichts dagegen tun. Der widerliche Geruch, den sie so hasste, drängte sich wie ein schriller Weckton in jede noch so winzige Hautpore. Ein Eimer Wasser über den Kopf hätte nicht schneller gewirkt.

Reflexartig wollte sie sich vergewissern, dass die kleine Phiole, die ihr der Pater Superior gegeben hatte, noch zwischen Bikinihose und Haut steckte. Sie versuchte sich zu bewegen, aber ihre Hände klemmten fest, wie von einer unsichtbaren Macht gefangen. Hatte sie sich bei dem Sturz etwas gebrochen oder die Schulter ausgerenkt? Nein, ein Seil schränkte ihre Bewegungsfreiheit ein. Jemand hatte ihr die Hände im Rücken an einen Pfahl gefesselt, der im Wüstenboden steckte. Providence schloss die Augen und öffnete sie nach ein paar Sekunden wieder. Dadurch löste sich der feine Tränenfilm, der ihr die Sicht versperrt hatte. Nein, sie träumte nicht. Sie saß wirklich auf dem Gipfel eines Berges, der Mond war noch nicht aufgegangen und … sie war von Berbern gekidnappt worden.

»Berber!«

»Schlöh!«, verbesserte sie der Mann, der vor ihr hockte und ihr seinen Dromedaratem ins Gesicht blies. »Unser Volk bewohnt die ganze Gegend, vom Hohen Atlas bis zur Sous-Ebene.«

Ihr ausgeprägter Geruchssinn sagte der jungen Frau, was sich der wilde Geselle zuletzt einverleibt hatte – ein Lammragout mit Kräutern und Paprika, etwas Zitronensaft, Datteln, einen Minztee … einen Ziegenhintern. Schon verrückt, was einem der Mundgeruch alles über Menschen verriet.

»Schlau?«, fragte Providence entgeistert. Schlau sah der Typ da vor ihr eigentlich nicht aus.

»Schlöh«, wiederholte der Mann.

Hinter ihm ragten ein paar Lederzelte auf. Außer ihm war weit und breit keine Menschenseele zu sehen. Keine besonders erfreuliche Situation.

»Warum bin ich gefesselt?«, beschwerte sich Providence ungehalten und zerrte an den Stricken, mit dem Erfolg, dass sie sie nur noch fester einschnürten.

Der Mann fuhr sich mit dem Finger über seinen Dreitagebart und leckte sich schmatzend die Oberlippe.

»In diese Gegend verirren sich nicht oft so hübsche Gazellen …«

Oh nein! Erst die Blinddarmentzündung, und jetzt das! Ihre zweitgrößte Angst war Realität geworden: eine Entführung. Vor jeder Reise, die sie allein antrat, konnten es sich die Menschen in ihrer Umgebung nicht verkneifen, sie vor den »Mädchenhändlern« zu warnen, die in den barbarischen, unzivilisierten Ländern, in denen Providence unvorsichtigerweise unterwegs war, ungestraft ihr Unwesen trieben. In Thailand und in den arabischen Ländern, so wurde sie gewarnt, sollte sie die Umkleidekabinen großer Kaufhäuser meiden, weil dort mit Watte und Chloroform bewaffnete Bösewichter lauerten, die sie betäuben und in eine Kiste packen und damit die Erfolgsstatistik der Mädchenhändlerringe aufpolieren wollten. In Marokko waren es die Berge, die man nie allein bereisen durfte, wegen der Wüstenräuber, die Frauen einfingen, vergewaltigten und an den Erstbesten verkauften, der ihnen Kamele im Tausch bot (die Anzahl der Kamele wurde proportional zur Schönheit der Entführten berechnet, beziehungsweise umgekehrt proportional zu ihrem Charakter – je mehr davon, desto billiger). Jeder wusste doch, dass es auf den Sklavenmärkten von Blondinen auf High Heels nur so wimmelte, die auf die dumme Idee gekommen waren, während der Busfahrt nach Quarzazate bei einer Pinkelpause hinterm Busch zu verschwinden.

Providence war in den Vorhof der Hölle geraten, das heißt, in eines der behelfsmäßigen Camps, in dem einsame, deprimierte Männer schon sabberten, wenn sie auch nur einen dreckigen Ziegenhintern sahen. Sie wagte es sich nicht auszumalen, was der Anblick einer hübschen jungen Frau im Bikini auslöste, die in der Wüste eine Bruchlandung hingelegt hatte.

»Was haben Sie mit meiner Phiole gemacht?«, fragte sie, um die Aufmerksamkeit des alten Perverslings von sich abzulenken, der sie mit den Augen verschlang.

»Der Phiole?«

»Ja, das Fläschchen, das hier gesteckt hat.«

Sie deutete mit dem Kinn auf ihre Bikinihose, dorthin, wo sich ihre schmale Blinddarmnarbe befand, und im nächsten Moment wurde ihr klar, dass das nicht gerade die beste Methode war, den Alten von sich abzulenken. Gleichzeitig fiel ihr auf, dass sie keinen der zahlreichen Orden mehr trug, die die Staatschefs ihr ans Oberteil geheftet hatten. Vermutlich hatten sie sich beim Absturz gelöst. Und die Orden, die nicht abgerissen waren, lagen inzwischen bestimmt in den Kamelledertaschen der Wüstenräuber, die nach allem gierten, was glitzerte.

»Vergessen Sie die Phiole. Sind Sie allein hier?«, fragte sie schnell.

Nun redete sie schon mit ihm wie mit einem neuen Facebook-Freund! Gleich würden sie über das Wetter plaudern oder über die Benzinpreise, die beiden Lieblingsthemen der Franzosen.

»Ich war mit den anderen auf der Jagd, aber dein Geruch hat mich zu dir geführt, meine schöne Gazelle. Man könnte sagen, ich habe das Abendessen vor den anderen gefunden ...«

Der Mann legte Providence eine Hand auf die Schulter und schob die andere Hand unter den Träger ihres Bikinioberteils. Providence wehrte sich nach Kräften, aber die Fesseln waren zu fest gezurrt und der Mann hatte kräftige Finger. Sie versuchte wegzufliegen, aber ihr Gesäß rührte sich keinen Millimeter vom staubigen Boden. War es eine Frage der Konzentration? Konnte sie deshalb die Arme nicht bewegen? Um den Pfosten anzuheben, der tief in der Erde steckte, hätte sie viel mehr Kraft gebraucht, als sie hatte. Und um Hilfe zu rufen, nützte gar nichts. Das war schon am helllichten Tag in einer rappelvollen Metro sinnlos – und hier in der Wüste erst recht. Keine Chance, das Spiel war von vorneherein verloren.

Die Augen des Mannes leuchteten auf, als er die Brüste der schönen Gazelle entblößt hatte. Er hob sie mit seiner rauen, rissigen Hand an, als ob er sie wiegen wollte, und wirkte sichtlich zufrieden mit ihrer geringen Größe und ihrem Gewicht, ihrer Beschaffenheit und Wärme. Er schien nur noch einen Gedanken zu haben: sie in den Mund stecken.

Er beugte sich zu Providence vor.

Diese merkte überrascht, dass es nicht der Wüstensohn war, der den unerträglichen Knoblauchgestank verbreitete. In dem Bouquet der Gerüche, die der Haut des Mannes entströmten, erschnupperte sie zweifelsfrei Spuren von Exkrementen, Käse, Pfeffer, Holzfeuer und Ziege. Aber keinen Knoblauch.

»Ich glaube, ich werde mich verlieben«, feixte der Mann.

Und mit diesen Worten kippte er mit seinem ganzen Körpergewicht gegen Providence, aber nicht von der Liebe gefällt, sondern von einem heftigen Schlag auf den Hinterkopf.

Hinter dem wüsten Burschen, der zu Providence' Füßen zusammengebrochen war, stand ein anderer Mann.

Ein Mann, der weder wüst noch ein Wüstensohn war.

Ein Mann, dem sie viele Male die Post gebracht hatte.

Der Mann, der ihr Herz in Aufruhr versetzt hatte.

Vor ihr stand Léo, aufrecht, groß und siegreich, eine schwere Tajine in den Händen.

»Voilà, eine Tajine für den Herrn!«, rief er, als wäre er der Kellner in einer französischen Brasserie.

Dann ließ er das Keramikgefäß fallen, mit dem er den Marokkaner niedergeschlagen hatte.

»Ich glaube, den hat's wirklich schwer erwischt«, sagte Providence mit einem Blick zu dem Schlöh.

»Ja, mindestens für eine gute halbe Stunde«, ergänzte der Fluglotse, während er vor Providence niederkniete und verschämt den Träger ihres Bikinioberteils hochschob.

Dann trat er hinter sie und befreite sie von ihren Fesseln.

»Was machst du überhaupt hier, Léo?«, fragte sie. In ihrer Verblüffung duzte sie ihn einfach.

Er hatte ihr immerhin das Leben gerettet. Sie waren sich also ein ganzes Stück nähergekommen.

Und als er hörte, wie ihn seine Briefträgerin zum ersten Mal »Léo« nannte, überlief es den jungen Mann heiß und kalt.

»Aber sie hat ja recht«, sagte der Friseur. Sein Gesicht war ein einziges Fragezeichen. »Was haben Sie denn dort gemacht? Wie hat es Sie mitten in die marokkanische Wüste verschlagen?«

Ich zögerte.

»Exakt diese Frage hat mir Zahera auch gestellt. Wenn auch anders formuliert.«

»Zahera?«

»Ja, das kleine Mädchen, das Providence abholen wollte.«

»Ich weiß, wer Zahera ist, Sie erzählen mir schließlich seit einer Stunde von ihr. Aber wo kommt sie denn jetzt plötzlich ins Spiel?«

»Ehrlich gesagt, sind Sie die zweite Person, der ich das alles erzähle. Die erste war Zahera.«

»Aha. Und?«

Der vorwurfsvolle Blick des Friseurs ließ mich erst einmal verstummen.

»Nichts ›und‹«, antwortete ich schließlich.

»Wenn das so ist, komme ich auf meine Frage zurück: Was hat Sie in die Wüste verschlagen?«

»Das hätte ich vielleicht schon früher erwähnen sollen, aber ich wollte den Überraschungseffekt nicht verderben.«

»Ich will keinen Theaterdonner, Monsieur Masche ...«

»Mein Name ist Machin«, unterbrach ich ihn.

»Ich will die Wahrheit. Das habe ich schon mal gesagt. Die Wahrheit und nichts als die Wahrheit.«

»Gut. Ich war halt einfach da.«

»Was soll das heißen – ›ich war halt einfach da‹? Zweitausend Kilometer von Orly entfernt?«

»Ich bin hingeflogen.«

»Aber alle Flugzeuge mussten am Boden bleiben.«

»Nicht alle. Denken Sie an die Präsidentenmaschinen.«

»Sie sind in der Air France One mitgeflogen?«

»Nein, nein.«

»Dann mit der Air Force One? Mit Obama?«

»Nein!«

»Sie wollen mir doch nicht weismachen, dass Sie in der Maschine von Putin saßen!«

»Stopp! Genug damit! Das hier ist kein Ratespiel. Ich saß in keinem dieser Flugzeuge. Ich habe mein eigenes genommen. Eine kleine, zweimotorige Cessna, eine alte Mühle, ein Schnäppchen, das ich mir zur bestandenen Pilotenprüfung gegönnt habe. Üblicherweise drehe ich damit am Wochenende oder in den Ferien ein paar Runden, um Abstand von den Alltagsproblemen zu bekommen. Schon verrückt, wie schnell man da oben seine Probleme vergisst. Ich nehme an, dass Providence genau dasselbe empfand, als sie zwischen den Wolken herumgeflattert ist. Es muss phantastisch gewesen sein.«

Der Friseur schlug sich mit der Handfläche gegen die Stirn, als sei ihm gerade etwas Wichtiges eingefallen.

»Aber wenn Sie ein Flugzeug besitzen, warum haben Sie Providence nicht gleich nach Marokko gebracht?«

»Weil wir uns bisher in der Realität befanden. In der

handfesten Realität, meine ich. Ich habe doch keine Sekunde lang geglaubt, dass sich Providence allein durch die Kraft ihrer Arme in die Lüfte schwingen könnte. Versetzen Sie sich in meine Lage.«

»Meinetwegen. Dann tauschen wir aber auch das Gehalt …«

»Eine junge Frau kommt in den Kontrollturm und bittet mich, sie nach Marrakesch zu bringen, und ich antworte: ›Oh ja, kein Problem, warten Sie, ich hole nur rasch die Schlüssel.‹ Bleiben Sie doch mal für zwei Sekunden ernst. Ich konnte ja wohl auf keinen Fall gegen das Gesetz verstoßen und mich über die Luftraumsperre hinwegsetzen.«

»Aber dann haben Sie es doch gemacht.«

»Die Angelegenheit hat eine ganz neue Dimension bekommen, als ich gesehen habe, wie Providence in die Luft flog. Es war mir vergönnt, dieses unglaubliche Ereignis mit eigenen Augen zu sehen. Und ich kann Ihnen versichern, dass dabei kein Kabel, kein Kran und keine anderen Tricks im Spiel waren. Providence flog tatsächlich wie ein Vogel am Himmel. Wie ein täppischer Vogel, zugegeben. Ein Huhn zum Beispiel. Da hat es in meinem Kopf ›klick‹ gemacht. Es gab keine Vorschriften mehr, kein Verbot, keine Vorgesetzten. Nichts mehr. Die Geschichte war viel zu wichtig geworden, als dass ich unbeteiligt danebenstehen konnte. Ich war gerade Zeuge einer einmaligen Episode in der Entwicklungsgeschichte der Menschheit geworden. Denken Sie an das, was Obama gesagt hat: ›Ein kleines Armwedeln für eine Frau, ein großes Armwedeln für die Menschheit.‹ Zum ersten Mal ist ein menschliches Wesen ganz von selbst geflogen, vergessen Sie das nicht! Direkt vor meinen Augen! Beziehungsweise über ihnen.

Als sich meine Verblüffung etwas gelegt hatte und Providence nur noch ein kleines schwarzes Pünktchen am Himmel war, meldete sich mein Herz zu Wort, und ich bekam Angst, sie zu verlieren, Angst, dass ich sie gerade zum letzten Mal gesehen hatte. Das war der Moment, in dem ich begriff, dass ich mich in sie verliebt hatte. Innerhalb weniger Sekunden. Wie ein Teenager. Da habe ich, ohne weiter darüber nachzudenken, die Cessna aus dem Hangar geholt und bin losgeflogen. Ich habe niemanden um Rat oder Erlaubnis gefragt. Ich war bereit, alle Konsequenzen zu tragen. In gewisser Weise war ich durch die schiere Ungeheuerlichkeit des Unternehmens geschützt. Ich bin meiner kleinen Wolkenfliegerin in einigem Abstand gefolgt. Ich dachte mir, dass sie mich vielleicht noch brauchen würde, und wenn ihr irgendetwas zustieß, war ich da und konnte ihr helfen. Radrennfahrer haben schließlich auch ihren Versorgungswagen, der in der Nähe bleibt, und Regattasegler ihre Begleitboote. Ich habe die ganze unglaubliche Reise aus der Entfernung mitbekommen. Den Heißluftballon, das Defilee der Präsidentenmaschinen. Alles. Kurz vor den Pyrenäen habe ich Providence' kurze Zwischenlandung auf der Erde dazu genutzt, selbst auch einen Boxenstopp einzulegen. Meine kleine Mühle hat zwar einen ordentlichen Aktionsradius und hätte die Reise ohne Unterbrechung bewältigt, aber mein Tank war beim Start nicht voll gewesen. So weit fliege ich normalerweise nicht! Danach bin ich wieder losgeflogen. Da ich den Zielort kannte und an jenem Tag nur Providence am Himmel unterwegs war, fiel es mir nicht schwer, sie nach ein paar Kilometern wiederzufinden. Außerdem reflektierten die vielen Orden das Licht, sodass sie bei jeder Bewegung leuchtete wie eine kleine Sonne. Alles ging gut, bis wir über Marokko in einen Sturm gerieten. Als ich sah, dass Providence in die Gewitterwolke flog, drückte ich aufs Gas, weil ich ihr so schnell wie möglich zu Hilfe eilen wollte, und achtete nicht auf die Sturmböe, die auf mich zu fegte.

Es dauerte ein paar Minuten, bis Léo wieder zu sich kam und sich daran erinnerte, wie er hierher gekommen war, die Hände noch am Steuerknüppel, im rauchenden Cockpit seiner Cessna 421C, die mit zerquetschter Nase im lockeren Gebirgsboden steckte.

Er rief sich die letzten Bilder vor dem Crash ins Gedächtnis: Providence, die von der Gewitterwolke umhergeschleudert wird und wie ein Stein zur Erde fällt. Er schaute sich um, aber von der jungen Frau fehlte jede Spur. Ihr Absturz musste sich in ein paar Kilometern Entfernung ereignet haben. Weil er befürchtete, das Flugzeug könnte in Flammen aufgehen, befreite er sich schnell aus den Trümmern und kletterte aus dem Cockpit. Seine Kleider waren zerrissen und blutbefleckt, aber er hatte sich nichts gebrochen. Es war ein Wunder! Verirrt in der marokkanischen Wüste, tausend Meilen von zu Hause entfernt, die beiden Propeller seiner Cessna nur noch Schrott, war in seiner Phantasie auf einmal ein kleines blondes Kerlchen im Mantel eines Kaisers aufgetaucht, das ihn bat, ihm ein Schaf zu zeichnen.

In Wirklichkeit tauchte dagegen ein kleiner dunkelhaariger Marokkaner in Berberkleidung auf, die aus abgerissenen Fetzen und Sandalen bestand. Eine nordafrikanische Spielart des Kleinen Prinzen.

»Ich heiße Qatada und gehöre zum Stamm der Schlöh Nummer 436«, stellte der Junge sich vor. Dass ein Schwarzer in dieser Wüstengegend aufkreuzte, schien ihn sehr zu befremden. »Kommst du aus dem Draa-Tal wie alle Abkömmlinge der Sklaven im Süden von Marokko?«

»Ganz und gar nicht. Ich heiße Léo und bin Fluglotse in Paris.«

Qatada starrte ihn verständnislos an.

»Ich weiß nicht, was du meinst, aber es ist keine Schande, von Sklaven abzustammen. Es gibt keinen König, der nicht einen Sklaven unter seinen Vorfahren hätte, und keinen Sklaven, der nicht einen König unter den seinen hätte.«

»Hübsch ausgedrückt, mein Junge, aber weißt du, mein Urgroßvater war Steuerinspektor in Pointe-à-Pitre und mein Großvater Wurstverkäufer. Versklavt wurden sie höchstens von ihren Ehefrauen! Zwei tolle Frauen übrigens!«

Der Junge war mindestens so verdattert wie ein Pinguin auf den Antillen.

»Ich bin auf der Jagd«, sagte er, um das Gespräch wieder auf vertrauteres Terrain zu bringen. »Ich habe mich von den Erwachsenen entfernt, um der Spur eines *souffli* zu folgen.«

Bei diesen Worten schwenkte er seinen langen Jagdstock.

»Ein Soufflé?«

»Ja. Er ist da lang. Ich befürchte, dass es sich verdünnisiert hat.«

Das Risiko bestand allerdings bei einem Soufflé. Je mehr er sich aufblähte, desto größer war die Gefahr, dass es sich am Ende verdünnisierte.

»Und was machst du hier?«, fragte der Junge.

»Ich … Du hast nicht zufällig eine Frau gesehen?«

»Eine Frau?«

»Ja. Frauen sehen aus wie wir, nur haben sie keinen Schnurrbart«, erklärte Léo, der der Polizistin von Orly nie begegnet war. »Eine Frau mit weißer Haut und braunen, sehr kurzen Haaren … im Bikini.«

»Du brauchst sie mir nicht zu beschreiben. Es gibt hier keine Frau. Was ist ein Bikini?«

»Ein Badeanzug für Frauen.«

»Was ist ein Badeanzug?«

»Äh, man könnte es auch einfacher ausdrücken: Sie ist fast nackt. Nackt, das verstehst du, oder?«

Der Junge grinste. »Eine nackte Frau? Wenn hier in der Gegend eine nackte Frau aufgetaucht ist, entkommt sie Aksim nicht! Er riecht sie zehn Kilometer gegen den Wind. Wie die Ziegen!«

Qatada hatte schöne Zähne und ein hübsches Grübchen auf der rechten Wange.

»Das ist ja sehr charmant … Und wo finde ich diesen Maxim, der Frauen und Ziegen kilometerweit gegen den Wind riecht?«

»Aksim? Der bewacht das Lager. Er ist ein Faulpelz, der nicht arbeitet. Papa nennt ihn einen Parasiten. So was wie eine Laus. Sie finden ihn da drüben hinter den Büschen.«

Der Junge zeigte auf einige Wüstensträucher. Dann hob er grüßend die Hand, um nicht noch mehr Zeit mit dem Unbekannten zu vergeuden, und verschwand zwischen den Sanddünen, wo er die Suche nach seinem Soufflé fortsetzte.

So war Léo in das Lager der Schlöh gelangt und hatte

Providence gerettet, indem er die Tajine, die er in einem der Zelte gefunden hatte, einer neuen Bestimmung zuführte.

Zum zweiten Mal in ihrem Leben küsste die junge Briefträgerin den schönen Fluglotsen. Aber diesmal auf die Lippen. Sie blickte ihn so intensiv an, als ob ihre Augen eine Kamera wären und sie diesen Moment für immer festhalten wollte. Ihr Herz klopfte so schnell, dass es alle olympischen Geschwindigkeitsrekorde brach. »Mein Held«, murmelte sie, auch wenn das etwas abgeschmackt klang und an kitschige Filmdialoge erinnerte. Aber das hier war kein Film. Es war ihr Leben. Ein einzigartiger Augenblick, den man auskosten musste, der ins Album für unvergessliche Augenblicke gehörte. Dann überließ sie sich ganz Léos wunderbarer Umarmung und erwiderte seinen unendlich zärtlichen Kuss. Sie versank in seinem Duft nach Güte und Marseiller Seife. Und dem verdammten Knoblauchdunst, den sie einfach nicht mehr loswurde und der sie immer und überallhin begleitete.

Die Phiole mit dem Wolkizid war in tausend Stücke zerbrochen, und die ausgedörrte Erde hatte das Lebenselixier aufgesogen. Vielleicht hätte die kostbare Flüssigkeit bei Zahera ja gar nicht gewirkt. Oder sie hätte sie geheilt. Nun würde das nie jemand erfahren. Beim Aufprall waren mehrere Glassplitter tief in Providence' Haut eingedrungen, ungefähr auf Höhe ihrer Blinddarmnarbe.

Die Chancen, Zahera zu retten, schwanden zusehends.

So wie das Tageslicht, das sanft verdämmerte. In einer Stunde ging der Mond am Himmel auf, und Providence hatte ihr Versprechen nicht gehalten.

Kraftlos saß sie auf einer staubigen Bergkuppe irgendwo in Marokko. Am Morgen hatte sie in ihrem hübschen Pariser Vorort den Müll runtergebracht und war mit der Metro zum Flughafen gefahren. Wie seltsam das Leben doch war! Sie blickte sich um und sah nur Sand und Felsen. Sie mussten sich unbedingt auf den Weg machen. Noch nie war sie Zahera so nah und gleichzeitig so fern gewesen. Sie fühlte, wie Zaheras Atem durch das Tal wehte. Und während sie in Erwägung zog, sich wie ein Mehlsack den Hang hinunter rollen zu lassen, trug der Wind ihr aus der Ferne Stimmen zu. Männerstimmen, die Arabisch sprachen und unter Gelächter näher kamen. Providence warf einen erschrockenen Blick zu Léo hinüber, der sich für Robinson Crusoe zu halten schien und ein paar Meter weiter aus einem Holzstab eine Lanze fabrizierte.

Sollte es Aksims Stamm sein, der da anrückte, waren sie verloren. So geschwächt, wie sie durch ihre Bruchlandungen waren, würden sie sich nicht lange wehren können. Sie würden der gnadenlosen Rache des alten Arabers mit dem Dromedaratem zum Opfer fallen. Er würde Léo, seinen Angreifer, ohne Zögern umbringen. Und er würde dazu keine Tajine verwenden.

Kurz darauf tauchten zehn Reiter auf Dromedaren auf, die Djellabas und Turbane trugen (die Reiter, nicht die Dromedare). Die spärliche Vegetation bot kein ausreichendes Versteck, schon gar nicht vor den Blicken von Männern, die seit Tausenden von Jahren die Jagdkunst meisterlich beherrschten.

Als sie die hübsche Europäerin im Bikini erspähten und neben ihr einen Nomaden aus dem Draa-Tal, der wie ein Europäer gekleidet und mit einer Lanze bewaffnet war, glaubten die Nomaden an eine Fata Morgana, wie man sie häufig in der Wüste antrifft – trügerische Halluzinationen, die ihnen ein X für ein U vormachten und Oasen vorgaukelten, wo Sanddünen in der Sonne glühten. Oder umgekehrt.

Der erste Reiter hob die Hand und brüllte irgendetwas. Die Karawane hielt an. Providence musterte sie angespannt, ob irgendwo der widerliche alte Aksim hockte. Aber sie entdeckte ihn nicht. Léo wiederum hielt Ausschau nach Qatada, entdeckte den Jungen aber auch nicht. Es bestand also Hoffnung, dass es sich nicht um Stamm Nummer 436 handelte.

Und so machten Providence und Léo sehr erleichtert die

Bekanntschaft des ehrenwerten Schlöh-Stammes Nummer 508.

Kaum hatten die Männer von dem Zwischenfall mit Stamm Nummer 436 erfahren, brannten sie darauf, mit den Barbaren abzurechnen, die sich auf Touristen stürzten und so ihrem Image schadeten. Kein Wunder, dass die Berber in amerikanischen Filmen als primitive, hirnlose Widerlinge dargestellt wurden!

»Ich kenne diesen Nichtsnutz von Aksim gut, diesen Hundesohn!«, schimpfte Lahsen, der Chef des Clans.

Providence gefiel der Name des tapferen Anführers. Er klang nach einem schwedischen Krimiautor.

»Es wäre mir eine Freude, ihm für immer das Maul zu stopfen.«

Aber Providence riet dem Clanchef davon ab. Nicht weil sie eine abwegige Form von Mitleid für ihren Aggressor empfunden hätte (wäre das dann das Stakhalam-Syndrom, die marokkanische Spielart des Stockholm-Syndroms?), sondern weil die Zeit drängte. Sie musste so schnell wie möglich zu Zahera in die Klinik.

Es käme nicht in Frage, erklärte Lahsen, dass er sie in der Wüste und den Bergen allein ließe, seine Männer und er würden sie bis vor die Tore der Stadt geleiten. Natürlich wollte er sein schönes, ehrenhaftes, mächtiges und stolzes Volk in den Augen der beiden Franzosen rehabilitieren. Man konnte sie doch nicht mit dem Eindruck heimkehren lassen, den ihnen die falschen Schlöh vermittelt hatten. Er klatschte in die Hände, und Providence wurde in eine kunstvoll mit Goldfäden bestickte Djellaba gehüllt, die sie gegen den kühlen Wind schützte. Der Anführer hatte mächtige Schultern, Glutaugen, eine gebräunte Haut und die Hände eines kultivierten Mannes. Wäre er nicht ein stolzer Wüstensohn gewesen, so hätte er jederzeit als Skilehrer durchgehen können.

»Ich hoffe, Sie ziehen aus diesem Erlebnis keine falschen Schlüsse«, sagte er. »Nicht alle Schlöh sind Hunde wie Aksim.«

»Ach, wissen Sie, Mistkerle gibt es überall«, erwiderte Providence. »Bei mir auf der Post ist das auch nicht anders.«

»Und bei mir im Tower von Orly auch nicht. Viele Kollegen sind ganz okay, aber mein Chef ist ein echter Blödmann.«

Lahsen kannte weder Providence' Postamt noch den Tower von Orly, aber er verstand, was sie meinten. Nach dieser Begegnung war die Ehre der Seinen gerettet.

»Machen wir uns auf den Weg«, sagte er und klatschte erneut in die Hände.

In diesem Moment ging wie auf Befehl die Sonne unter.

So saßen Léo und Providence kurze Zeit später auf den Höckern von zwei Dromedaren, die durch die Wüste in Richtung Klinik trotteten. Dafür, dass es ihr erster Ritt war, hielten sie sich nicht schlecht.

»Das ist alles so bizarr, ich kann es immer noch nicht fassen«, sagte der Fluglotse auf seinem schlingernden Wüstenschiff, als sie an den rauchenden Überresten seines kleinen Flugzeugs vorbeischaukelten. »Bis hierher bist du geflogen, was für eine verrückte Geschichte! Ich wüsste zu gern, wo du das gelernt hast, woher du …«

»Du wirst es nicht glauben, aber das habe ich einem chinesischen Piraten, einem senegalesischen Fan von abgepackten Sandwiches und ein paar Mönchen aus Versailles zu verdanken …«

»Du musst mir unbedingt alles erzählen! Auf jeden Fall hast du dein Ziel erreicht, Providence. Du kannst stolz auf dich sein. Ich bin es! Und außerdem hast du mir das Leben unter einem neuen Blickwinkel gezeigt. Ich weiß nicht, wie das alles für dich ausgehen wird. Oder für mich.« Er stellte sich den Anpfiff seines Chefs vor, der ihm bei seiner Rückkehr blühte. »Aber wenn es nötig werden sollte, dich vor skrupellosen Wissenschaftlern zu retten, die dich schnappen und in ein Beobachtungslabor sperren wollen, bin ich der Richtige.«

»Mein Ziel werde ich erst erreicht haben, wenn ich Zahera in die Arme schließe und wir zusammen dieses zweifellos wunderschöne, aber auch höllische Land verlassen haben und auf dem Weg nach Paris sind.«

Und außerdem bist du der Richtige, hätte sie gern hinzugefügt. Aber dazu war sie zu schüchtern. So begnügte sie sich mit einem Lächeln. Hoch oben auf seinem Dromedar sah Léo aus wie ein Wüstenscheich. Balthasar. Ein Weiser aus dem Morgenland, schön und majestätisch, aber einer von heute, in Lacoste-Poloshirt und Jeans. Léo lächelte zurück. Die Sonne versank in seinen Augen.

Position: Krankenhaus Al Afrah (Marokko)
Herz-O-Meter: 10 Meter

Die erste Person, die Providence an der Tür zum Frauensaal begegnete, war ein Mann. Rachid, der Krankengymnast. Er war der einzige Mann, der auf dieser Etage geduldet wurde, weil er als kleiner Junge während einer Rauferei ein Nagelbrett zwischen die Beine bekommen hatte, was ihn von heute auf morgen in ein modernes Pendant der Palasteunuchen aus *Tausendundeiner Nacht* verwandelt hatte.

Léo hatte sich aussuchen dürfen, ob er im Erdgeschoss bleiben oder im zweiten Obergeschoss warten wollte. Er hatte sich lieber unten in der Eingangshalle auf ein altes Sofa mit kaputten Sprungfedern gesetzt, wo er nach wenigen Minuten eingedöst war und nichts von dem Drama mitbekam, das sich im ersten Stockwerk abspielte.

»Wo ist sie?«, fragte Providence beunruhigt, als sie Zahera nicht in ihrem Bett vorfand.

»Providence, ich muss dir etwas sagen. Willst du dich nicht setzen? Willst du ein Glas Wasser? Du siehst schlecht aus. Woher kommst du überhaupt? Du riechst irrsinnig nach Knoblauch!«

»Nein, ich will mich nicht setzen, und ja, ich stinke nach

Knoblauch«, fauchte die Briefträgerin, die es nicht gewohnt war, mehr als eine Frage gleichzeitig zu beantworten.

Sie war nicht gerade frisch und ausgeruht, das stimmte. Sie hatte einiges hinter sich. Und dann diese fleckige, kratzige Männer-Djellaba, die nach Dromedar muffelte. Und der verfluchte Knoblauchgestank, den sie seit ihrem Sturz nicht mehr los wurde.

»Du machst mir Angst, Rachid. Wo ist Zahera?«

»Sie hatte einen Erstickungsanfall. Eine schwere Krise.«

Providence ballte die Fäuste.

»Wie schwer?«

»Sie liegt im Koma. Ich will dir nicht verschweigen, dass die Ärzte pessimistisch sind, was ihre Überlebenschancen angeht. Das künstliche Koma soll ihr Leiden ersparen. Jetzt kann man nur noch warten, ob …«

»Ob was?«

»Ob sich eine Spenderlunge findet.«

»Und?«

»Na ja, wir warten. Wir warten darauf, dass jemand stirbt …«

»… oder dass Zahera stirbt.«

Um Providence herum brach die Welt zusammen. Die grauen Mauern der Klinik explodierten, und die Fensterscheiben zersprangen klirrend, als hätte eine Granate eingeschlagen. Der Himmel stürzte ein und nahm die Männeretage über ihnen gleich mit.

Providence ließ sich auf das nächstgelegene Bett fallen.

Ihr Kind. Zahera würde sie verlassen. Die Kleine hatte nicht auf sie gewartet. Sie war ohne eine Mutter an ihrer Seite eingeschlafen, ganz allein auf einer Welt, die ihr nie etwas geschenkt hatte. Allein in diesem einsamen Tal am Fuße der Berge und der Wüste. Allein und fern von allem. Allein und fern von ihr.

Providence hatte ein totes, ein tot geborenes kleines Mädchen adoptiert. Eine kleine Prinzessin, von der sie nur die sterbliche Hülle mit nach Frankreich nehmen würde. Ihres Lebensfunkens beraubt. Wenn sie sie das nächste Mal in die Arme nahm, würde sie ein totes Kind in den Armen halten. Sie würde einen Körper mitbringen, den sie ein Leben lang beweinen würde. Einen kleinen Körper in einem kleinen Behälter, nicht viel größer als eine Schuhschachtel, den sie sonntags auf einem leblosen, grauen Friedhof besuchen würde, grau wie dieses Krankenhaus, in dem das Mädchen gelebt hatte. Man würde sie mitsamt ihrer Wolke in eine Kiste legen.

Dicke, salzige Tränen traten Providence in die Augen, die wie Säure brannten. Sie blickte an sich herunter, sah den schmutzigen Körper, die verdreckten, stinkenden Kleider, die schwarzen, eingerissenen Fingernägel. Sie fühlte sich, als hätte man sie gesteinigt. Sie war ein Zombie, Gehirn und Knochen eine blutige Masse. Ein Panzer war über sie hinweggerollt. Tausende von Aksims hatten sie auf dem steinigen Wüstenboden vergewaltigt. Sie spürte einen stechenden Schmerz zwischen den Beinen und im Rücken.

Eine unheilvolle Stille dröhnte in ihren Ohren, es war die Stille eines Rettungswagens, der das Blaulicht und die Sirene ausgeschaltet hatte, weil es zu spät war, weil es nicht mehr eilte.

Sie machte sich Vorwürfe, weil sie nicht früher hergekommen war, weil sie ihre Zeit erst am Flugplatz und dann bei dem verdammten Buh und im Kloster vertrödelt hatte.

Sie verwünschte den Scheißvulkan, der am Vortag urplötzlich beschlossen hatte, sein Gift in die Luft zu spucken. Nach zwölftausend Jahren ohne jede Aktivität! Wie konnte man nur so viel Pech haben? Wie war das möglich?

Providence schlug mit der Faust auf die Matratze. Sie legte ihre ganze Wut in den Schlag, doch das Bett vibrierte nur leicht. Um sie herum herrschte vollkommene Stille. Sie hatte keine Kraft mehr. Die Frau, die in dem Bett lag, auf das Providence sich hatte fallen lassen, legte ihr die Hand auf die Schulter. Auch Rachid hatte sich erlaubt, sie am Arm zu fassen. Aber nichts konnte den Schmerz lindern, der sie mit der Wucht eines aus dem fünften Stock fallenden Konzertflügels getroffen und ihr Körper, Herz und Seele zerschmettert hatte, all das, was sie zu einem lebendigen Wesen, einem Individuum machte. Sie war zu einem Gegenstand geworden, unfähig zu denken – ein Stein, ein Felsbrocken in der Wüste. Sie konnte keinen Finger mehr rühren. In wenigen Sekunden würde ihr Herz den Dienst aufkündigen und ihre Lunge aufhören zu atmen. Sie würde machtlos ihre eigene schrittweise Verwandlung in einen Felsblock miterleben.

Sie hatte Zahera nicht selbst auf die Welt gebracht, und trotzdem empfand sie im Unterleib, hinter dem Magen und zwischen den Beinen heftige, fast unerträgliche Schmerzen. Sie hatte ihr Baby verloren. Der Schmerz zerriss ihr die Eingeweide. Sie sah sich schon sterben, gleich hier an Ort und Stelle, zusammengekrümmt auf diesem fremden Bett, mitten in der Wüste, viele tausend Meilen von zu Hause entfernt, viele tausend Meilen von den Sternen entfernt und nur wenige Meter von ihrer Tochter.

Ein letztes Mal bäumte sich ihr Lebenswille auf, sie legte

die Hand auf ihren Bauch und ertastete durch den dicken Stoff der Djellaba hindurch die kleinen Glassplitter der Phiole, die sich in ihre Blinddarmnarbe gebohrt hatten.

Sie hörte im Geist die Stimme des Pater Superior: *Ich weiß nicht, ob mein Trank funktioniert. Ich habe ihn noch nie an einem Kranken ausprobiert. Aber wenn er wirkt, dann reicht ein einziger Tropfen.*

Ein einziger Tropfen genügt.

Ein einziger Tropfen genügt ...

Providence sprang aus dem Bett, als hätte ihr der unsichtbare Dritte einen kräftigen Tritt in den Hintern versetzt. Sie packte Rachid am Arm und bedachte ihn mit einem durchdringenden Blick aus ihren honigfarbenen Augen. Diesen Blick sah der junge Mann nicht zum ersten Mal. So kannte er seine Providence: stark, entschlossen, kämpferisch. In ihren glänzenden Augen funkelten Sterne, die einen fest daran glauben ließen, dass nichts auf der Welt unmöglich war.

»Wir müssen etwas versuchen, Rachid!«, rief sie, als wäre sie gerade von den Toten auferstanden. »Du wirst es vielleicht verrückt finden, aber wir müssen es versuchen.«

Rachid fragte sich, wovon die Französin redete. Was versuchen? Es gab nichts zu versuchen. Das kleine Mädchen lag im Koma. Sie konnten nur abwarten. Darauf warten, dass sie aufwachte. Vielleicht. Oder dass irgendjemand freundlicherweise starb und ihr seine Lunge vermachte.

»Du musst dem Chirurgen erklären, dass ich vielleicht ein Gegenmittel bei mir habe, das Zahera retten könnte.«

»Ein Gegenmittel? Providence, ich kann mir vorstellen, was du empfindest, aber du weißt sehr gut, dass es kein Gegenmittel gegen Mukovi...«

»Hör zu, Rachid, ich kann dir jetzt nicht alles erzählen,

was mir heute passiert ist, aber du musst mir glauben. Du musst mir blind vertrauen und einen Chirurgen auftreiben. Ich habe Glassplitter in der Haut, die Reste eines Fläschchens, das zerbrochen ist und ein Elixier enthielt, das Zahera heilen soll.«

Bei diesen Worten hob sie die Djellaba hoch und zeigte ihm ihre Narbe. Sofort stieg ihr wieder der durchdringende Knoblauchgeruch in die Nase.

Rachid, dem jeder olfaktorische Spürsinn fehlte, bemerkte nur, dass sie einen hübschen, geblümten Bikini trug. Und außerdem hatte sie schöne Beine und eine schlanke, wohlgeformte Taille. Obwohl ihm der Ernst der Lage durchaus bewusst war, war das, was er gerade erlebte, viel aufregender als alles, was er sich in seinen kühnsten erotischen Träumen ausgemalt hatte. Hätte das Nagelbrett nicht seine Männlichkeit ruiniert, hätte er ... er hätte jedenfalls niemals die Bekanntschaft der hübschen Französin gemacht, denn dann hätte er niemals in der Frauenetage arbeiten dürfen.

Er holte tief Luft. »Ich verstehe gar nichts, Providence. Ein Fläschchen? Ein Elixier? Wir sind doch nicht im Mittelalter bei Merlin dem Zauberer!«

Die Arme war durchgedreht, logisch, sie war nicht mehr ganz klar im Oberstübchen.

»Das weiß ich auch, stell dir vor! In Märchen verrotten kleine Mädchen nicht von Geburt an in einem miesen Krankenhaus und ersticken nicht unter schrecklichen Leiden an einer verfickten Krankheit!«

Rachid senkte verlegen den Blick.

»Providence ...«

»Ich verlange nichts weiter, als dass mir jemand diese

Glassplitter aus dem Körper holt, etwas von der Flüssigkeit abkratzt, die an ihnen klebt, und sie Zahera spritzt. Mehr nicht. Ein Tropfen genügt. Was habt ihr zu verlieren? Was kostet euch das?«

»Bist du dir deiner Sache sicher?«

»Nein. Aber glaubst du, dass Pasteur sich seiner Sache sicher war, als er seinen Impfstoff getestet hat?«

»Ich werde sehen, was ich tun kann.«

»Du bist ein Engel!«

Providence nahm Rachid in die Arme und drückte ihn fest an sich. Ein Duft nach Minze und Orangenblüten kitzelte sie in der Nase. Rachid roch angenehm nach Menschlichkeit und frischem Weißbrot.

»Das war's.«

»Was war was?«

»Die Geschichte ist aus.«

»Was soll das heißen, die Geschichte ist aus? Sie haben mir nicht mal erzählt, ob sie durchgekommen ist.«

»Zahera?«

»Ja, natürlich Zahera. Wer sonst?«

»Zahera, ja. Sie ist durchgekommen«, sagte ich und fühlte, wie sich meine Hände unwillkürlich zu Fäusten ballten und mir die Tränen in die Augen schossen. Ich versuchte, die Wut und die unendliche Trauer zurückzuhalten, die sich in mir angesammelt hatten.

»Warum machen Sie so ein Gesicht?«

»…«

»Stimmt irgendwas nicht?«

»Was ich Ihnen gerade erzählt habe, ist die Geschichte, die ich auch Zahera erzählt habe«, brachte ich unter Mühen hervor. Ich verstummte und wartete, bis sich mein Mund nicht mehr so trocken anfühlte. »Das alles habe ich Zahera erzählt, um … um zu rechtfertigen, dass ihre Mama nicht mitgekommen war.«

»Ihre Mama war nicht mitgekommen? Was wollen Sie damit sagen?«, fragte der Friseur, von einem schrecklichen Argwohn befallen.

Ich holte tief Luft und versuchte, ruhig zu atmen.

»Im Film stirbt nicht immer derjenige, von dem man es erwartet. Manchmal gehen die Gesunden zuerst, vor den Kranken. Deshalb muss man das Leben genießen, jede Sekunde, jeden Augenblick …«

»*Wer ist gestorben?*«, fragte mich der Friseur. »Ich kann Ihnen nicht folgen.«

»Ich habe Ihnen nicht die ganze Wahrheit gesagt.«

»In welcher Beziehung? Der chinesische Pirat? Ping und Pong? Providence' außerordentliche Reise zwischen den Wolken? Der Ziegenschänder? Der mächtigste Mann der Welt, der eingeschweißte Sandwiches liebt? In diesem Punkt war ich, ehrlich gesagt, sowieso skeptisch.«

»In allem.«

Der Friseur riss die Augen auf.

»Das verstehe ich nicht. Und wer ist tot?«

Ich verstand das alles auch nicht. Ich war kurz davor, das schreckliche Geheimnis zu lüften, das mir seit dem Morgen den Hals zuschnürte. Der Moment, auf den ich so lange gewartet hatte, war endlich gekommen.

Ich ignorierte die Frage des Friseurs geflissentlich. »Ich habe alles erfunden, um die Kleine zu schützen«, sagte ich.

Ein heftiger Schmerz fuhr mir in den Magen, als hätte mir Mike Tyson seinen fiesesten Aufwärtshaken verpasst. Ich hob den Kopf und sah meinem Gegenüber direkt in die Augen. Er hatte es verdient, dass ich ihm reinen Wein einschenkte.

»Ich bin nicht in Ihren Salon gekommen, um mir die Haare schneiden zu lassen«, sagte ich. »Ich musste einfach jemandem erzählen, was mir seit einem Jahr den Schlaf raubt, was mich verfolgt, was mir die schlimmsten Albträume meines Lebens beschert. Denn die schlimmsten Albträume sind die, die wir am helllichten Tag mit offenen Augen träumen, die uns an jeder Straßenecke auflauern, die sich aufdrängen, wenn wir essen, wenn wir lesen, wenn wir mit Freunden diskutieren, wenn wir arbeiten. Die uns keine Sekunde in Ruhe lassen.«

»Sie machen mir Angst ...«

»Unterbrechen Sie mich bitte nicht. Ich will versuchen, Ihnen die Dinge so zu erzählen, wie sie sich abgespielt haben. Das fällt mir sehr schwer. Ich habe so oft an diesen Augenblick gedacht, dass er zu einer Obsession geworden ist. Immer wieder hatte ich Sie im Geist vor Augen, Sie und Ihren Friseursalon, und den heutigen Tag. Verstehen Sie, ich musste mich jemandem anvertrauen. Aber nicht irgendwem, sondern einem Menschen, der selbst von der Tragödie betroffen war, der mit mir fühlen und dennoch nie mein Freund werden könnte. Denn in ein paar Minuten werde ich der Mensch sein, den Sie am meisten auf der Welt hassen. Und ich bin bereit, diesen Preis zu zahlen. Ich musste mein Verhalten erklären. Ich musste IHNEN mein Verhalten erklären. Damit Sie nicht Ihr Leben lang von der Frage verfolgt werden, warum der Fluglotse ausgerechnet diesem einen Flugzeug die Starterlaubnis erteilt hat, obwohl doch die Aschewolke den französischen Luftraum bedrohte. Warum hat er sich über die Sicherheitsmaßnahmen der Luftfahrtbehörde hinweggesetzt? Und warum hat er an jenem Tag nur ein einziges Flugzeug starten lassen, und zwar genau das, in dem Ihr Bruder saß?«

Der Friseur begann zu begreifen. Eine tonnenschwere Dampfwalze rollte zentimeterweise über ihn hinweg. Eine Dampfwalze, die sich viel Zeit dabei ließ, ihm die Beine, die Brust und den Kopf zu zerquetschen.

»Ich habe ein halbes Jahr gebraucht, um einen Angehörigen der Opfer von Flug Royal Air Maroc AT643 aufzuspüren«, fuhr ich fort, »und ein weiteres halbes Jahr, bis ich mich dazu überwinden konnte, zu Ihnen zu kommen. Ihr Bruder Paul saß in dem Flugzeug. Auf dem Weg in einen Kurzurlaub in der Sonne, haben Sie gesagt, als ich mich vorhin in den Sessel gesetzt habe. Er konnte nicht ahnen, dass er so lang werden würde. Ferien ohne Ende. An jenem Vormittag startete die Boeing 737–800 nach Marrakesch mit unbedeutenden fünf Minuten Verspätung. Die Wetterbedingungen waren perfekt. Nur ein leichter Seitenwind, nichts Dramatisches. Startbahn 24, keine Auffälligkeiten. Sie verstehen allmählich, stimmt's? Ich habe dem Flugzeug die Starterlaubnis erteilt, weil Providence an Bord war ... Ich hätte neben ihr sitzen sollen. Wir waren seit einiger Zeit ein Paar und unsterblich ineinander verliebt. Zahera bedeutete uns beiden viel; der Kampf um die Erlaubnis, sie nach Frankreich zu holen, war auch zu meinem Kampf geworden. Aber im letzten Moment wurde ich von meiner Arbeitsstelle angerufen, wegen der verdammten Aschewolke. Der Einsatzleiter erwartete einen chaotischen Tag und hatte nicht genug Personal. Die meisten Mitarbeiter waren im Ausland in den Ferien, er konnte sie nicht erreichen. Zaheras Transport interes-

sierte ihn nicht, und er wollte auch nichts davon wissen, wie wichtig es mir war, Providence an jenem Morgen zu begleiten. Die Arbeit habe Vorrang vor dem Privatleben, erklärte er. ›Sie wollen doch sicher Ihre Karriere nicht in den Wind schießen.‹ Wie gesagt, mein Chef ist ein echter Arsch. Also habe ich Providence schweren Herzens gebeten, allein zu fliegen. Ich wollte zusehen, dass ich einen anderen Flug bekam, sobald sich die Lage beruhigt hatte. Wir gingen davon aus, dass wir uns auf einen Tag Chaos gefasst machen mussten, mehr nicht. Und Providence musste los, sie musste zu ihrer Tochter. Die Klinik hatte uns ein paar Tage zuvor benachrichtigt, dass die Kleine in einem kritischen Zustand war, wir durften auf keinen Fall länger warten. Providence hätte sich ihr Leben lang Vorwürfe gemacht, wenn sie nicht zu ihr geflogen wäre, wenn Zahera ... Sie verstehen ... Aus diesem Grund habe ich dem Piloten gegen alle Weisungen grünes Licht gegeben. Deshalb war ihr Flug der einzige, der damals von Orly aus gestartet ist. Ich ahnte doch nicht, dass ... Ich dachte doch, er würde durch die Maschen schlüpfen, ich hielt das Risiko für vertretbar. Aber ich habe lernen müssen, dass man einen hohen Preis zahlt, wenn man versucht, Wolken zu zähmen. Es hat mir das Herz gebrochen und meine Liebste das Leben gekostet. Auf der Flugsicherungsakademie in Toulouse haben wir gelernt, Flugzeuge zu zähmen. Aber nichts hat uns auf Wolken vorbereitet, auf unsichtbare oder Aschewolken. Es tut mir unendlich leid, dass Ihr Bruder in diesem Flugzeug saß. Wie Sie wissen, ist es kurz vor Menara, dem Flughafen von Marrakesch, abgestürzt. Später hat man herausgefunden, dass Aschepartikel von den Düsen angesaugt worden waren, zweifellos am Himmel über Frankreich … Ich habe Providence getötet … und Paul.

Von da an habe ich nur noch für Zahera gelebt. Sie wurde mir anvertraut, bis die Adoption von Amts wegen bestätigt wurde. Ich betrachte sie als meine Tochter, wissen Sie, obwohl wir uns noch nicht lange kennen. Providence liebte sie so sehr, dass sie eine ähnliche Liebe in mir geweckt hat. Providence' Liebe war ansteckend. Ich will mich vergewissern, dass sie wirklich die erste Weltraumkonditorin aller Zeiten wird. Ich habe schon mit ihrer Ausbildung begonnen, natürlich nur, was den Weltraum betrifft. Von Patisserie habe ich nicht die geringste Ahnung … Ich wäre schon glücklich, wenn sie Astronautin würde. Wir werden als erstes eine Reise nach China unternehmen, auch wenn sie inzwischen verstanden hat, dass die Sterne nicht von Chinesen hergestellt werden. Aber sie will unbedingt hin, weil das Land sie schon immer fasziniert hat.

Ich habe sie zwei Tage nach dem Drama in ihrem Krankensaal gefunden. Die Ärzte hatten sie in ein künstliches Koma versetzt, um ihr Leiden zu ersparen, während sie darauf warteten, dass es mit ihr zu Ende ging. Sie hatten keine Hoffnung mehr. Als ich von Providence' Tod erfuhr, leitete ich sofort den Transport der beiden in das internationale Krankenhaus von Rabat in die Wege, eine moderne Einrichtung mit erstklassiger Ausstattung. Die besten Geräte, die besten Mediziner. Sie stehen Frankreich in nichts nach. Providence hatte schon zu Lebzeiten verfügt, dass sie ihre Lunge spenden wollte, falls ihr etwas zustieß. Die Ärzte verpflanzten Providence' Lunge in den Brustkorb ihrer Tochter. Es war die erste Transplantation dieser Art in Marokko. Die Ärzte erklärten mir, sie würden einen Teil der Lunge abschneiden müssen, damit er in Zaheras viel kleineren Brustkorb passte. Organe von Erwachsenen in Kinderkörper zu transplantieren ist nicht leicht. Aber die Medizin ist heutzutage zu erstaunlichen Dingen fähig. Zum Glück hatte ich uns Plätze im hinteren Teil des Flugzeugs reserviert. Bei der Ankunft dauert es zwar länger, bis man aussteigen kann, aber hinten sind die sichersten Plätze. Ich bin das so gewohnt. Aus diesem Grund war Providence' Körper nicht allzu schlimm zugerichtet. Providence' Lunge in Zaheras kleiner Brust sind das Einzige, was mir von ihr geblieben ist. Providence' Atem.

Als die Kleine erwachte, fragte sie mich als Erstes, wo ihre Mama sei. Wenn ich da war, musste Providence zwangsläufig auch in der Nähe sein. Ich hatte nicht die Kraft, ihr die Wahrheit zu sagen. Es war schon schwer genug, ihr erklären zu müssen, dass sie ihre Mama nie wiedersehen würde, dass sie fortgegangen war, ins Paradies der Mamas, und dass sie in diesem Augenblick vielleicht gerade mit ihrer anderen Mama, die sie auf die Welt gebracht hatte, Karten spielte. So kam es, dass ich mir nach und nach immer mehr Details ausdachte. Die Begegnung mit dem Flugblattchinesen im orangeroten Pyjama und dem senegalesischen Zauberer. Zaheras Augen glänzten beim Zuhören so, dass ich nicht mehr zurück konnte. Ich erfand die ganze Geschichte, Satz für Satz, wie man ein Wollknäuel abwickelt, ohne zu wissen, wohin es führt. Ich hoffte, es falle ihr dadurch leichter, die Tatsache zu akzeptieren, dass sie ihre Mama nie wiedersehen würde. Ich habe die Geschichte von den Mönchen erfunden, vom Flug durch die Wolken, von den Berbern. Am Ende habe ich ihr gesagt, dass ihre Mama die Operation, bei der man ihr die Glassplitter aus dem Körper herausholte, nicht überlebt hatte. Der Knoblauch sei in sie eingesickert und habe sie getötet, weil sie stark allergisch gegen Knoblauch sei. Ich habe mir irgendwas ausgedacht. Kindisches Zeug, ich weiß, aber Zahera ist schließlich auch ein Kind. Und außerdem wollte ich, dass sie stolz auf ihre Mama war. Gewiss hätte die Wahrheit sie ebenso stolz gemacht, aber für mich war Providence' Tod ein so dummer, sinnloser Tod. Ein Flugzeugabsturz! Ich wollte, dass Zahera ihre Mama in ganz besonderer Erinnerung behielt.«

Ich verstummte. Ich wusste nicht, was ich noch sagen sollte. Es gab nichts mehr zu sagen. Ich war darauf gefasst, dass der Alte jeden Moment aufstehen, zu seiner Schere greifen und sie mir wutentbrannt ins Herz rammen würde. Doch er blieb reglos sitzen und starrte in den Spiegel an der Wand. In ihm tobte ein Sturm, das sah ich.

»Sie wollen mir doch nicht weismachen, dass Sie mir diese Geschichte wirklich abgenommen haben!«, sagte ich, um mich elegant aus der Affäre zu ziehen. »Providence' Flug, die Mönche, die mit grünen Tomaten Boule spielen, das Defilee der Präsidentenmaschinen am Himmel, das klingt doch alles ziemlich absurd …«

»Die Boule-Partie erschien mir nicht sehr glaubhaft, das gebe ich zu«, spöttelte der Friseur und ließ den Blick aus dem Fenster schweifen.

»Ich habe Sie aber gewarnt.«

»Gewarnt?«

»Ja, als Motto für mein Buch habe ich ein Zitat von Boris Vian ausgesucht. Der Leser kann das bestätigen.«

»Welches Zitat?«

»Diese Geschichte ist vollkommen wahr, weil ich sie von Anfang bis Ende erfunden habe.«

»Tut mir leid, aber das Motto lese ich prinzipiell nie.«

»Sollten Sie aber.«

»Scherz beiseite, der Tod eines geliebten Menschen macht einen manchmal sehr gutgläubig. Denken Sie an die intelligenten, aber verzweifelten Ehefrauen, die sich vom erstbesten Scharlatan einwickeln lassen, der ihnen verspricht, dass er mit ihrem verstorbenen Mann in Kontakt treten kann. Wenn Sie angeblich die ganze Geschichte allein für Zahera erfunden haben, wieso habe ich dann schon von der fliegenden Frau gehört? Ich habe damals mehrere Artikel darüber gelesen.«

»Die Fee mit dem gelben R4 habe ich komplett erfunden und aufgeschrieben. Das musste ich. Ich wusste doch, dass Zahera im Internet danach suchen würde. Sie würde alles genau verstehen wollen. Wenn so etwas wirklich passiert war, konnte es nicht *nicht* im Internet auftauchen. Ich habe einen Experten gefunden, der sich auf Suchmaschinen spezialisiert hat. Solche Leute können Websites herauf- oder herabstufen, je nachdem, ob man mehr oder weniger Sichtbarkeit will. Ich habe mehrere Artikel meiner gekürzten und romantisch verbrämten Version der Ereignisse verfasst und ihm zugeschickt. Ich weiß noch genau, wie mir Zahera eines Tages stolz einen der Artikel gezeigt hat, den ich selbst geschrieben hatte. Mir sind die Tränen gekommen. Sie hielt ihre Mama für eine Fee, für die Fee Glöckchen, die auf ihrer Reise durch die Wolken von der ganzen Welt bejubelt worden war. Sie glaubte ja auch, dass die Sterne in China hergestellt werden. Die Kindheit ist eine schöne Zeit.«

»Ich verstehe«, sagte der Friseur schlicht.

»Ich weiß, Sie verabscheuen mich. Mit geht es genauso. Ich bin für den Tod von einhundertzweiundsechzig Menschen verantwortlich, darunter die Liebe meines Lebens. Das werde ich mir niemals verzeihen. Niemals. Ich lebe jeden Tag damit. Ich denke jedes Mal daran, wenn ich mich im Spiegel oder im Schaufenster sehe.«

Ich holte eine kleine Medaille aus der Tasche. Den Verdienstorden, der meiner Frau postum verliehen worden war.

»Was das angeht, habe ich nicht gelogen. Sie hat ihren Orden bekommen. Nicht an ihren Bikini gepinnt, sondern auf einem Kissen, das auf ihrem Sarg lag. Aber sie hat ihn bekommen.«

Endlich stand der Friseur auf. Er ging um meinen Stuhl herum, trat zu der Glasplatte vor meinem Spiegel und nahm eine Schere in die Hand. Jetzt war es soweit, jetzt würde er sich an dem Mann rächen, der seinen Bruder getötet hatte. Nach einem Jahr würde er schließlich ein Ventil für seine Trauer finden. Den ganzen Hass und die Empörung herauslassen, die ihn vermutlich nach und nach innerlich zerfressen hatte.

Aber zu meiner großen Überraschung versenkte er seine Hände wieder in meinen widerspenstigen Locken und schnipselte weiter, als wäre nichts geschehen.

»Wissen Sie, es gibt da etwas, das sich ›Ockhams Rasiermesser‹ nennt. Das ist kein Friseurgerät.« Ich sah, dass sein Gesicht gerötet war und er wie Espenlaub zitterte, als müsse er verhindern, dass eine große Wut oder Trauer aus ihm herausbrach. »Es besagt nur, dass ich, wenn ich die Wahl zwischen zwei Erklärungen habe, die plausiblere wähle.«

»Ich verstehe.«

»Das glaube ich nicht, Monsieur Maschine. Jetzt ist es an Ihnen, mir zuzuhören und mich nicht zu unterbrechen.

Das Leben hat mich gelehrt, dass Rache keinen Sinn hat. Sie ist so unnütz wie ein weißer Farbstift. Die Dinge sind, wie sie sind. Mein Bruder ist von mir gegangen, und nichts kann ihn mir zurückbringen. Keine Entschuldigungen, keine Erklärungen, keine Prügel. Das ist ein Naturgesetz. Nicht einmal Ihr Tod würde ihn wieder lebendig machen. Ich glaube, dass Sie für Ihre Handlungsweise schon teuer genug bezahlen. Den Tod so vieler Menschen auf dem Gewissen zu haben, muss schrecklich auf Ihren jungen Schultern lasten. Es mag Sie vielleicht verwundern, aber Ihre Geschichte vom Crash glaube ich keine Sekunde.«

»Vom Crash?«

»Vom Absturz. Das Flugzeug, das mit Providence und meinem Bruder abgestürzt ist. Das Unglück, das von der Aschewolke verursacht wurde. Ich glaube, die wahre Geschichte jenes Tages ist die von Providence, die fliegen gelernt und ihr Ziel erreicht hat. Sie halten vielleicht die ganze Welt für kleinkariert und alle Menschen für Skeptiker und Ungläubige. Oder Kleingläubige. Wie Sie. Ingenieure, die unfähig sind zu träumen, unfähig, an Dinge zu glauben, die der Logik und den Gesetzen der Physik nicht gehorchen. Glauben Sie nicht, dass ich auch auf Trost angewiesen bin? Dass ich Schonung brauche wie Zahera? Ich jedenfalls glaube an Ihren Piraten im orangeroten Pyjama, an Ihren senegalesischen Chinesen, der Joghurts von Lidl löffelt, an die Mönche aus der alten Renault-Fabrik, die mit grünen Tomaten Boule spielen. Ich glaube an sie. Weil es mir gut tut, an sie zu glauben. Auch wenn ich weiß, dass das alles nicht stimmt, dass es ein reines Phantasiegebilde ist. Millionen Menschen glauben an einen Gott, den sie nie gesehen haben und der nie etwas für sie getan hat. Und ich glaube auch daran, dass Providence Berge versetzt hat, um zu ihrer Tochter zu gelangen, und dass es ihr gelungen ist, Wolken zu zähmen, und dass sie fliegen gelernt hat. Weil es mir Kraft gibt. Die Kraft weiterzumachen. Als Sie mir die Reise Ihrer Briefträgerin beschrieben haben, fühlte ich mich, als wäre ich da oben in den Wolken bei ihr. Auf gewisse Weise haben Sie mir das Fliegen beigebracht. Ich habe mit Ihnen geträumt. Das nämlich unterscheidet uns von den Tieren, Monsieur Macher. Nur wir Menschen träumen!«

Der Friseur legte die Schere auf die Glasplatte und holte einen kleinen Rasierpinsel aus einer Schublade, mit dem er mir über den Nacken und die Stirn strich.

»Ihre Geschichte ist schön, aber sie ist noch nicht zu Ende«, fuhr er fort. »Providence wird in den OP gebracht, damit die Ärzte die Splitter des Glasfläschchens aus ihrer Haut entfernen, nicht wahr? Und was dann? Sie können an dieser Stelle nicht einfach aufhören.«

»Ich habe Ihnen doch gesagt, dass Providence stirbt ...«

»Gewaltiger Irrtum, junger Mann. Die Heldin stirbt nie, das sollten Sie doch wissen. In guten Büchern und Filmen gibt es immer ein Happy End. Die Menschen, die sich durch's Leben kämpfen müssen, brauchen Geschichten, die gut ausgehen. Wir alle brauchen Hoffnung, wissen Sie. Mein Bruder Paul hätte nicht gewollt, dass die Geschichte so endet. Wenn er noch da wäre, würde er Ihnen das sagen, mit seiner lauten Stimme und seinem sympathischen Lächeln, das er nie verloren hat. Ich will Ihnen das richtige Ende dieser Geschichte erzählen, Monsieur Machete.«

»Machin.«

»Gut, Monsieur Maschine, schließen Sie die Augen. Wir kehren nach Marokko zurück.«

Das erste Wort, das Providence hörte, als ihre Augen (und Ohren) wieder aufnahmebereit waren, klang ziemlich komisch. Katzenfische. Aber bevor sie sich noch fragen konnte, was das wohl bedeuten mochte, machte sich ein leiser, aber scharfer Schmerz in ihrer rechten Körperseite bemerkbar.

Langsam gewöhnten sich ihre Augen an das blendend helle Licht, und sie sah, dass sie in einem Krankensaal lag und in der Leistengegend, unter dem blauen Papiernachthemd, einen dicken Verband trug. In ihr machte sich das unangenehme Gefühl von einem Déjà-vu breit. Hatte sie diese Szene nicht schon einmal erlebt? Ein paar Sekunden lang hatte sie Angst, dass alles, was seit ihrer Blinddarmentzündung passiert war, aus einem Traum stammte, die Auswirkung einer tiefen Narkose war. Ihre Liebesgeschichte mit Zahera, die vielen Hin- und Rückflüge, die Adoptionsprozedur, die sie erfolgreich durchgestanden hatte, ihr außerordentliches Abenteuer in den Wolken. Ihr Herz trommelte wie die Hufe eines galoppierenden Kamels. Nein, bloß nicht wieder zurück auf null! Sie blickte sich suchend um. Gab es etwas, das sie beruhigen konnte, etwas Neues? Etwas, das eindeutig nicht zu den Erinnerungen der letzten zwei Jahre gehörte?

Im Nachbarbett lag Zahera und sah mit großen Augen

zu ihr herüber. An ihrem Fußende saß Rachid und lächelte Providence an.

Rachid?

Als sie zum ersten Mal in diesem Krankenhaus aufgewacht war, hatte Leila bei der Kleinen gesessen. Sie hatte also nicht geträumt. Der ganze verrückte Tag, die Mönche, der Abflug, ihre unglaubliche Reise, die Schlöh, sogar Aksim, den sie lieber vergessen hätte und dessen Hand sie immer noch auf ihrer rechten Brust fühlte. Und Léo. Vor allem Léo.

»Mein Liebling!«, sagte Providence, und Tränen rollten aus ihren Augenwinkeln über die Wangen. »Ich bin so froh, dich zu sehen! Wenn du wüsstest …«

Mutter und Tochter. Das Schicksal hatte sie wieder vereint.

»Du siehst aus, als hättest du schon wieder eine Blinddarmentzündung«, grinste Zahera und deutete auf den Verband, der sich unter dem durchsichtigen Nachthemd der Briefträgerin abzeichnete.

Providence lachte und schluchzte gleichzeitig. Es klang wie ein Schluckauf.

»Ich habe dir doch gesagt, dass ich für dich alle Blinddarmentzündungen der Welt durchmachen würde, wenn es sein müsste …«

»Die Wolke ist weg, Mama«, sagte das kleine Mädchen, plötzlich ernst geworden.

»Woran merkst du das?«

»Ich merke sie eben nicht mehr. Es ist so, als hätte jemand das Kissen weggenommen, das auf meinem Gesicht gelegen hat.«

Providence streckte die Hand nach Zahera aus. Ihr kleines Mädchen. Sie lag ganz ohne Maske im Bett, ruhig und friedlich, ohne die Sauerstoffflasche. Sie atmete normal. Ihr Atem war nicht lauter als ein leises Seufzen. Majestätisch. Sie hatte keine Socken an, und ein Fuß lugte unter der Bettdecke hervor. Providence hatte vorher nie darauf geachtet. Sie zählte die Zehen am Fuß ihrer Tochter – einmal, zweimal und gleich noch einmal. Es war wie ein Zwang. Zahera hatte tatsächlich sechs Zehen. Am linken Fuß!

»Hör mal, mir ist bisher nie aufgefallen, dass du sechs Zehen hast.«

Das Mädchen senkte verlegen den Blick und zog einen Zipfel der Bettdecke über den Fuß.

»…«

»Sag bloß«, meldete sich Rachid zu Wort. »Mir ist das auch noch nie aufgefallen! Das ist ja unglaublich!«

Der ganze Saal starrte auf die Bettdecke. Zahera hatte sich ihr Leben lang große Mühe gegeben, die Zehen vor ihren Mitpatientinnen zu verbergen, und jetzt kam ihr lange gehütetes Geheimnis mit einem Mal vor aller Welt ans Licht. Sie hasste ihren Fuß deswegen. Er war eine Anomalie, eine Missbildung. Noch etwas, das sie von den anderen Menschen unterschied. Wer anderen seine Füße zeigte, ob normal oder nicht, gab den hässlichsten Teil seines Körpers preis. Das war in puncto Intimität ein bisschen viel verlangt.

»Hast du das an beiden Füßen?«

»Nur am linken«, antwortete das Mädchen.

»Verrückt. Ich habe so eine am rechten Fuß!«, rief Providence und schob ihren rechten Fuß unter der Bettdecke hervor.

Rachid traute seinen Augen nicht. »Das gibt es nicht! Du auch!«

Leila, die gerade dazugekommen war, brach in lautes Gelächter aus und versteckte ihre großen weißen Zähne wie üblich hinter dem Blusenärmel. Auch das kleine Mädchen lachte vor lauter Erleichterung, dass sie doch nicht so anders war als alle anderen. Der rechte Fuß von Providence, der linke Fuß von Zahera. Sie ergänzten sich.

»Endlich gibt es eine Erklärung für meine sechste Zehe«, sagte Providence. »Wir sind beide aus demselben Lehmklumpen geschaffen worden, das ist der Grund! Jetzt soll noch einer behaupten, ich wäre nicht deine Mutter!«

Alle ringsherum lachten, und ein großes Glücksgefühl durchflutete den Saal und drang bis ins Herz der Patientinnen.

»Man müsste die statistische Wahrscheinlichkeit ermitteln, dass zwei Personen mit sechs Zehen einander begegnen!«, überlegte Rachid laut.

Providence seufzte erleichtert. Der üble Knoblauchgestank, der sie von der Wüste bis hierher verfolgt habe, sei endlich verschwunden, erklärte sie, und machte sich weiter keine Gedanken darüber.

Sie wandte sich an Zahera. »Siehst du, ich habe mein Versprechen gehalten. Der Mond muss jede Minute aufgehen.«

»Mama, der Mond ist schon längst aufgegangen«, antwortete die angehende Astronomin und deutete aufs Fenster.

Draußen herrschte tiefe Nacht.

Providence überlief ein wohliger Schauer. Wie wundervoll dieses Wort in ihren Ohren klang: *Mama*.

»Weißt du, zuerst dachte ich, du hättest mich vergessen. Ich habe auf dich gewartet. Den ganzen Tag. Es war ein wichtiger Tag für mich.«

»Das weiß ich, mein Schatz. Für mich auch! Es ist unverzeihlich. Ich hätte heute früh hier sein müssen, wie versprochen. Ich hätte sogar schon viel früher hier sein sollen. Viel, viel früher. Aber weißt du, die ferngesteuerten Mamas haben manchmal kleine Mängel …«

»Wenn ich dich nicht hätte, würde ich mir dich zu Weihnachten wünschen. Als du geschlafen hast, hat Léo mir alles erzählt.«

Providence blinzelte verwundert.

»Was hat er dir erzählt?«

»Alles. Wie du durch ganz Paris gerannt bist, als du Hilfe gesucht hast. Und dem chinesisch-afrikanischen Zauberer begegnet bist. Und den komischen Mönchen. Von deiner wunderbaren Reise durch die Wolken. Dass du allein geflogen bist, damit du dein Versprechen halten konntest. Du warst schrecklich erschöpft und bist trotzdem losgeflogen, nur wegen mir. Damit du mich abholen konntest, obwohl kein Flugzeug starten durfte. Er hat gesagt, du bist so hoch geflogen, dass du die Sterne anfassen konntest. Nicht meine Leuchtsterne«, sie deutete mit ihrem dünnen Zeigefinger auf die Decke, »nein, die echten. Die *Made-in-China*-Sterne, von denen ich früher dachte, dass die Chinesen mit ihnen den Weltraum spicken, damit wir glücklich sind. Ich bin so stolz, eine Mama wie dich zu haben! Als er mir das alles erzählt hat, habe ich gemerkt, wie lieb du mich hast. In meinen Träumen fliegen die Feen in gelben Renaults herum! Sag mal, fährst du mit mir eine Runde in deiner gelben Postlaube?«

»Du meinst sicher Rostlaube?«

»Nein, ich meine Post, weil du doch Briefträgerin bist!«

Providence lächelte. Ein leuchtender Schimmer wie von Schmetterlingsflügeln legte sich auf ihre Züge. Es war, als hätte jemand zu einem neuen Kanal gezappt, auf dem statt eines Melodrams eine Komödie lief.

Eine Krankenschwester kam durch den Gang gelaufen. »Providence, die Ärzte drehen durch. Sie können sich nicht erklären, was da abgelaufen ist. Aber es hat gewirkt. Sie wollen wissen, was das für eine Flüssigkeit ist und woher sie kommt.«

Wenige Sekunden, nachdem die Ärzte Zahera einen Tropfen der Flüssigkeit eingeflößt hatten, die an den Glassplittern in Providence' Haut klebte, war in Zaheras Hals der Zipfel von einer Wolke aufgetaucht. Sie war langsam, wie ein Sandwurm, bis zum Kehlkopf aufgestiegen. Die Ärzte mussten sie nur noch mit einer einfachen Pinzette schnappen. Keine Absaugvorrichtung, kein Schmetterlingsnetz, keine Angelrute. Mit einer simplen Pinzette ließ sich eine Wolke so groß wie der Eiffelturm aus der Brust des Mädchens herausziehen. Eine Wolke von dreihundertachtzig Metern Länge.

Das alles überstieg Providence' Horizont. Der Flug durch die Wolken. Und jetzt das Gegenmittel. Wie gut, dass sie schon vor langer, langer Zeit aufgehört hatte, sich Fragen zu stellen.

»Es ist ein mächtiges Wolkizid!«, erwiderte sie knapp. »Ein guter Freund hat es mir geschenkt. Ein mächtiger Mann, der auf das Design von Käsemode umgeschult hat.«

»Wolkizid? Käsemode?«

»Ein Wolkizid ist so etwas wie ein Insektizid, nur tötet

es Wolken. Und Käsemode sind Textilien aus Ziegenkäse, wie der Name besagt.«

»Klar doch«, brummte Rachid, als wären Textilien aus Ziegenkäse das Normalste von der Welt.

Providence musste verrückt geworden sein. Das hatte Rachid im Übrigen schon sehr oft gedacht, seit er die Briefträgerin kannte.

»Ah ja, aber dein Zeug macht nicht nur die Wolken fertig! Im ganzen Gebäude hat es dermaßen nach Knoblauch gestunken, das kannst du dir nicht vorstellen! Dein Wolkizid ist eine echte Knoblauchbombe!«

»Das war es also«, murmelte die Briefträgerin gedankenverloren.

Der Geruch, der sie bis ins Krankenhaus verfolgt hatte, entströmte der kostbaren Flüssigkeit in dem Fläschchen, das an ihrem Körper zerborsten war. Welche Ironie! Was sie als Gift empfand, war für ihre Tochter ein heilsames Gegengift.

»Armer Léo!«, rief sie auf einmal erschrocken.

»Was, der Ziegenkäse hat dich an ihn erinnert?«, witzelte Rachid. »Nicht sehr schmeichelhaft für ihn.«

Und alle fünf prusteten los.

»Moment mal. Wartet er immer noch unten auf dem kaputten Sofa auf mich? Wie spät ist es?«

»21 Uhr«, antwortete Rachid. »Aber mach dir keine Sorgen. Wir haben uns gut um ihn gekümmert. Er hat etwas zu essen bekommen, und im Moment hält er in der Männeretage eine Vorlesung über Flugsicherung. Er hat einen faszinierenden Beruf, er ist ein wahrer Dirigent des Himmels. Wusstest du, dass ein Fluglotse an einem gewöhnlichen Arbeitstag für mehr Menschenleben Verantwortung trägt als ein Arzt während seiner gesamten Laufbahn? Schwindelerregend.«

Ich wäre schon sehr zufrieden, wenn er künftig für zwei Menschenleben Verantwortung tragen würde, dachte Providence, meines und das von Zahera. Sie bat Rachid, Léo Bescheid zu sagen, dass sie ihn an der Rezeption erwarte. Dann verabschiedete sie sich von den Pflegern und von ihrer Tochter.

Als sie ihren schönen Fluglotsen erblickte, überwältigte sie der Wunsch, er möge sie in die Arme nehmen und küssen, gleich hier und auf der Stelle, aber der Ort ließ einen solch demonstrativen Liebesbeweis nicht zu. Also lächelte sie ihn an. In ihrem Herzen wohnte ihre Tochter, aber dort war auch noch Platz für einen Mann. Einen großen Mann. Das Herz ist ein großer Schrank, in dem man all jene einschließt, die man liebt, damit man sie immer bei sich hat und sie ein Leben lang überall mit hinnehmen kann. Ein bisschen so wie bei Léon, dem Auftragskiller, und seiner Topfpflanze, oder bei den tibetischen Mönchen, die nicht größer sind als Schlüsselanhänger. Ja, bei ihr war Platz genug für diesen außergewöhnlichen Mann, der an sie geglaubt und ihren Traum zugelassen hatte. Ein Held. Ein Lebensgefährte für sie, ein Vater für Zahera.

Und dann konnten sich die beiden Liebenden nicht mehr beherrschen und fielen sich im Foyer dieser schäbigen Klinik zwischen der Wüste und den Sternen in die Arme, als wären sie allein auf der Welt.

»Gefällt Ihnen das?«, fragte mich der Friseur und riss mich aus meiner Versunkenheit.

»Hätte es sich nur in Wirklichkeit so abgespielt! … Ich würde alles dafür geben, wenn es wahr wäre.«

»Das Wichtigste ist, dass Sie daran glauben. Ob es nun die Wahrheit ist oder nicht. Der Glaube ist manchmal stärker als die Realität. Und außerdem muss man das Leben nehmen, wie es ist. Mit seinen Schönheiten und seinem größten Makel.«

»Seinem größten Makel?«

»Dem Tod. Denn der Tod ist ein Teil des Lebens. Wir neigen dazu, das zu vergessen. Und wo wir schon dabei sind, träumen wir doch noch ein wenig weiter«, sagte der Friseur, während ich eine Träne über meine Wange rollen fühlte. »Stellen Sie sich Folgendes vor: Ein paar Tage sind vergangen. Wir befinden uns im Trauzimmer des Rathauses im 18. Arrondissement von Paris. Sie sind da. Mein Bruder Paul ist auch da. Zahera sitzt in der vordersten Reihe, neben Leila und Rachid, die extra zu diesem Anlass angereist sind. Neben Ihnen steht eine strahlende Providence. Ihr Lächeln erhellt den Raum. Der Bürgermeister rückt seine Schärpe in den Farben der Trikolore zurecht und räuspert sich. Sein Blick ist wohlwollend väterlich, und er hat eine gewisse Ähnlichkeit mit Gérard Dépardieu.

›Léo Albert Frédéric Oscar Macker …‹, beginnt er.

›Ich heiße Machin, Herr Bürgermeister‹, unterbrechen Sie ihn.

›Ah ja, Entschuldigung. Léo Albert Frédéric Oscar Machin, wollen Sie die hier anwesende Providence Éva Rose Antoinette Dupois zur Frau nehmen?‹

›Ja, ich will.‹

›Providence Éva Rose Antoinette Dupois, wollen Sie den hier anwesenden Léo Albert Frédéric Oscar Mokka …‹

›Er heißt Machin, Herr Bürgermeister‹, unterbricht ihn diesmal Providence.

›Na so was, warum kann ich mir das nicht merken? Entschuldigen Sie, das ist mir sehr unangenehm. Providence Éva Rose Antoinette Dupois, wollen Sie den hier anwesenden Léo Albert Frédéric Oscar Machin zum Mann nehmen? Und seinen schreckliche Namen dazu?‹

›Ja, ich will‹, antwortet Providence und lächelt tapfer über den Scherz des Bürgermeisters.

›Dann erkläre ich Sie hiermit im Namen des Gesetzes zu Mann und Frau.‹«

Danksagung

Ich danke Adeline, der Überirdischen, deren scharfsinnige Hinweise mir wie Leuchtsterne den Weg wiesen. Angélique sorgte dafür, dass ich an die richtige Tür anklopfte – danke! Ich danke Dominique, die mir diese Tür geöffnet hat und ohne die mein Fakir und mein Traum, Schriftsteller zu werden, immer noch im hintersten Winkel meines Ikea-Schranks feststecken würden …